KB272724

八陣圖

공적은 셋으로 나뉜 나라를 뒤덮고
명성은 팔진도에서 이루어졌도다
강물은 흘러도 돌은 구르지 않거늘
오나라를 평정하지 못한 것을 한으로 남겼네

功蓋三分國 名成八陣圖 江流石不轉 遺恨失吞吳

천꾀 7

한성수 新무협 판타지 소설

초판 1쇄 찍은 날 § 2005년 3월 21일
초판 1쇄 펴낸 날 § 2005년 3월 31일

지은이 § 한성수
펴낸이 § 서경석

편집장 § 문혜영
책임편집 § 장상수
편집 § 이재권 · 한지윤

펴낸곳 § 도서출판 청어람
등록번호 § 제1081-1-89호
등록일자 § 1999. 5. 31
어람번호 § 제2-0554호

주소 § 경기도 부천시 원미구 심곡1동 350-1 남성B/D 3F (우) 420-011
전화 § 032-656-4452 팩스 § 032-656-4453
http://www.chungeoram.com
E-mail § eoram99@chollian.net

© 한성수, 2004

ISBN 89-5831-474-5 04810
ISBN 89-5831-133-9 (SET)

FANTASTIC ORIENTAL HEROES

한성수 新무협 판타지소설

천괴

天魁

7

[완결]

마성혈류하(魔星血流河)

도서출판
청어람

제60장 혈운(血雲) / 7

제61장 남궁세가 최후의 날 / 39

제62장 파란(波瀾) 속으로 / 71

제63장 고독한 달, 하늘에 떠오르고 / 103

제64장 격류(激流) / 133

제65장 행로난(行路難) / 165

제66장 마성혈류하 / 197

제67장 피의 강은 흐르고 / 227

제68장 하늘이여! 땅이여! / 259

제69장 제천무맹(帝天武盟)의 탄생 / 291

■ 제60장 ■

혈운(血雲)

혈운(血雲),

사라락!

요염한 검의 나신을 닦아 내리는 건 티 한 점 묻지 않은 한지다. 묵향 속에 사는 서생들조차 값이 비싸 글씨 연습을 할 때엔 사용치 못하는 비싼 종이.

그런 비싼 종이가 단천엽 주변을 꽃잎처럼 흩뿌려져 있었다. 모두 오늘 하루 동안 한백마검을 목욕시키는 데 사용한 것들이다.

닦지 않아도 광채를 잃지 않는 마검!

천하가 인정하는 요광을 간직하고 있는 한백마검의 검신을 닦고 또 닦아 내리는 까닭은 마음에 있다. 한백마검을 통해 살검 천왕의 진수에 다가가면 다가갈수록 거세지기 시작한 마음속의 불꽃. 지옥조차 태워 버릴 듯한 야수감각도의 살기를 다스리기 위해 단천엽은 이 밤 소리없이 검을 닦고 있었다.

해서 준비해 뒀던 한지가 바닥을 드러내기 시작할 무렵,

단천엽의 부지런하던 손길이 멈췄다.

어느덧 동이 터오고 있었다.

"퉤!"

단천엽은 검신에 숨결이 닿지 않게 하기 위해 물고 있던 한지를 뱉어냈다. 밤새 검을 닦는 동안 숨을 멈추고 있었음에도 그의 안색은 전혀 변한 것이 없었다. 이미 한 모금의 숨결만으로 체내의 진기를 활성화시키는 경지에 올랐기 때문이다.

하나 단천엽은 그런 자신의 성취가 하나도 기쁘지 않았다. 결국 남궁세가가 위치한 옥화산이 바로 코앞에 이른 오늘 밤에도 한백마검을 든 채 마음속의 살기를 제어하는 데 실패했다. 살수가 되기는 그른 것이다.

'어찌할까?'

단천엽은 한백마검을 검갑에 집어넣고 눈살을 찌푸렸다. 평소와 마찬가지로 한백마검의 검신이 검갑 안으로 사라진 순간, 그의 내부를 미친 듯 들끓게 하던 살기가 눈에 띌 정도로 수그러들었다.

역시 문제는 살검 천왕과 야수감각도를 묶어주는 한백마검에 있었다. 대부분 실전과는 거리가 먼 현문의 다른 무공들과 달리 살기가 짙은 천왕과 야수감각도에 한백마검이 포함되자 활활 타오르는 불길에 기름을 부은 격이었다.

한백마검 덕분에 본래의 수십 배나 위력이 증폭된 두 무공은 광기에 가까운 살기마저 함께 선물했다. 아무리 단천엽이 노력해도 제어가 되지 않을 정도로 강렬하게.

그러니 살수답게 암살에 나선다는 건 이미 물 건너간 터.

이 시점에서 단천엽은 결단을 내려야만 했다.

한백마검을 포기하거나 암살을 포기하거나.

"으음."

단천엽은 한숨을 토해냈다. 밤을 뜬눈으로 샜다는 걸 인식한 순간 정신적인 피로가 밀려왔다. 검객에게 검을 닦는 건 일종의 운기조식과 다름없기에 기력이 팔팔하게 넘치고 있는 육체와는 달랐다.

"하긴, 신검쯤 되는 분께 암습으로 검을 들이대는 건 예의가 아닐 테지. 그런 암습이 성공할 리도 없을 테고……."

단천엽의 뇌까림이 끝난 순간, 기다렸다는 듯 방문이 활짝 열렸다.

삐걱.

"천엽! 천엽!"

단천엽이 숨가쁘게 달려들어 온 아난을 향해 짐짓 성난 눈빛을 던졌다.

"한단!"

"아!"

자신의 입을 막고 놀란 토끼눈이 된 아난을 향해 단천엽이 빙긋이 웃어 보였다.

"그래서, 오늘은 또 무슨 일이 벌어진 거지?"

"에헤헤, 그게……."

귀엽게 미소 짓는 아난의 모습이 단천엽의 피로를 확 날려 버렸다. 마치 산속, 청솔 숲을 휘돌며 부는 청량한 바람이 짙은 먹구름을 일거에 날려 버리듯.

아난과 함께 객실을 나선 단천엽의 눈에 이채가 떠올랐다. 어느새 그의 방문 앞에는 떠날 준비를 한 세 명의 동행이 기다리고 있었다. 남궁세가가 위치한 옥화산에 이를 때까지 어떻게든 사고를 치고, 딴 곳에 정신을 팔던 것과는 완연히 다른 모습.

'무언가 있구나!'

단천엽의 시선이 이수민을 향했다. 다른 두 사람 따윈 전혀 아랑곳하지 않고.

이수민이 평소의 느긋한 표정을 한 채 말했다.

"지금 옥화산 일대는 남궁세가의 신규 무사 채용 때문에 몰려든 젊은 무인들로 인산인해를 이루고 있다. 굳이 여태까지처럼 강남무림인들의 이목을 살필 필요는 없다."

"그래서 바로 남궁세가로 출발하자는 겁니까?"

"내가 해줄 수 있는 역할은 여기까지라는 거다."

"그동안 수고하셨습니다. 하지만 이 선배의 말속에는 작별의 인사 외에 다른 무언가가 있는 것 같군요?"

이수민의 입가에 흐릿한 미소가 떠올랐다.

"역시 한단 자네와는 쉽게 말이 통해서 좋군."

가타부타 말도 않고 이수민이 신형을 돌리자 항상 희희낙락하던 장염무와 최필의 시선이 단천엽을 향했다. 그들 역시 노련한 인물들이라 이수민의 행동이 뭘 의미하는지 쉽사리 짐작한 것이다.

단천엽이 두 사람을 향해 씩 웃어 보였다.

"잠시 나갔다 오겠습니다. 두 분은 아난과 함께 떠날 준비를 하고 계세요."

최필이 염소수염을 떨어 보이며 말했다.

"저 녀석은 항상 평소 실력을 숨기고 있었다. 조심하는 게 좋아."

“저도 알고 있습니다.”

대답과 함께 단천엽이 아난의 머리를 한차례 쓰다듬으며 말했다.

“잠시 나갔다 올 테니 얌전히 기다리고 있어야 해.”

“아난은 천… 하, 한단을 따라갈 거야!”

“금방 올 테니까.”

“아앙!”

“아난은 착한 아이지?”

단천엽이 가볍게 안색을 굳히자 아난이 얼른 울상을 한 채 고개를 끄덕여 보였다. 항상 너그럽고 따뜻한 단천엽이나 이런 얼굴을 할 때는 꽤나 무섭다.

다시 아난의 머리를 쓰다듬어 준 단천엽이 이수민을 좇아 객점 밖으로 나갔다.

그의 뒷모습을 멍하니 지켜보던 최필이 역시 걱정이 되는지 한숨을 짓자, 장염무가 퉁명스럽게 말했다.

“이 사이비 도사야! 걱정도 팔자다!”

“누가 사이비 도사라는 거야!”

“너, 말이다, 너!”

최필에게 손가락질을 한 장염무가 조금 목소리를 낮춰 말했다.

“저 녀석은 괴물이란 말이다, 평범한 다른 녀석들과는 전혀 다른.”

“그렇긴 하지만, 빈도가 볼 때 그 이수민이란 녀석도 충분히 괴물이니까 걱정을 하는 거다! 이 신강의 고자 녀석아!”

“고, 고자라니!”

“아님, 토끼였던가?”

“이 녀석이!”

　장염무의 얼굴이 시뻘겋게 변하자 단천엽이 떠난 객점 문을 하염없이 바라보던 아난이 두 사람을 향해 잔뜩 투정난 표정으로 말했다.

“또 싸우는 거야?”

당장 주먹질을 할 듯 흉험하던 장염무의 기세가 재빨리 수그러들었다. 그가 얼른 고개를 가로젓자 최필이 얍삽하게 웃어 보이며 아난에게 말했다.

“아난 소저, 우리 당과라도 사 먹으러 갈까요?”

“다, 당과?”

“입에 들어가면 살살 녹는 맛이 일품입죠.”

“헤헤헤!”

언제 울상을 지었냐는 듯 아난이 활짝 미소 지었다.

　객점을 빠져나온 후 인적이 드문 곳에 이르러 경공을 발휘한 이수민과 단천엽이 도착한 장소는 옥화산 자락에 위치한 작은 구릉이었다.

사방이 탁 트여 주변에 어떤 사람이 다가오면 금세 눈치챌 수 있는 장소.

한차례 주변을 둘러본 후 이수민의 내심을 읽은 단천엽이 미미하게 고개를 끄덕여 보였다.

“이곳이라면 주변 상황을 개의치 않고 마음껏 실력 발휘를 할 수 있겠군요.”

“마음껏이라…….”

나직이 중얼거린 이수민의 안색이 일순 가면이라도 벗은 것처럼 무표정하게 변했다. 평소의 느긋하고 여유가 넘치던 표정 대신 무서리가 내린 듯 차갑고 냉정한 기색이 얼굴에 떠오른 것이다.

"그래, 이제부터 한단, 아니, 단천엽 자네와 대결할 나 이수민은 여태까지 꽁꽁 숨겨뒀던 천검을 사용할 것이다. 그러니 자네도 처음부터 현문의 무공을 발휘하는 게 좋다!"

'아마 저게 이 선배의 진짜 모습이겠지.'

내심 경각심을 일으킨 단천엽이 말했다.

"한 가지 물어봐도 되겠습니까?"

"뭘 묻고 싶은 것이지?"

"이 선배가 제게 살기를 품은 진짜 이유를 알고 싶습니다."

"흥, 내가 자네에게 살기를 품으면 안 될 까닭이라도 있다는 건가?"

"이번 대결이 단순한 비무인지 확인하려는 겁니다."

"흥, 서문휘강을 꺾었다고 이제 나쯤은 아예 안중에 두지 않고 있구나! 하지만 숨길 필요도 없겠지."

거칠게 소리친 이수민이 눈에 기이한 열기를 담았다.

"본래 나는 암천의 후계자로서 천하맹에 들어간 건 오직 천하를 얻기 위함이었다. 용문의 오성이니 기재들이니 하는 것들에 대해 크게 신경을 쓰지 않았던 건 그들 중 어느 누구도 후일 내 앞의 걸림돌이 되지 못한다고 봤기 때문이다."

"그럼 지금의 저는 이 선배의 걸림돌이 되는 것입니까?"

"자네가 나의 걸림돌이 될지 아니면 내가 자네의 걸림돌이 될지는 이번 한판의 대결로 결정이 날 테지."

말을 마친 이수민이 강남행 중 거들떠보지도 않던 검파에 손을 갖다 댔다. 더 이상의 대화는 필요없다는 간접적인 의지의 표명이었다.

단천엽 역시 양손을 내려뜨린 채 말했다.

"그럼 시작하시죠!"

이수민의 검미가 꿈틀 치켜 올라갔다.

"맨손으로 나와 싸우겠다는 건가!"

등에 매단 한백마검을 잠시 떠올린 단천엽이 천천히 대답했다.

"이대로 충분하다고 생각합니다."

"그 선택, 후회하게 해주지!"

마치 자신에게 다짐하듯 중얼거린 이수민이 자세를 낮췄다.

전형적인 발검술을 펼치기 직전의 모습!

'역시 천검이란 가장 완벽한 발검술을 위해 필요한 재능이었구나!'

단천엽은 자연스레 양손에 무형검기를 담았다. 이수민이 발검술로 승부를 걸어온 이상 받아주는 게 도리라 생각한 것이다. 전날 천권 화굉요를 통해 진 빚을 갚는 의미에서라도.

슉!

그때 오른발로 바닥을 가볍게 차고 앞으로 나선 이수민이 단천엽의 옆구리 쪽을 노리며 파고들었다. 마치 단천엽의 특기인 비권 천류영의 특징인 상대의 사각을 파고들 듯이.

움찔.

그 순간 가볍게 어깨를 떨어 보인 단천엽이 움직임을 보였다.

먼저 수중에 모은 무형검기를 토해낸 것이다.

번쩍!

뒤늦게 발동해 먼저 도착한다!

그것이야말로 발검술의 궁극이며 쾌검의 지상명제다.

거기에 한 가지 더!

이수민의 천검은 창공에서 먹이를 노리고 낙하하는 매와 같은 정확성을 겸비하고 있었다. 단천엽이 무형검기를 토해낸 순간 그의 천검은 어느새 코앞까지 파고든 채 변화를 보였다. 인후를 목표로 삼고.

휘릭!

단천엽의 고개가 기다렸다는 듯 옆으로 꺾였다. 상대방의 허점을 노리는 게 천검이라면, 그가 익힌 비권 천류영은 사각을 파고드는 데 중점을 둔다. 천검이 비록 사각으로 파고들었다 하나 피하지 못할 바 없다.

그 뒤 단천엽은 뒤늦게 발동시킨 좌수의 무형검기로 변화하는 천검의 검기를 후려쳤다. 한차례 천검의 직격을 막기 위해 두 번이나 무형무극검을 펼쳐 낸 것이다.

파라라라락!

순식간에 일합을 나누고 좌우로 갈라선 두 사람의 주변으로 거센 광풍이 일었다.

허공을 노니는 바람조차 갈라 버린 천검이었고, 그 천검을 튕겨 버린 무형무극검이었다. 잠시 멈춘 듯하던 산정의 산들바람이 산산조각나 광풍으로 변한 건 당연했다.

그때 펄럭이는 자신의 무복 자락을 확인한 이수민의 차가운 시선이 가볍게 흔들렸다. 이미 몇 군데나 되는 요혈 부근이 불에 탄 듯 구멍나 있었기 때문이다.

'그는 끝까지 현문의 천왕을 사용하지 않았다!'

내심 터져 나온 단식과 함께 이수민의 검이 다시 검갑으로 돌아갔다. 서로 간의 고하를 확인한 이상 더 이상의 머뭇거림은 추할 뿐이었다.

어느새 수중의 무형검기를 거둔 단천엽이 담담한 표정으로 말했다.

"이 선배, 방금 전의 일합은 무승부였습니다."

이수민이 고개를 가로저었다.

"나는 방금 최선을 다했다!"

"저 역시……."

"날 비참하게 만들 셈인가!"

버럭 화를 낸 이수민이 갑자기 단천엽 앞에 무릎을 꿇더니, 오체투지를 하 듯 엎드렸다. 그리고 놀란 표정이 된 단천엽을 향해 목소리를 높였다.

"현문의 제자 이수민이 소주에게 인사를 드립니다!"

"이 선배……."

"그리고 동방의 왕자 이수민은 오늘로서 현문과의 모든 인연을 끊고 홀로 세상을 걸어갈까 합니다."

말을 마치자마자 엎드린 자세를 풀고 몸을 일으킨 이수민이 허리춤에 매달고 있던 검을 검갑째 떼어냈다. 그리고 잠시간의 침묵.

휘익!

이수민과 평생을 함께했던 애검이 구릉 아래의 천길 낭떠러지로 사라졌다. 주인의 손에 의해.

"그럼."

바로 자리를 뜨려는 이수민을 단천엽이 불러 세웠다.

"이 선배, 잠시만 기다려 주십시오!"

"조심하는 게 좋을 것이야! 현문주가 바라는 일은 천지를 뒤흔드는 것으로, 인성을 유지하고선 이룰 수 없는 일이니까!"

이수민은 뒤도 돌아보지 않고 신형을 날렸다.

단천엽을 홀로 남겨놓은 채.

혈운(血雲) 2

남궁세가가 위치한 옥화산.

그곳으로부터 삼백 리 떨어진 의황(宜黃)에 위치한 작은 고택의 심처.

단천엽을 떠난 이수민이 좌정한 태사의 앞에 오체투지하고 있는 중년인의 어깨가 미미하게 떨리고 있었다.

중년인의 정체는 사방천 중 남천존자.

삼안귀면(三眼鬼面) 이심수.

반검맹의 극비 단체인 암천의 주인이자 천하를 통틀어 다섯 손가락 안에 드는 정보계의 거두는 지금 안면을 홍건히 눈물로 적시고 있다. 소리없는 오열이었다.

그 모습을 묵묵히 바라보고 있던 이수민이 나직이 탄식했다.

"그만 눈물을 거두시오. 지금은 울 때가 아니니."

"크흐흑. 하지만… 하지만 너무 원통합니다, 왕자 저하! 어찌 대왕께서 이리 갑자기 돌아가실 수 있단 말입니까! 그토록 오랫동안 준비해 왔던 북벌의 대망을 저버리시고…….”

이수민의 눈가에 가벼운 그늘이 떠올랐다.

"본래 삼한의 조정은 과거 대륙을 호령했던 열조들의 위업을 잊고, 북벌파(北伐派)와 북린파(北隣派)가 수백 년간 치열하게 다투고 있었소이다. 그러다 백여 년 전 치욕적인 형제지국이라 칭해지는 수치를 당했던 것이고. 때문에 오래전부터 행해온 중원혼란지계(中原昏亂之計)는 중원파멸지계로 바뀌어 이제는 열매가 맺기만을 기다리면 되게 되었지만… 부왕께서 붕어하신 이상 계속 한씨 일족의 현문과 손을 잡고 계획을 지속하긴 힘들게 됐소이다.”

"왕자 저하, 정녕 북벌을 포기하시겠다는 겁니까!”

"포기가 아니라 보류요.”

"그러나!”

"삼한에선 지금 왕자지란이 일어나 북벌파의 수장인 삼봉 대감을 비롯한 많은 대신들이 참살을 당했다 하오. 어찌 왕자 된 신분으로 내가 중원에 계속 머물 수 있겠소!”

이수민의 차가운 단언에 이심수의 고개가 바닥으로 떨어졌다.

그 역시 처음부터 알고 있는 사실이었다. 알고 있었기에 삼한으로 돌아가려는 이수민의 뜻을 꺾을 수 없었다.

하지만 원통했다. 분했다.

북벌을 위해 손을 잡은 한씨 일족은 동방제일문인 현문을 장악했을 뿐더러, 과거 누천년으로부터 현재 삼한의 왕권을 잡은 이씨와 암중으로 권력 투쟁을 벌여온 삼한갑족(三韓甲族:삼한의 으뜸 일족)이었다. 스스로 삼한의 왕을 자처할 정도의 권문세족인 것이다.

그런 대족벌의 우두머리인 한상월과 손을 잡기 위해 이심수가 당한 굴욕은 보통이 아니었다. 그 역시 이씨 왕조의 일원으로 당당한 왕족의 후예이건만 한낱 과거 왕조의 후예에게 머리를 숙여야 했고 온갖 뒤치다꺼리를 해야만 했다.

모두 중원에게 당한 치욕을 씻고 북벌의 대업을 이루기 위함이었다. 삼한이 다시 과거 찬란했던 조상들의 고토를 회복할 수만 있다면 온몸이 갈기갈기 찢겨 산산이 부서지더라도 여한이 없다고 이심수는 생각했다.

'그랬는데… 정녕 이대로 끝내야만 한단 말인가!'

이심수의 참담한 마음을 이해한 듯 이수민이 말했다.

"비록 나와 왕숙께서 삼한으로 돌아간다 해도 중원은 현문주에 의해 한동안 혼란이 계속될 것이오. 그리고 그 혼란이 삼한이 다시 안정되고 왕권이 강화될 때까지 이어진다면……."

"저하……."

"그때 나는 다시 돌아올 것이오! 여태까지처럼 한족의 탈을 쓴 비겁자가 아닌 당당히 천군만마를 앞세운 정벌자로서!"

이심수가 소매를 들어 젖은 얼굴을 훔쳤다.

그리고 처음 중원에 잠입할 때와 같이 불타오르는 눈빛을 번뜩이며 소리쳤다.

"그땐 반드시 제가 선봉장이 될 것입니다!"

"그럴려면 당장 삼한으로 돌아가 반역도들의 목을 베고, 나라를 안정시켜야만 할 것이오."

"맡겨주십시오!"

“왕숙만 믿겠소이다. 그리고…….”

이수민이 태사의에서 몸을 일으키더니 이심수를 향해 대례를 올렸다.

“아들 수민이 양부께 고별의 절을 올릴까 합니다.”

“이, 이 무슨…….”

당황하여 고개를 숙인 이심수에게 단정하게 고개를 든 이수민이 말했다.

“이 한 번의 절로써 그동안 맺었던 부자지간의 의를 끊겠소이다.”

“저하!”

“왕숙께서는 내 진의를 아시겠소이까?”

이심수의 눈에서 불길이 뿜어져 나왔다.

“이제부터 저하와 저는 오직 군신지간일 뿐이옵니다.”

“고맙소.”

이수민이 자리에서 일어섰다. 그리고 멀리 동방을 향해 시선을 던졌다.

‘서책을 버리고 무학을 익힌 후 줄곧 대륙을 꿈꿨으나 이제 날 필요로 하는 곳은 삼한이로구나!’

쓸쓸한 미소가 이수민의 입가에 떠올랐다.

쾅다당!

한상월의 손을 떠난 책상이 벽에 부딪쳐 산산조각났다. 심중에서 인 그의 분노를 대변하듯이.

그 모습에 고개를 바닥으로 떨군 장백신군은 반백이 넘은 수염을 가볍게 떨었다. 이미 십오 년 만에 천하맹으로 돌아오며 예상했던 일이었으나 대주 한상월의 분노는 너무나 무서웠다. 평생 거칠 것 없이 살아왔다 자부했던 그로서도 감히 숨조차 쉬지 못하리만큼.

그때 한차례 격한 숨결을 토해내고 침묵에 잠겨있던 한상월이 털썩 자리에 앉았다. 그리고 흘러나온 한마디.

"쓸모없는 것들!"

장백신군이 그제야 참았던 숨을 내쉬며 미처 끝맺지 못했던 나머지 보고를 올렸다.

"벌써 남천존자 측은 삼한으로의 철수를 고려하기 시작한 듯합니다."

"그럴 테지. 왕이 죽고 북벌파가 몽땅 숙청된 현 상황에선 삼한의 왕권을 사수하는 것만도 녀석들에겐 힘들 테니까."

"대주께서 바로 보셨습니다. 그러니 저희 현문도 일단 중원파멸지계의 발동을 좀 늦추는 것이……."

"당치 않은 소리!"

목소리를 높여 장백신군의 입을 닫은 한상월의 눈이 평소와 같이 차갑게 가라앉았다.

"이미 나는 십이마성과 손을 잡았다. 이제와 이씨들이 발을 뺐다 해서 계획을 뒤로 미룰 순 없다."

"그러나 남천의 힘을 빌리지 않은 채 계획을 발동시킨다면 소주께 닥쳐올 위험이 너무 큽니다. 대주께서는 다시 한 번 계획을 재고해 주십시오!"

"소주? 언제부터 천엽 녀석이 소주라 불리기 시작했지? 나는 아직 녀석을 현문의 후계자로 인정한 적이 없는데?"

"대주께서는 소주께 이미 본 문의 현문비록을 전하시지 않았습니까?"

“그랬지. 필요했으니까.”

한상월이 순순히 인정하자 장백신군이 더욱 목소리를 높였다.

“대대로 현문비록을 전해 받은 분은 본 문의 소주가 되셨고, 후일 대주에 올랐습니다. 그러니…….”

“내게 과거 따월 강요하진 말게.”

“하나!”

“부친께서 더러운 찬탈자의 피가 흐르는 이씨들과 손을 잡고 북벌을 계획했을 때부터 현문의 전통은 그 맥이 끊긴 것이나 마찬가지야. 내 대에 와선 더욱 흐려졌고. 그러니 이제와 현문비록을 익힌 자가 소주가 되지 않는다 해도 크게 문제될 건 없는 거야. 그런 사실은 자네 역시 알고 있으리라 생각했는데? 내가 잘못 봤던 건가?”

“그, 그건…….”

“아니면 자네가 이리 목소리를 높이는 건 천엽 녀석에 대한 개인적인 감정 때문인가?”

“…….”

장백신군의 노안이 가볍게 흐려졌다. 확실히 그에겐 단천엽에 대한 끊을 수 없는 감정이 있었다. 어린 단천엽을 맡아서 장성시킨 사람이 바로 그였다. 그동안 쌓인 정이란 친혈육과 같아 쉽사리 그 크기를 잴 수 없을 정도였다.

차마 자신의 말을 부인치 못하는 장백신군을 무심하게 바라보며 한상월이 말을 이었다.

“천엽 녀석은 이미 현문의 모든 절기를 전수받은 상태야. 역대 어떤 대주보다 훨씬 빠른 성취라고 할 수 있지. 하지만 그런 귀한 인재라 해도 나는 목적을 위해 버려야만 해. 그동안 북벌을 위해 현문의 인재들이 흘린 피를 기억하기 때문이야. 나의 고뇌를 알겠는가?”

“…속하는 그저 대주의 명을 따를 뿐입니다.”

“그래, 그러는 게 옳아.”

가볍게 고개를 끄덕인 한상월이 산산조각 부서진 책상의 파편을 보며 가볍게 혀를 찼다.

“나도 수양이 덜됐군. 일시 격분하여 죄도 없는 책상을 저리 만들다니.”

사라락.

장백신군이 떠나고 얼마 지나지 않아 문상의 집무실에는 부서진 책상의 파편이 치워지고 새 책상이 들어섰다. 평소 사용하던 것과 그다지 다를 게 없는 평범한 모양을 한.

책상에 다시 쌓인 보고서를 살피고 있던 한상월의 시선이 순간 전면을 향했다. 장백신군이 떠난 바로 그 자리를 차지한 유설영과 거산의 모습이 보였다.

“오늘따라 찾는 사람들이 많군. 이번에는 또 무슨 일이지?”

한상월이 묻자 유설영을 옆구리로 쿡쿡 찔러대던 거산이 검은 얼굴을 붉히며 말했다.

“저희 현문이괴(玄門二怪)는 대주께 무례하나마 한 가지 주청을 올리기 위해 왔습니다.”

“주청?”

“예, 대주를 소주 시절부터 따랐던 정을 보아 오늘의 무례를 간합하여 주시기 바랍니다.”

한상월의 무심하게 가라앉은 눈이 평소처럼 그림같이 부복해 있는 유설영을 향했다.

"현문이괴가 함께 주청을 올린다는 건 귀비 자네 역시 거산을 따른다는 뜻이겠지?"

유설영이 살짝 고개를 숙여 보였다.

"대주께서 옳게 명찰하셨습니다."

"그렇군."

고개를 끄덕인 한상월이 거산에게 눈짓했다. 더 이상 뜸들이지 말고 본론을 말하라는 뜻이다.

거산의 얼굴이 더욱 붉어졌다. 검붉다 못해 당장에라도 터져 버릴 것만 같았다. 그러나 이곳에 오기 전 그는 크게 마음을 굳힌 상태였다. 마음이 불안하다 하여 뒤로 물러설 순 없었다.

꾸욱.

바닥에 댄 주먹에 힘을 주고 거산이 말했다.

"대주, 이놈의 목숨을 거둬가시고, 부디 단 공자를 살려주십시오!"

"너로선 역부족이다."

기다렸다는 듯 유설영이 조용히 고했다.

"거산만으로 부족하시면 비녀의 목숨 역시 거두십시오!"

한상월의 시선이 다시 그녀를 향하더니 가볍게 찌푸려졌다.

"귀비가 포함된다면 조금쯤 균형이 맞겠지. 하지만 그렇다 해도 여전히 부족하다. 녀석이 상대해야 할 자는 지옥에서 돌아온 마신이니까."

"서, 설마!"

경악하는 표정이 된 거산을 대신해 유설영이 살짝 입술을 떨어 보이며 확인했다.

“…지옥에서 돌아온 마신이란 십이마성을 말씀하시는 건지요?”

“그렇다.”

“어찌, 그 악귀들이……!”

“곧 삼차 마성혈류하가 일어날 테니까.”

“아!”

유설영은 일순 머리가 어지러워 손으로 이마를 짚었고, 거산은 입을 벌린 채 딱딱하게 굳었다.

삼차 마성혈류하!

이 말을 듣고 천하의 뉘가 있어 두려워하지 않고 공포에 떨지 않으랴. 과거 동방제일문으로 천하의 경외를 받던 현문이 쑥대밭으로 변했던 것이 엊그제 같거늘.

온몸에 소름이 깃드는 걸 느끼며 유설영이 간신히 질문했다.

“대주께서는 결국 그 악마들과 손을 잡으신 건지요?”

“악마라…….”

나직이 중얼거린 한상월이 고독하게 미소 지으며 말했다.

“목숨과 같이 사랑했던 려군을 자신의 손으로 죽인 나다. 이미 나 자신이 악마인 것을 이제와 무얼 망설이겠는가.”

“대주, 주모의 일은…….”

“현문과 삼한의 가슴속에 맺힌 한을 풀기 위해 중원에 들어왔다. 그 사실이 밖으로 알려져선 곤란했기에 아내를 죽일 수밖에 없었고. 그러니 이제와 자네들이 나더러 인간이 되라 말하는 건 곤란해.”

“대주, 그렇지만…….”

“곤란하다고 했다!”

한상월의 말이 떨어진 것과 동시에 거산의 커다란 몸이 부복한 자세

그대로 뒤로 날아갔다. 마치 추풍낙엽과 같이.

우당탕!

집무실의 두터운 벽에 사람 모양의 구멍이 생겼다.

그리고 거산은 돌아오지 못했다.

"대, 대주……."

유설영의 창백하게 굳은 낯을 바라보며 한상월이 평소와 다름없는 표정으로 말했다.

"철두동인인 거산이라 해도 석 달 보름은 운공조식해야 몸을 운신할 수 있을 것이야. 하지만 귀비 자네까지 그렇게 만들긴 싫군."

"……."

"그래, 그러는 게 좋아. 삼차 마성혈류하가 끝날 때까진."

한상월의 시선이 다시 보고서 더미로 향했다. 유설영에게 나가라 손 짓을 해 보이곤.

혈운(血雲) 3

옥화산은 기껏해야 이삼십 리 정도의 산세에 불과하다. 적게는 백여 리에서 많게는 천여 리에 이를 정도로 웅장한 자태를 자랑하는 강북의 여느 산맥과 비교하자면 규모가 형편없을 정도였다.

그러나 강남에서는 그래도 제법 명산이라 불리는 곳이다.

특히 강남오패연합의 수장인 남궁세가가 자리잡은 곳은 옥화산의 모든 정기가 집중된 장소이니 나름의 묘미가 없을 리 만무하다.

사아아.

한술기 불어온 바람이 남궁세가 후원에 마련된 가산을 훑고 지나가자 청죽림이 한차례 흔들림을 보였다. 그리고 들려오는 사람의 가슴을 시원하게 뚫어주는 대나무 울음.

청죽림의 중간에 마련된 정자에 앉아 다향을 즐기고 있던 남궁성환의 노안에 즐거운 미소가 떠올랐다. 하루 중 홀로 가꾼 밭에서 난 찻잎을 띄운 찻물을 음미하는 정오는 남궁성환이 가장 좋아하는 때였다.

그래서인지 강북정벌군으로 보낼 무사 선발로 인해 남궁세가 전체가 번잡한 와중에도 이곳, 죽림 한가운데 자리잡은 청풍정(淸風亭)만은 시간이 멈춘 듯했다.

후룩.

찻물이란 마시는 게 목적이다. 대나무 울음과 다향의 향취에 흠뻑 취해 결국 그 향기를 들이마신 남궁성환의 입가가 가볍게 일그러졌다.

"역시 아직 덜 우러났어."

떫은 차맛에 고개를 가로저으며 남궁성환은 다구를 다탁 위에 내려놨다.

이럴 땐 차를 기가 막히게 끓이던 제갈현빈이 보고 싶다.

무엇이든 한 번 보면 결코 잊어버리는 법이 없던 기재.

놀랍게도 강남무림의 절대자인 남궁성환 앞에서 도발적인 시선을 빛내던, 그래서 한때 손자 남궁진천의 호적수가 될지도 모른다 생각했던 제갈세가의 기린아.

하나 남궁성환은 곧 다시 고개를 가로저었다.

호북으로 떠난 제갈현빈을 이곳으로 부를 순 없다는 뜻일까?

아니, 그보다는 남궁진천의 호적수가 되기엔 제갈현빈이 치명적인 약점을 가지고 있다는 생각이 들어서이다. 아직 남궁진천은 깨닫지 못해 승부욕을 불태우고 있지만.

'현빈, 그 아이는 너무 모든 일들을 계산적으로 생각하고 판단한다. 그래선 좋은 참모, 이 인자는 될지언정 일인자가 될 순 없지. 일인자란 계산하기 전에 본능적으로 승부의 시기를 깨닫고 먼저 움직이는 자이니까. 허허, 그런 점에서 나도 이젠 다된 것인가? 어찌 아직도 강북에

맹의 전력을 투입하는 것을 주저하는 것인지……'

남궁성환의 뇌리로 자신보다 한 배분 어림에도 강북을 주름잡고 있는 세 명의 절대자들이 떠올랐다.

창천무극검제 모문환.

흑의문상 한상월.

그리고 뇌정경혼 단백경.

그들 중 어느 누구와 맞붙어도 남궁성환은 자신이 있었다. 모문환의 패도적인 뇌벽지존검, 한상월의 하늘을 놀라게 하는 두뇌, 단백경의 신권 중 어떤 것도 두렵지 않았다.

단, 일 대 일이라면!

강남에 모용세가의 가주인 관일검호 모용덕을 제외하면 남궁성환과 비견될 만한 절대자가 없는 데 반해, 강북의 삼 인은 거의 우열을 가릴 수 없을 정도의 실력자들이었다. 그것도 남궁성환 자신을 제외하면 천하를 통틀어도 상대할 자가 없을 정도라는 게 반검맹 모사들의 지배적인 견해였다.

그래서 남궁성환은 인생의 황혼이 가까워질 때까지 불같이 치솟는 야심을 죽이고 있어야만 했다. 스스로를 경계하며 은인자중해야만 했다. 자칫 자신이 조금의 틈이라도 허용하면 강남 전체가 천하맹의 말발굽에 짓밟힐 터였기 때문이다.

그러다 기회가 왔다.

삼 인의 절대자 중 한 명!

천하맹주 모문환의 폐관이 그것이었다.

남궁성환은 탈검의 경지에 오른 후 내팽개쳤던 애검을 다시 손에 잡았다. 일생을 두고 연마해 그 자신에게 신검이란 존엄한 외호를 선사

한 오랜 친우를 다시 쓸 때가 왔다는 판단이었다.

그런데 망설임이라니!

황혼을 앞둔 인생 중 마지막으로 찾아온 기회를 앞에 두고서.

있을 수 없는 일이었다. 이제 남궁성환에게 남겨진 시간은 그리 길지 않았기 때문이다.

"허허, 역시 늙은 탓인가? 어째서 요즘 들어 이리 가슴이 답답한 것인지……."

무의식적으로 다탁에 내려놨던 다구를 들어 입에 가져다 댄 남궁성환의 노안이 다시 일그러졌다. 그리고 바로 그때였다.

'허, 저 친구의 걸음이 어째 저리 시원치 않지? 간밤에 힘을 좀 과하게 쓴 건가?'

남궁성환의 시선을 받은 이는 남궁세가의 총관인 섬수탈혼검(閃手奪魂劍) 남명인. 일개 가문의 총관이라 하나 강남무림 백강(百强)에 든다 알려진 절정고수였다.

한데 남궁성환의 중얼거림처럼 남명인의 걸음은 절정고수답지 않게 안정되어 있지 않았다. 그저 흘려보면 크게 어색하지 않으나 보폭이 일정하지 않다는 사실을 고수라면 알아볼 수 있을 터였다.

그때 죽림의 앞에서 잠시 머뭇거리던 남명인이 나직이 목소리를 돋워 고했다.

"노가주님, 잠시 청정에 누를 끼치겠습니다."

남궁성환의 눈에 담겨 있던 이채가 잘 벼려진 검처럼 날카로워졌다. 절정의 무위보다 능수능란한 일 처리가 더욱 뛰어난 남명인이 이처럼 말한다는 건 사안이 중대하단 뜻이었다.

"진천이에게 들러 오는 겐가?"

"소가주는 현재 무사 선발 때문에 바쁜 터라 일부러 들르진 않았습니다."

"그렇겠군."

더 묻지 않고 남궁성환이 손짓을 해 보였다.

다가와도 좋다는 뜻이다.

거의 삼십 년 가까이 남궁성환을 곁에서 모신 남명인이 살짝 허리를 숙여 보이고 죽림 안으로 들어섰다.

"이건……."

청풍정에 오르자마자 남명인이 조심스레 품에서 꺼내 든 꽃 한 송이를 접한 남궁성환의 백미가 슬쩍 치켜 올라갔다.

이름조차 알 길 없는 들꽃.

한눈에 보기에도 방금 잘라낸 듯 꽃잎이 생생하다.

그때 꽃에서 손을 뗀 직후, 다소 창백하던 안색이 대번에 불그스름하게 정상을 되찾은 남명인이 나직이 한숨을 토하며 고했다.

"이 꽃은 사흘 전 제 침상 옆에 놓여 있었습니다."

남궁성환의 손이 대뜸 다탁 위의 꽃으로 향한다.

뭔가 이상한 점이 있다고 여긴 것이다.

그러자 남명인이 깜짝 놀라 소리쳤다.

"그 꽃에 손을 대시면……."

이미 꽃을 집어 든 남궁성환의 손가락이 꽃줄기의 절단면을 쓰다듬었다. 평소와 전혀 다름없는 얼굴을 한 채.

'허, 내가 경솔했다! 어찌 신검의 경지에 오른 지 오래인 노가주님을 나와 같은 범주에 놓고 걱정했더란 말인가!'

남명인은 내심 혀를 차며 자신의 경박함을 꾸짖었다.

그때 꽃줄기의 절단면에서 손가락을 뗀 남궁성환의 노안이 남명인을 향했다.

"꽃만 남겨져 있던 건 아닐 테지?"

남명인의 손이 다시 품속에 들어갔다 나왔다.

그리고 그의 손에 들린 한 통의 서찰.

남궁성환이 손을 내밀자 남명인이 눈빛을 강하게 하고 말했다.

"꽃에 담긴 살기로 볼 때 상대는 평범한 비무자나 도전자가 아닌 게 분명합니다."

"그럴 테지."

묵묵히 고개를 끄덕인 남궁성환이 다시 꽃을 다탁 위에 내려놓았다. 그 순간!

파스스.

조금 전까지만 해도 마치 새벽 이슬을 맞은 듯 생생한 모습을 하고 있던 들꽃이 산산조각났다. 아니, 산산조각 정도가 아니었다. 아예 처음부터 이 세상에 존재하지 않았던 것처럼 들꽃은 가루가 되어 바람 속으로 흩어졌다.

그 광경에 남명인이 자신도 모르게 입을 벌리곤 중얼거렸다.

"도대체 어느 정도의 수련을 쌓으면……."

"이건 단순한 살검(殺劍)으로 만들 수 있는 모습이 아니야."

"그, 그렇다면?"

"신검, 아니 마검이라 부르는 게 옳으려나? 천하무림을 뒤져도 몇 자루 없을 게 분명한 마검과 지독한 살검이 합쳐졌기에 사흘이 지나도록 꽃이 생기를 품고 있을 수 있었고, 자네의 생기를 억누를 수 있었던 게야."

"그럼 갑자기 꽃잎이 흩어진 건……."

대답 대신 남궁성환의 입가에 작은 미소가 떠올랐다.

"어째서이겠는가?"

"아!"

나직이 탄성을 토한 남명인이 감격한 표정으로 소리쳤다.

"경하드립니다! 결국 생검(生劍)의 도리를 깨우치신 게 아닙니까?"

"역시 자네에겐 구구한 설명을 하지 않아서 좋아. 살검이 비록 무섭고 마검 역시 꺼림칙하긴 하나 생명을 살리는 것에 비교될 순 없겠지."

남궁성환의 손이 가벼운 움직임을 보였다.

동그라미.

그저 별다를 것이 없어 보이는 동그라미를 남궁성환은 허공 중에 그려 보였다. 그리고 남명인의 눈앞에서 평생 본 적이 없는 기적이 일어났다.

휘오오!

남궁성환의 손끝을 따라 움직인 한줄기 바람이 다탁 위에 모였다. 그냥 모이기만 한 것이 아니라 작은 소용돌이를 만들어냈다.

그리고 그 소용돌이가 다시 살랑이는 미풍으로 변했을 때다.

투욱.

바람을 좇아 허공 중으로 사라졌던 들꽃이 다시 세상에 모습을 드러냈다. 처음 남명인이 품 안에서 꺼내 들었을 때보다 훨씬 생생하고 농염한 향기를 뿜어내며.

"이, 이게……."

할 말을 잊어버린 남명인에게 남궁성환이 담담한 표정으로 명했다.

"내가 가꾸고 있는 채마밭에 가면 한 켠에 작은 화단이 있다네. 이
놈을 가져다 거기 심게나. 자네가 정성만 들인다면 다시 뿌리를 내리
고 탐스런 꽃망울을 틔울 터인즉."

"예예."

연신 고개를 주억거리는 남명인에게 남궁성환이 다시 손을 내밀었
다. 비무첩이 분명한 서찰을 내놓으라는 뜻이었다.

그러자 이미 경이적인 광경 앞에 압도된 남명인이 평소처럼 고집을
세우지 않고 서찰을 내밀며 말했다.

"그래도 따로 준비는 해놓겠습니다."

"그건 자네 맘대로 하게."

"그럼 소인은 이만 물러가 보겠습니다."

조심스레 들꽃을 집어 든 남명인이 무릎걸음으로 청풍정에서 물러
났다. 노가주 남궁성환이 아닌 검도의 절대적 경지에 도달한 무도자에
대한 그 나름의 예의였다.

잠시 후.

결국 다구에 담긴 찻물을 남긴 남궁성환은 청풍정에서 나와 죽림 안
을 거닐다 내심 머리를 굴렸다.

'지난 사흘간 남 총관도 나름대로 조사했겠지. 이런 일에는 철두철
미한 친구니까. 한데도 결국 내게 왔다는 건 상대가 만만치 않다는 뜻.
살검과 마검도 대단하지만, 본 가의 영역 안에서 남 총관의 이목을 피
할 수 있다는 게 놀랍구나. 그런데 과연 이런 사실을 암천의 여우가 몰
랐던 걸까?

남궁성환은 암천주 삼안귀면 이심수를 떠올리곤 눈에 가벼운 안광

을 담았다. 무(武)로써 젊은 시절 그를 긴장시켰던 게 모용덕이라면 이심수는 다른 의미로 노년의 활력소가 되는 인물이었다.

반검맹의 맹주인 남궁성환으로서도 내심을 추측키 힘든 신비인. 암천을 장악하고 있는 이심수의 존재는 반검맹과 강남무림으로선 양날의 검이나 마찬가지였다.

필요하면서도 위험한.

그런 이심수와 암천의 움직임이 요 근래 들어 심상치 않다는 보고가 잇따르고 있었다. 아직까진 큰 움직임이 포착되진 않았으나 예의주시하지 않을 수 없는 상황.

그런 와중에 별안간 남궁성환에게 비무첩이 날아들었다. 하늘에서 뚝 떨어진 것같이. 여태까지 암천의 보고가 전혀 없었던 점을 굳이 들춰내지 않더라도 의심스러운 일이었다. 마음 한 켠에 무거워질 정도로.

"허허, 내일도 날이 맑아야 할 터인데……."

비무첩 안에 적힌 비무 장소와 날짜를 떠올린 남궁성환이 하늘을 살피다 눈살을 가볍게 찌푸렸다. 방금 전까지 청명하던 하늘 저편에서 검붉은 구름 떼가 밀려오고 있었다.

제61장

남궁세가 최후의 날

단천엽이 무사 채용 시험에 참가해 남궁세가의 총관인 섬수탈혼검 남명인의 침상 옆에 비무첩을 전달한 직후다.

단천엽 일행은 천하제일 도굴꾼이자 사이비 도사인 최필의 도움을 받아 한동안 옥화산 기슭에 은둔해 있었다. 더 이상 암천 조직을 적절히 이용했던 이수민의 비호를 받을 수 없는 데다 남궁세가의 이목으로부터 벗어나려면 도리가 없었다.

구문유로환허진(九門幽路幻虛陣).

찾는 이의 주변에 숨는 것이 상대의 허를 찌르는 계책이란 최필의 주절거림에 어울리지 않게 훌륭한 모산파의 기진은 나흘간 일행을 숨겨주기에 충분했다. 남명인의 명을 받은 남궁세가의 정예는 수차례나 기진의 앞에 이르렀음에도 파탄을 발견하지 못하고 돌아갔다.

그리는 동안 단천엽은 아난과 그동안 못 놀아줬던 것까지 실컷 놀아

췄고, 최필과 장염무는 매일 서로 머리를 맞대고 강남 탈출 계획을 세우느라 바빴다.

본래 이 계획의 중추는 이수민이었는데, 그가 갑자기 빠진 탓에 두 사람의 역할이 처음보다 커졌다. 그들의 얼굴이 나날이 시뻘겋게 달아오르고 주먹다짐에 여념이 없는 건 크게 이상할 바가 없었다.

실제 신검 남궁성환을 단천엽이 암살하는 데 성공한다 해도 남궁세가를 중심으로 한 반검맹의 추격이 남아 있었다. 지독하고 무시무시하며, 끈덕질 게 분명한 추격. 그걸 따돌리지 못한다면 단천엽 일행의 천하맹으로의 무사 생환은 꿈조차 꿀 수 없는 일이었다.

살기 위해선 힘을 합쳐야 한다!

처음으로 의견 일치를 본 최필과 장염무는 연신 주먹다짐을 하고 욕설을 주고받으면서도 점차 훌륭한 탈출 계획을 세워갔다. 삶에 대한 욕구가 이뤄낸 기적 같은 일이었다.

물론 그런 와중에도 두 사람이 세운 탈출 계획을 최종적으로 검토하고 몇 가지 수정을 지시한 이는 단천엽이었다.

겉으론 아난과 놀아주는 것밖엔 아무것도 한 게 없지만, 그의 정신은 이미 범인과 같은 곳에 있지 않았다. 목숨을 건 생사대전을 앞에 둔 탓에 잔뜩 고양된 정신 세계는 한층 성숙해져 다른 곳에서마저 초능력을 발휘했다.

그는 한차례 슥 훑어보는 것만으로 최필과 장염무가 죽도록 고생하며 짜놓은 탈출 계획의 허점이나 문제점을 쉽사리 파악해 냈다. 마치 처음부터 두 사람의 탈출 계획에 동참했던 것처럼.

덕분에 최필과 장염무는 다시 서로를 탓하며 얼굴을 붉혀야 했고, 단천엽이 옆에 있어 마냥 기분이 좋던 아난은 두 사람 사이에 시시때

때로 끼어들어야만 했다. 일단 그 점만 제외하면 나흘의 도피 생활은 나름대로 알차게 지나갔다.

그리고 드디어 결전 당일이 밝았다.

항시 등을 떠나지 않던 한백마검을 옆구리에 꿴 단천엽이 잔뜩 걱정스런 얼굴이 된 최필과 장염무를 돌아보며 말했다.

"만약 제가 정오를 넘기고도 돌아오지 않는다면 지체없이 탈출 계획에 따라주십시오."

"알겠네."

장염무가 바로 고개를 끄덕이며 대답하자 최필이 그에게 눈을 흘겼다. 마치 탈출 계획의 책임자라도 된 것처럼 구는 게 못마땅한 것이다.

그때 아난이 평소처럼 단천엽에게 달려드는 대신 머뭇거리며 다가섰다.

"하, 한단, 또 어디 가는 거야?"

"이제 천엽이라고 불러도 된다."

"천엽. 천엽."

대뜸 자신의 품으로 파고든 아난의 머리를 부드럽게 쓰다듬어 준 단천엽이 말했다.

"다녀올게."

"응!"

단천엽의 품에 안겨 마냥 즐거워하던 아난이 힘차게 고개를 끄덕여 보였다.

남궁성환은 비무첩에 적힌 시간보다 조금 일찍 비무 장소에 도착했다. 한 번도 패배를 생각해 본 일은 없으나 상대를 얕잡아볼 정도로 무인의 승부 감각이 무디어져 있진 않았다. 실제 목숨을 건 비무 시 어떤 일이 발생하든 결코 놀라운 일은 아니다.

그는 강남의 절대자답지 않게 비무에 앞서 주변 지형지물을 숙지하는 가장 기본적인 일부터 시작했다. 암습에 대한 대비와 암습을 펼칠 시 완벽을 기하려는 상반된 의도를 모두 충족시키는 것이다.

덕분에 얼추 비무 시간이 다가올 때쯤 남궁성환은 가장 유리한 장소를 선점하는 데 성공했다. 천하맹주 창천무극검제 모문환이 상대라 해도 오늘의 승부는 자신할 수 있다는 생각이 남궁성환의 노안에 담담한 미소를 만들어냈다.

'허허, 오늘의 승부는 기대를 해도 되겠구나.'

절대적인 승부에 대한 자신감. 하류배의 치기 어린 자신감이 아닌 자신과 상대를 완벽하게 파악한 이후에야 가질 수 있는 완벽한 정신 상태 속에 남궁성환은 머물렀다. 만에 하나라도 단천엽이 파고들 만한 틈은 완벽하게 사라진 셈이다.

그때 마치 살수라도 된 듯 완벽하게 주변과 동화되어 있던 남궁성환의 눈에 이채가 떠올랐다. 느닷없이 그가 자연스레 뿜어낸 기파로 에워싸인 절대 권역 안으로 불청객 한 명이 뛰어들었기 때문이다.

검은 묵포에 검은 방갓.

옆에 비끄러 메진 검은 장검.

얼굴을 반쯤 가린 방갓 탓에 불청객의 정체를 한눈에 식별해 내지 못한 남궁성환의 눈살이 자신도 모르게 찌푸려졌다. 여태까지 완벽하게 유지되고 있던 절대경이 깨진 것도 기분이 나쁘지만, 불청객에게서 풍겨오는 묘한 피 내음에 비위가 상했다.

'과연 살검과 마검의 주인다운 모양새로군.'

내심 고개를 끄덕인 남궁성환이 놀랍게도 먼저 입을 열었다.

“자네가 노부에게 비무첩을 보낸 당사자인가?”

“비무첩?”

묵포 불청객의 반문은 예상 밖이었다. 당연히 그가 살검과 마검의 주인이라 생각하고 있던 남궁성환의 눈매가 가늘어졌다.

“노부에게 비무첩과 살검의 흔적을 함께 보낸 자가 아니라 말하는 건가?”

“흠, 일이 그렇게 된 것이군.”

“그게 무슨 뜻인가?”

“크큭, 자네와 내가 이곳에서 마주친 건 꽤나 재밌는 우연이란 뜻이다.”

묵포 불청객, 아니, 묵포무사의 목소리엔 처음으로 인간적인 감정이 담겨졌다. 마치 한겨울 꽁꽁 언 고드름이 등덜미로 미끄러져 들어오는 것과 같이 소름 끼치는.

그러자 계속 무형검을 일으켜 묵포무사의 허점을 살피고 있던 남궁성환의 안색이 가볍게 굳어졌다. 방금 전까지 확신 그 자체였던 승부에 대한 자신감에 가벼운 균열이 일어났음을 직감했기 때문이다.

‘역시 천하는 넓구나! 어찌 이런 자가 아직까지 강남 땅에 숨어 있었더란 말인가!’

디리리.

주인의 심중을 이해한 듯 애검 창천(蒼天)이 검명을 발했다. 심중에 살기를 발하기도 전에 창천이 이러한 검명을 발하는 광경은 약관을 넘은 후 처음 있는 일이었다.

남궁성환은 창천을 진정시키기 위해 검파에 손을 댔다. 강남무림의 절대자가 먼저 병기에 손을 댄 것이다.

신검 남궁성환의 무위를 아는 자라면 상상조차 할 수 없는 일.

그러나 이때 남궁성환의 태도는 평생의 대적을 만난 듯 엄숙했다. 그가 검파에 손을 댄 것과 동시에 묵포무사가 움직임을 보였기 때문이다.

팟!

묵포무사의 한걸음에 십 장이 단축됐다. 남궁성환이 평생 본 어떤 경공보다 빠른 움직임.

그리고 묵포무사의 방갓 사이에서 이글거리는 마안(魔眼)과 직면한 순간, 남궁성환이 역시 발로 바닥을 차며 먼저 발검에 들어갔다. 단천엽의 살검 천왕과 마검 한백이 만들어낸 조화 앞에서도 미동조차 하지 않던 그가!

스파앗!

창천이 용틀임과 함께 발검된 순간 천지를 양단하는 백광이 뇌전처럼 묵포무사를 향해 파고들었다. 이기어검조차 뛰어넘는다 알려진 무형검으로 펼쳐진 일격!

그러나 그때, 묵포무사의 허리춤에서 천지를 어둠으로 물들이는 흑광이 터져 나왔다. 불가사의하다 못해 어이가 없을 정도로 막강한 검력과 함께.

콰콰쾅!

인간과 인간이 맞부딪친 자리에서 격렬한 폭발음이 터져 나왔다. 그리고 다음 순간, 반쪽 난 창천을 손에 든 남궁성환이 연신 뒤로 물러섰다.

단 일 합 만에 갈려 버린 승부.

남궁성환의 노안은 혈색 하나 찾을 수 없을 정도로 창백했고, 태산 같던 어깨는 미미한 떨림을 보였다. 이미 치명적인 내상을 입은 상태.

그때 불가사의한 일검을 끝으로 검을 회수한 묵포무사의 입가에 가느다란 미소가 떠올랐다.

"후배들 중 최강이라더니, 과연 제법이구나."

"그, 그대는 도대체……?"

남궁성환은 목구멍까지 치솟은 핏덩이를 꿀꺽 삼켰다. 묵포무사 앞에서 약한 모습을 보이지 않으려는 생각이었으나, 이미 용암처럼 끓어오른 핏물은 그의 목구멍을 순식간에 익혀 버렸다.

"크……."

고통으로 일그러진 남궁성환의 노안을 바라보며 묵포무사가 차갑게 말했다.

"아이야, 이미 네 명운은 끝났다. 이제와 피를 토해내지 않는다 한들 죽음 또한 피해갈 수 있겠느냐?"

"스, 승부는 아직 끝나지 않았거늘!"

"승부?"

묵포무사의 입가에 조소가 담겼다.

"아직 남겨둔 수가 있다면 지금 당장 펼치는 게 좋을 것이다. 한 식경 후면 네 피는 한 방울도 남김없이 응고되어 딱딱하게 굳을 터인즉."

"서, 설마 석화잠혈마공(石化潛血魔功)!"

"그걸 알았다면 어찌 망설이는 것이지?"

"……."

과연 남궁성환은 더 이상 망설이지 않았다. 평생의 잠력을 몽땅 격발시킨 그가 반 토막 난 창천을 하늘 높이 들어올렸다. 평생의 심득인

생검, 허공(虛空)을 펼치기 위해.

　빠르게 비무 장소로 신형을 날리던 단천엽은 잠시 걸음을 멈췄다. 그가 목표로 삼은 산등성이 쪽에서 내려오는 묵포무사를 발견했기 때문이다.

　'처음 보는 독특한 기도다.'

　단천엽은 이미 상대의 기도만으로도 무공 수준을 짐작할 수 있는 경지에 올라 있었다. 적어도 자신보다 낮은 무공을 지닌 자에 대해선 정확하게 수준을 파악할 수 있을 정도였다.

　하지만 단천엽은 산을 내려오는 묵포무사의 무공 수준을 파악하긴커녕 측량조차 할 수 없었다. 만약 야수감각도를 극성으로 개방한다면 심안을 통해 어느 정도의 성과를 볼 수 있을 테지만, 신검 남궁성환을 상대하러 가는 터에 벌써부터 전력을 노출할 순 없는 게 당연했다.

　슥.

　그러는 동안 묵포무사는 단천엽에겐 일별도 주지 않고 옆을 스쳐 지나갔다.

　'피 냄새……!'

　단천엽은 자신도 모르게 고개를 돌려 묵포무사를 바라봤다. 코끝을 묘하게 간지럽히는 피 내음에 대한 자연스런 반응이었다.

　그러자 묵포무사가 역시 고개를 돌려 단천엽에게 시선을 던졌다. 묘하게 얼굴 부분이 반쯤 잘린 방갓 사이로 사람의 심혼을 얼어붙게 하는 마안이 번뜩였다.

　"아직 어리군."

　"그렇게까지 어리진 않습니다만?"

묵포무사의 입가에 미소가 떠올랐다.

"아직 어려, 죽기에는……."

"그게 무슨!"

단천엽에게서 시선을 거둔 묵포무사가 다시 가던 길을 재촉했다. 단천엽이 전력을 다한다 해도 도저히 따를 자신이 없을 정도의 무시무시한 속도로.

"설마!"

단천엽의 시선이 목표로 했던 비무 장소로 향했다. 갑작스런 묵포무사의 등장과 그의 공포스런 마안에 마음 한 켠이 불안해진 것이다.

비무 장소는 단천엽이 처음 사전 답사를 했을 때와 달라진 게 아무것도 없었다. 주변의 수목은 여전히 푸르렀고, 군데군데 자리한 기암괴석 역시 제자리를 지키고 있었다.

다만 예전에 볼 수 없었던 광경 하나!

너른 공터의 한 켠에는 한 사람의 노부가 쓰러져 있었다. 반 토막 난 검을 손에 꽉 쥔 채로.

파앗!

단천엽은 바람같이 노부에게 다가가 손가락을 코끝에 댔다. 숨결이 남았는지를 알아보기 위함이었다.

'미약하지만 아직 생기가 남았다!'

단천엽은 망설임없이 노부를 일으키곤 손끝에 야수감각도를 운집했다. 과거 화굉요의 목숨이 경각에 달했을 때완 달랐다. 그의 야수감각도는 이제 극미한 부분까지 자유자재로 다룰 수 있는 경지에 올라 있었다.

파파파!

단천엽의 온몸에서 일어난 기파가 주변을 경계했고, 손끝에 모인 잠능은 연신 노부의 온몸을 두들겼다. 체내의 선천지기를 활성화시켜 생기를 되살리는 고절한 수법.

그렇게 한참의 시간이 흘러 노부가 결국 꿈질거리며 눈을 떴다. 이미 생기가 모두 소멸했으나 천하를 굽어보던 오연함이 남아 있는 눈빛.

대번에 노부의 정체가 신검 남궁성환임을 짐작한 단천엽이 다소 잠긴 목소리로 말했다.

"제 이름은 단천엽, 오늘 남궁 선배님께 비무를 신청했던 사람입니다."

"그… 렇군."

"애석하게도 제가 선배님께 해드릴 수 있는 건 여기까지입니다. 혹시 남기고 싶은 말씀이 있으시면…….."

"자네는 살검과 마검의 주인 같지가 않구만."

"저도 그렇게 생각합니다."

일순 남궁성환의 안색이 다소나마 호전되었다. 꺼지기 직전의 촛불이 순간 더욱 환한 빛을 발하는 것과 같은 이치, 회광반조(廻光返照)였다.

"그래도 자네는 노부가 생각했던 것보다 더욱 뛰어나 보이는군. 내 손자인 진천이와 좋은… 아니, 자네와 진천이를 비교하는 건 이 늙은이의 욕심이겠구만."

"남궁 소협은 빼어난 인재더군요."

"자네가 보기에도 그런가?"

"예. 내외와 지용을 겸비한 잠룡이 분명해 보였습니다."

“허허허. 그렇군, 그래. 노부가 고슴도치였던 것만은 아니었어!”

헐떡이며 대소를 터뜨린 남궁성환이 단천엽에게 애잔한 눈빛을 던졌다.

“노부에게 치명상을 입힌 자는 마성혈류하를 일으킨 십이마성 중의 한 명인 묵검성(墨劍星)이라네.”

‘역시…….’

“자네 역시 대충 짐작했었던가?”

“십이마성이 아니라면 어떤 자가 있어 감히 강남의 신검을 꺾을 수 있겠습니까.”

“그래, 그렇겠지.”

힘겹게 고개를 끄덕여 보인 남궁성환이 장백한 입술을 가볍게 떨었다.

“그러니 염치없지만 자네가 노부의 마지막 부탁을 들어주기 바라네.”

“명령만 내려주십시오.”

“진천이… 진천이 만큼은 살려주게나! 그 녀석은 아직 자네 생각만큼 대단하지 못하… 쿨럭!”

“…….”

최후의 기침. 그리고 단천엽의 손을 꽉 붙든 채 남궁성환은 결국 숨을 거뒀다. 자신의 유일한 혈손인 손자 남궁진천의 구명을 단천엽에게 당부한 채로.

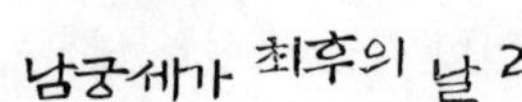

어둠 속에서 암약하는 그림자.

반검맹의 오지 중 한 축을 맡은 제갈세가에서도 비영의 존재는 극비였다. 전 가주의 갑작스런 죽음으로 무력에 있어 다른 사지보다 떨어지게 된 제갈세가로선 비영과 같은 정보 조직이 특히 중요시될 수밖에 없었기 때문이다.

그중에서도 비영 일호는 가주인 통천명 제갈현빈의 최측근으로 오랫동안 가장 중요한 사안에만 파견된 최고의 요원이었다. 반검맹 전체의 정보를 독점하고 있는 암천의 특급 조직원과 견주더라도 결코 꿀릴 게 없다는 게 제갈세가 내의 평가였다.

암흑의 부산물.

지옥으로부터도 반드시 생환할 수 있는 자.

제갈세가의 요인들 사이에서 비영 일호는 그렇게 불렸고, 여태까지 그 명성에 결코 실망시켜본 바가 없었다. 적어도 제갈현빈의 명을 받고 단천엽의 뒤를 밟기 전까진.

비영 일호는 호북에서 단천엽의 행방을 뒤좇던 중 이상한 낌새를 챘다. 자꾸 정보가 중간에서 차단되는 걸 느낀 것이다. 아군이라 여기고 있던 암천에 의해서.

이런 경우 정보계에 몸을 담은 자로서 내릴 수 있는 결론은 단 한 가지뿐이다.

배신!

비영 일호는 반 각 정도 고민한 후 개인적으로 맺고 있던 암천과의 모든 통로를 끊었다. 극약처방이었다. 그는 그제야 제갈현빈이 어째서 암천과 다른 선으로 단천엽의 뒤를 캐라는 명령을 내렸는지 어렴풋이 짐작할 수 있었다.

그 뒤 비영 일호는 암천과 관계없는 제갈세가 내 비영의 조직을 총동원해서 단천엽의 행방을 캤고, 결국 결과물을 낼 수 있었다. 단천엽이 한단이란 이름으로 일행을 이끌고 강서성의 남궁세가로 향한 단서를 포착해 낸 것이다.

그런데 거기까진 순조롭던 추격에 갑자기 문제가 생겼다. 분명 남궁세가로 이어진 단천엽 일행의 행적이 느닷없이 흔적을 감췄기 때문이다.

귀신이 곡할 노릇.

비영 일호는 수일에 걸쳐 남궁세가 전체를 샅샅이 훑고 다녔다. 중간중간 남궁세가의 총관인 남명인의 이목에 몇 차례나 들킬 뻔했으나 다행히 위기를 넘길 수 있었다. 정보 조직의 이목을 피해 몸을 숨기는 데는 익숙한 편이었다.

그러던 중 한 가지 생각이 비영 일호의 뇌리를 스쳤다. 단천엽 일행 역시 자신과 마찬가지로 남궁세가 주변에 몸을 숨기고 있으리란 생각이었다.

그때부터 비영 일호의 탐색은 좀 더 집요해졌다. 단천엽 일행을 자신과 같은 수준이라 상정한 것이다.

그리고 결국 그날이 밝았다.

새벽부터 남궁세가 주변을 꼼꼼히 살피고 있던 비영 일호의 눈에 확 들어온 사람이 있었다.

전신을 감싼 묵포 무복에 검은 방갓.

검은색 장검.

코끝을 스치는 피비린내.

비영 일호의 뇌리로 격렬한 위험 신호가 울려 퍼졌다. 정보계에 몸 담은 이래 생명이 경각에 이르렀을 때나 울리곤 하던 신호가 일제히 그에게 당장 도망가라고 외쳐 대고 있었다.

하지만 비영 일호는 도망갈 수 없었다. 묵포무사가 태연히 걸어 들어간 곳이 바로 반검맹의 중심이라 할 수 있는 남궁세가였기 때문이다.

'도대체!'

비영 일호는 재빨리 자신의 머리 속에 간직하고 있던 천하 무림인들에 대한 정보를 끄집어내곤 곧 고개를 가로저었다.

그가 아는 한도 내 묵포무사와 같은 위압감과 공포감을 조성하는 인물은 없었다. 강남의 신검 남궁성환이나 강북의 창천무극검제 모문환을 떠올렸지만 아니라는 생각밖엔 들지 않았다. 묵포무사에게서 느껴진 기운이 결코 한 세력을 다스리는 자의 왕도가 아니었기 때문이다.

그렇다면 묵포무사의 정체는 도대체 무엇일까?

비영 일호는 강렬한 본능적 끌림을 느꼈다. 위험한 만큼 더욱 유혹적인 죽음의 향기가 묵포무사에게선 발산되고 있었다.

결국 그는 자신의 첫 번째 본능에 충실하지 못했다. 정보원으로서의 사명감을 내세운 채 묵포무사의 뒤를 좇아 남궁세가로 잠입해 들어간 것이다.

스윽.

이미 남명인의 이목을 피해 몇 차례나 침입한 바 있는 남궁세가였다. 일단 마음을 결정한 이상 잠입 따윈 식은 죽 먹기였다. 문제는 그 뒤에 벌어졌다.

서걱!

비영 일호의 머리를 울렸던 위험신호를 확인이라도 시켜주려는 듯 묵포무사는 남궁세가에 들어선 후 처음부터 과감하게 도살을 감행했다.

최초, 문 앞을 지키고 있던 호위 무사 셋의 목을 일검에 날린 그는 뒤이어 달려든 십여 명의 무사마저 바로 황천으로 보냈다.

쾌도난마(快刀亂麻)!

일도양단(一刀兩斷)의 기세!

묵포무사가 지나가는 자리로 피의 족적이 연달아 아로새겨졌다. 그의 걸음은 서두르지 않았고 멈추지도 않았다. 그저 묵묵히 남궁세가의 안쪽으로 향할 뿐이었다. 피의 폭풍우와 함께.

그러자 곧 총관 남명인의 인솔 하에 남궁세가의 일급 무사들인 천룡호위대(天龍護衛隊)가 모습을 드러냈다. 일반 무사로는 도저히 묵포무사의 앞을 가로막을 수 없었기 때문이다.

묵포무사의 입가에 처음으로 잔혹한 미소가 떠올랐다.

드디어 싸워볼 만한 상대가 나타났다는 판단?

그렇진 않았다.

크게 노한 남명인과 일백 천룡호위대가 수없이 많은 검기검강을 쏟아내며 묵포무사에게 달려들었으나 또다시 피의 폭풍이 일었다.

여전히 일검에 세 명씩 목이 날아갔고, 피의 족적은 전혀 멈출 기색을 보이지 않았다. 그리고 결국 양팔을 잃고 피바다 속에 남명인이 쓰러진 순간, 비영 일호는 참지 못하고 고개를 돌리고 말았다.

공포!

수없이 많은 사선을 넘나든 그가 온몸을 덜덜 떨었다. 전무후무한 무위로 남궁세가를 삽시간에 도살장으로 만든 묵포무사의 살기에 영혼마저 얼어붙은 것이다.

그러나 그는 일반적인 인간이 아니라 정보계의 사선을 수없이 넘나든 자였다. 죽음의 공포 따윈 몇 번이나 경험해 봤다. 이대로 주저앉아서는 비영 일호라는 이름이 아까웠다.

으직!

아랫입술을 너덜너덜해질 정도로 깨문 비영 일호가 억지로 딱딱하게 굳어버린 팔다리에 힘을 줬다. 남궁세가의 원로들과 손님들마저 가세한 수백 명 대 일의 대결전이 벌어지기 직전의 일이다.

'저들 역시 다 죽는다!'

비영 일호는 굳이 다시 시작될 도살극에 시선을 던지지 않았다. 대신 그는 전력을 다해왔던 길을 되돌아 달려가기 시작했다.

어떻게든 오늘 남궁세가에서 벌어진 혈겁을 주인인 제갈현빈에게 알려야 했다. 묵포무사가 나머지 남궁세가의 전력을 모조리 죽이고 자신을 쫓아오기 전에.

"이, 이 괴물 녀석!"

눈앞에서 차례차례 죽어나가는 남궁세가의 원로들과 노고수들을 바라보며 남궁진천의 두 눈에 피눈물이 쏟아졌다.

지금 묵포무사에게 달려들었다가 힘없이 죽어나가는 자들은 하나같이 남궁세가의 숨은 힘이라 알려진 절정고수들이었다. 이렇게 쉽사리 목숨을 잃어선 안 될 자들인 것이다.

하나 현실은 그렇지 못했다.

묵포무사의 검이 불가사의한 묵빛 검력을 뿜어낼 때마다 정확히 세 노고수가 바닥을 나뒹굴었다.

팔이 잘린 자.

다리가 잘린 자.

그리고 가슴이 갈라진 자.

공통점은 그들 중 어느 누구도 더 이상 싸울 수 없다는 것이었다. 묵포무사의 검에 담긴 묵빛 검력에는 기묘한 마력이 있어 조그만 상처만 입어도 목숨을 위협했다.

피가 끓고 뼈가 으스러졌다.

그리고 뒤이어 지독한 고통이 부상자들을 덮쳐 왔다.

천하무림을 휘젓고 다니던 노고수들은 고통에 온몸을 뒤틀었고 수염을 뽑으며 울부짖었다. 모두 묵포무사의 묵빛 검력이 만들어낸 지옥도였다.

결국 보다 못한 남궁진천이 검을 뽑고 나서려는데, 외숙인 패도(覇

刀) 강달이 그의 앞을 가로막아 섰다.

"외숙, 비켜주세요!"

남궁진천이 소리치자 강달이 고개를 저어 보였다.

"진천, 네 역할은 노가주께서 오실 때까지 세가의 전력을 유지하는 것이다!"

"저도 알고 있습니다! 하지만……."

남궁진천의 시선이 그 순간에도 계속 도살당하고 있는 원로들을 향하자 강달이 호안을 일그러뜨리며 말했다.

"그래, 나도 네 마음을 안다. 나 역시 지금 가슴이 찢어지는 듯 아프니 네 마음이야 오죽하겠느냐. 하지만 지금 네가 나섰다가 저 괴물에게 참변이라도 당한다면 남궁세가는 대가 끊기고 만다!"

"……."

"만약 그런 일이 생긴다면, 나 강달이 어찌 노가주의 얼굴을 볼 것이며, 너 역시 죽어 남궁세가의 열조들을 대할 면목이 없을 것이다!"

"그러나 이대로 간다면 오늘 우리 남궁세가는 끝장입니다!"

"그렇지 않다!"

남궁진천의 말을 강하게 부인한 강달이 눈에 강한 힘을 담았다.

"노가주와 너만 살아남으면, 설혹 오늘 남궁세가의 삼백 년 가업이 몽땅 끝장나더라도 재기는 그리 어렵지 않다. 그러니 여기는 이 외숙에게 맡기도록 하고 너는 내원으로 가 네 어미와 아녀자들을 챙기도록 해라."

"그렇게는 못합니다! 어찌 제가 외숙을 사지로 몰아넣고 홀로 살기를 바라겠습니까!"

"어리석은 놈! 네가 끝내 네 어미를 죽이려는 것이냐!"

강달의 일갈에 남궁진천은 유복자인 자신을 삼십 년 넘게 키워준 모친을 떠올리지 않을 수 없었다. 강달의 말처럼 그가 죽는다면 모친 역시 더 이상 살고자 하지 않으리라.

"큭!"

결국 남궁진천의 고개가 떨궈지자 강달이 미미하게 고개를 끄덕였다.

"장부란 본래 독해야 하는 법!"

"……."

"외숙이 네게 해줄 말은 이것뿐이다."

그 말을 끝으로 강달이 애도인 청룡(青龍)을 빼 들고 재빨리 앞으로 나섰다. 도저히 믿기지 않는 부위로 어느새 남궁세가의 원로들과 노고수들의 숫자를 절반으로 만들어놓은 묵포무사를 상대하기 위해.

"외숙……."

남궁진천은 강달이 일으킨 일 장이 넘는 도기를 일견한 후 신형을 돌렸다.

그의 꽉 쥐어진 주먹 사이로 핏물 한 방울이 흘러내렸다.

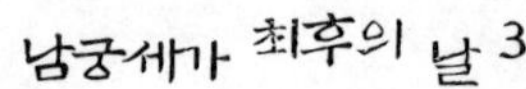

남궁성환의 시신을 떠멘 단천엽이 남궁세가 앞에 도착했을 때다. 코 끝을 스치는 자욱한 혈향에 그의 이맛살이 가볍게 찌푸려졌다.

'도살장의 냄새……'

순간 단천엽의 신형이 쭈욱 늘어났다. 이미 남궁세가에 사단이 일어났음을 직감한 것이다.

과연 그랬다. 남궁세가의 정문을 통과하자마자 단천엽은 처참하기 이를 데 없는 시산혈해와 조우했다.

잘리고, 쪼개지고, 부서지고, 박살난 시체! 시체들…….

얼마 전까지만 해도 강남제일 남궁세가를 떠받든 기둥이었을 게 분명한 무인들은 지금, 어떻게 알고 날아들었는지 알 수 없는 까마귀 떼의 먹이가 되어 있었다.

"욱!"

갑자기 치솟아오른 욕지기를 단천엽은 억지로 참았다. 여기서 토악질을 한다는 건 죽음 앞에서도 끝까지 도망가지 않았던 남궁세가 무인들에 대한 예의가 아니었다.

대신 그의 시선은 예리하게 주변을 살폈다. 순간적으로 일어난 야수감각도의 초인적인 육감이 거미줄처럼 촘촘하게 주변을 훑고 지나갔다.

한 사람만이라도!

단천엽이 찾는 건 생존자였다. 남궁세가의 모든 것이라 해도 과언이 아니었던 거인 남궁성환의 시신을 거둬줄, 그래서 그의 뜻을 이어받을 후계자를 그는 찾고 있었다.

그러나 돌아온 건 정적뿐, 단천엽은 흐릿한 신음성조차 찾을 수 없었다. 오늘 남궁세가를 덮친 혈겁의 주동자는 잔혹할뿐더러 용의주도하기까지 했다.

"결국 남궁 선배의 시신은 내가 거둬야 하는 것인가."

나직한 한숨과 함께 단천엽의 고개가 흔들렸다. 비록 자신의 손을 더럽히지 않고 목적을 달성했다곤 하나 가슴이 쓸쓸했다. 오늘 남궁세가가 당한 혈겁이 이대로 끝나지 않을 것임을 직감적으로 알고 있었기 때문이다.

결국 걸음을 돌려 남궁세가에서 물러나려던 단천엽의 신형이 잠시 주춤했다. 자신이 간과하고 있던 한 가지 사실을 깨달은 것이다.

'이만한 곳에 비밀 통로나 피난처가 없을 리 없다!'

그때부터 단천엽은 다시 야수감각도를 개방한 채 남궁세가의 안채를 꼼꼼히 살피기 시작했다. 이번에는 생존자의 발견이 아니라 건축이나 기관상 불필요하거나 배치가 이상한 곳을 찾는 데 주력했다.

“찾았다!”

안채에 만들어진 인공 가산 앞에 멈춰 선 단천엽의 입가에 처음으로 담담한 미소가 떠올랐다. 그의 예상이 맞은 이상 남궁세가는 생존자를 남겼을 가능성이 컸다.

인공 가산으로부터 시작된 비밀 통로의 끝은 옥화산 뒤편의 회림(懷林)으로 이어져 있었다. 남궁세가의 생존자들은 자그마한 호수를 끼고 있는 이곳에 모여 장래를 의논하고 있었다. 모두 남궁성환의 복귀를 염두해 둔 것이었다.

그러던 중 남궁성환의 시체를 들쳐 멘 단천엽이 비밀 통로 속에서 모습을 드러내자 남궁진천과 몇 명의 무사가 바람처럼 달려왔다.

“할아버님!”

“가주님!”

남궁진천의 입에서 오열이 터져 나온 순간 무사들이 바닥에 엎드렸고, 뒤에 남았던 부녀자들 사이에서 실신하는 여인들이 속출했다. 남궁세가의 가신들의 후예, 손주들, 부인과 며느리, 손녀 며느리들이었다.

‘으음, 이미 각오하고 있었던 바이지만……’

단천엽은 격앙된 중에도 이성을 잃지 않고 있는 남궁진천의 존재를 고맙게 생각하며 정중히 남궁성환의 시신을 넘겼다.

“흉수는 마성혈류하를 일으킨 십이마성 중 묵검성입니다.”

“역시……”

남궁진천은 가볍게 떨리는 손으로 남궁성환의 시신을 받아 들었다. 천하의 어떤 보물보다도 소중하게.

단천엽이 확인하듯 물었다.

"남궁세가의 가주이신 남궁진천 대협이 맞으시겠지요?"

"난, 가주가 아니……."

남궁진천의 말이 끝나기도 전이다. 바닥에 엎드려 흐느끼고 있던 가신들이 절절한 목소리로 소리쳤다.

"그렇소이다!"

"남궁세가의 신임 가주이십니다!"

"남궁세가의 가주이십니다!"

단천엽이 내심 고개를 끄덕였다. 살아남은 가신들에게 이처럼 추앙을 받는다면 그 사람은 남궁진천이 분명했다.

"그럼 남궁 노선배님의 유언을 전하겠습니다."

"할아버님의 유언?"

남궁진천이 남궁성환의 시신을 옆의 가신에게 넘기고 단천엽 앞에 한쪽 무릎을 꿇었다.

"남궁세가의 신임 가주 남궁진천은 전대 가주님의 유언을 들을 준비가 되었소이다!"

"……."

"그러니 은인께서는 개의치 말고 말씀해 주십시오!"

'은인이라…….'

문득 남궁성환의 마지막 모습을 상기한 단천엽이 역시 자세를 바로하고 말했다.

"남궁 노선배께서는 남궁진천 대협에게 반드시 살아남으라고 명하셨습니다."

"살아남으라……."

“예, 반드시!”

남궁진천이 망연한 표정으로 단천엽을 바라봤다.

“그… 뿐이었소이까?”

“예, 남궁 노선배께서는 오직 남궁진천 대협께서 살아남기만을 원하셨습니다.”

그 말을 끝으로 단천엽이 신형을 돌렸다. 남궁성환의 유지를 후손인 남궁진천에게 전한 이상 그가 이곳에 남아 있을 까닭은 없었다.

정체조차 밝히지 않고 멀어져 가는 단천엽의 모습에 눈살을 가볍게 찌푸린 가신 하나가 남궁진천에게 간언했다.

“정체조차 알 수 없는 자입니다.”

다른 가신이 뒷말을 이었다.

“이대로 보내시렵니까?”

남궁진천이 눈살을 가볍게 찌푸리며 가신들을 바라봤다.

“그는 할아버님의 시신을 수습하고 유언을 전해준 은인이오. 어찌 딴마음을 품을 수 있겠소.”

“하지만 묵검성과 관련이 있을지도 모릅니다. 그가 이곳의 위치를 그 살성에게 전한다면…….”

부들.

남궁진천의 얼굴 근육이 가벼운 경련을 일으켰다. 하룻 새에 강남제일을 자랑하던 조부 남궁성환과 남궁세가의 총전력 구 할을 도륙한 살성을 생각하자 복수심보단 소름이 돋았다. 그는 절정고수이기에 보통 사람보다 훨씬 더 묵검성이 보인 신위의 놀라움을 절실히 느낄 수 있었다.

하지만 남궁진천은 통천명 제갈현빈과 더불어 강남제일의 후기지수, 혹은 강남무림의 미래라 불리는 자였다. 보통 사람과 다른 점이 없을 리 만무했다.

곧바로 마음의 평정을 되찾은 그가 말했다.

"전설로 전하는 바 십이마성은 오직 홀로 다닐 뿐 같은 십이마성에 속한 자들하고도 함께 움직이는 일이 없다고 알려졌소. 이제 와 이미 회복 불능에까지 이른 본 가의 씨를 말리기 위해 소인배들이나 쓰는 계책을 사용하지는 않을 것이오."

"그러나……."

"게다가 나는 은인이 할아버님을 떠멘 모습을 보인 직후 계속해서 그의 허점을 찾고 있었소. 나 역시 여러분과 같은 염려를 잠시나마 했기 때문이오."

"설마……."

"가주님께서도 그의 허점을 발견하지 못했다는 겁니까!"

가신들의 얼굴에 당혹의 기색이 떠올랐다. 이곳에 모인 자들 중 최강의 고수는 누가 뭐라 해도 남궁진천이었다. 그가 허점을 찾을 수 없었다면 남궁세가의 남은 전력으로 단천엽을 제어할 방도는 없다고 보는 게 옳았다.

남궁진천이 괴로운 표정으로 고개를 끄덕였다.

"그렇소. 나는 은인의 허점을 전혀 발견할 수 없었소. 그야말로 우물 안의 개구리였던 셈이랄까?"

"가주님……."

"그러나 할아버님은 이런 나에게 살라 하셨소. 이런 나약하고 아무런 힘도 없는 나에게……."

　“…….”

　“그러니 살아야겠지요. 무너져 버린 남궁세가를 다시 세우기 위해서
라도.”

　남궁진천은 천천히 자리에서 일어서 어깨를 폈다. 살기 위한 첫 보
를 내딛은 것이다.

　비밀 통로를 통해 다시 남궁세가의 후원으로 나온 단천엽의 눈살이
가볍게 찌푸려졌다. 열심히 남궁세가 주변을 서성거리고 있는 익숙한
얼굴 하나를 발견했기 때문이다.

　“최 도사님.”

　열심히 시신에 불붙은 부적을 던져 대고 있던 최필의 얼굴에 반가운
기색이 떠올랐다.

　“천사대제, 역시 본도의 예상이 틀리지 않았구나!”

　“분명 저는 시간이 되면 먼저 떠나라 했습니다만?”

　“그런 표정으로 본도를 윽박지르지 말게나. 모든 것은 천시(天時)와
지신(地神)의 명에 따른 것뿐이니.”

　“설마 남궁세가에서 벌어진 혈겁을 알고 오신 겁니까?”

　“남궁 노가주 역시 명운이 다한 게지?”

　단천엽이 천천히 고개를 끄덕였다.

　“십이마성이 다시 모습을 드러냈습니다.”

　“그럴 테지. 그들이 아니고서야 어찌 남궁세가의 수백 년 가업을 하
루아침에 뿌리까지 들어먹었을까.”

　“…….”

　“하지만 이처럼 많은 원귀를 만들었으니, 그들의 앞날도 그리 순탄

치는 않을 것이야."

"그들이 이런 짓을 벌인 건 이번이 처음이 아닙니다."

"역천이 벌어진 게지. 그렇지 않고서야 하늘이 그런 자들을 이리 오랫동안 내버려 둘 리 없거든."

말을 마친 최필이 다시 품 안의 부적을 꺼내 아직 축원을 하지 않은 시체를 찾아다녔다. 단천엽이 최필을 만난 후 처음 본 도사다운 모습이었다.

그때 거의 눈에 보이지도 않을 정도로 빠른 인영이 쏜살같이 남궁세가의 후원 담을 뛰어넘더니 단천엽에게 달려들었다. 밖에서 내내 장염무와 기다리고 있던 아난이 단천엽의 목소리를 알아듣고 뛰어든 것이다.

"천엽! 천엽!"

냉큼 품으로 달려든 아난을 안아준 단천엽이 딱딱하게 굳었던 안색을 풀었다.

"아난도 왔었구나."

아난이 단천엽의 품 안에 고개를 몇 번이나 파묻고 비비고 나서야 대답했다.

"사이비 도사 할아버지가 혼자 몰래 빠져나가기에 고자 할아버지를 졸라 뒤쫓아왔어."

"누가 사이비 도사라는 거야!"

엄숙하게 축원을 하는 중에도 고개를 돌린 최필이 버럭 노성을 터뜨린 순간, 아난을 뒤쫓아온 장염무가 역시 살기 어린 표정으로 소리쳤다.

"누가 고자라는 거냐!"

아난이 단천엽의 품에 안긴 채 두 사람을 둘러보곤 새침하게 말했다.

"두 할아버지가 항상 서로를 향해 말했잖아!"

"그, 그건……."

"이이익!"

아난에게 약한 최필과 장염무가 결국 화살을 서로에게 돌렸다. 언제나와 마찬가지로.

"그러게 아난 소저 앞에서 그렇게 부르지 말라고 했잖아, 이 사이비 도사 녀석아!"

"누가 사이비 도사냐, 제대로 서지도 않는 고자 녀석아! 네가 여자에 대해 알기나 하냐!"

"아난 소저를 여자로 보는 거냐!"

"그럼 남자냐!"

"이 쥐새끼를 그냥!"

"쥐새끼한테 죽어볼 테냐, 이 겉멋만 잔뜩 든 소도둑 놈아!"

두 사람은 당장 서로를 죽일 듯이 으르렁거리면서도 쉽사리 덤벼들지 않았다. 강서성으로 오는 동안 수없이 많이 싸웠으나 한 번도 제대로 된 승부를 낼 수 없었기 때문이다.

그때 두 사람의 아이 같은 모습에 가볍게 실소를 터뜨린 단천엽이 담담한 표정으로 말했다.

"강서성에는 남궁세가만 있는 게 아닙니다."

"응?"

"그야 그럴 테지……."

단천엽의 눈빛이 냉정하게 가라앉았다.

"곧 다른 무림인들이 몰려올 테니 이 자리를 떠나야 한다는 뜻입니다. 계속 이곳에 있다간 자칫 혈겁을 일으킨 흉수로 오해받기 십상이니까요."

"그럼, 바로 도주 계획을 실행하는 건가?"

최필이 묻자 단천엽이 고개를 끄덕였다.

"그래야 할 것 같습니다. 어쩌면 십이마성은 남궁세가만을 목표로 정한 건 아닐지도 모르니까요."

"그, 그건 안 될 말이지!"

"으음, 설마 다시 마성혈류하가……."

"아직까진 예상일 뿐입니다."

단천엽이 걸음을 옮기자 그의 품 안에 대롱거리며 매달린 채 아난이 눈을 깜빡였다.

"천엽, 얼굴이 웃겨."

제62장

파란(波瀾) 속으로

파란(波瀾) 속으로 1

"헉헉헉……."

비영 일호는 달렸다. 그가 자랑하던 스물여덟 가지의 은신술과 서른 다섯 가지의 잠행술을 모두 버리고 그저 남궁세가로부터 멀어지기 위해 달렸다. 머리가 돌아가지 않을 정도의 압박감 때문이었다.

게다가 또 한 가지!

비영 일호를 미친 듯 달리게 하는 건 남궁세가를 피바다로 만든 흑의죽립인에게서 느낀 말로 형언할 수 없는 공포였다. 머리가 쭈뼛 서고 온몸이 학질이라도 걸린 것처럼 떨렸다. 도망가는 와중에 흔적을 지우는 걸 잊지 않은 게 용할 지경이었다.

그러니 재수만 좋다면 목숨을 구할지도 모르는 상황.

하나 제갈세가 제일의 정보 전문가인 비영 일호에겐 그것만으론 부족했다. 비영 일호는 어느 정도 마음이 진정되자 남궁세가의 영역에 도착한 이래 착실하게 준비해 뒀던 전서구를 연달아 하늘로 날렸다.

그것이 자신의 위치를 흑의죽립인에게 알리는 것이 될 것임을 뻔히 알면서도 그는 그리 했다. 평생을 어두운 그림자 속에 숨어 첩보전을 펼쳐 왔던 제갈세가 제일의 정보 요원의 자존심이 시킨 일이었다.

생명과 맞바꾼 자존심!

비영 일호는 어느 순간 달리기를 멈췄다. 준비해 뒀던 전서구를 아직 절반밖엔 날리지 못했는데, 어느새 코앞에 사신(死神)이 도착해 있었다. 그를 미치도록 두렵게 만들었던 잿빛 미소를 입에 머금은 채.

"제기랄!"

비영 일호가 품속 깊숙한 곳에 숨겨뒀던 한쌍의 단검을 빼 들었다. 자신의 목숨이 끝날 때가 아니면 절대 빼는 일이 없으리라 생각했던 쌍혈비(雙血匕)였다.

번쩍!

쌍혈비가 비영 일호의 손을 떠난 순간, 한줄기 묵광이 천지를 갈랐다. 비영 일호를 다시 영원히 어둠침침한 그림자 속으로 가둬 버릴 정도로 강렬하게.

묵검의 검광 아래 목이 달아나기 전, 비영 일호의 손을 떠난 수십 마리의 비둘기 중 한 마리가 수백 리를 날아 호북의 반검맹, 월영전단 막사에 도착했다. 거의 기적적으로.

손수 비둘기의 다리에 달린 서찰을 꺼내 든 제갈현빈의 현기 어린 눈동자가 순간 가볍게 흔들렸다. 그는 직감적으로 오랫동안 함께해 왔던 비영 일호의 죽음을 느꼈다.

'단천엽, 그렇게 대단한 자였단 말인가?'

펄럭.

펼쳐진 서찰에 쓰인 건 오직 제갈세가의 요인들만 해독할 수 있는 암호문이었다. 군데군데 획이 흐트러진 걸 보면 이 암호문을 작성할 당시, 비영 일호의 처지가 얼마나 다급했던지를 충분히 짐작할 수 있었다.

그러나 암호문을 읽어 내려가는 제갈현빈의 얼굴에는 더 이상 비영 일호의 안부에 대한 관심이 보이지 않았다. 그는 첫 구절부터 암호문의 내용에 깊숙이 빠져든 것이다. 그렇게 잠시의 시간이 흘렀다.

"남궁세가의 멸망이라……."

탄식과 같이 흘러나온 나직한 독백과 함께 제갈현빈의 손에 들려 있던 암호문이 순식간에 한 줌의 재로 변했다. 절정고수만이 발휘할 수 있는 삼매진화(三昧眞火)였다.

툭툭.

손에 남은 재를 가볍게 털어낸 제갈현빈의 미간에 깊은 골이 패었다. 그가 고심하기 시작한 것이다.

그만큼 느닷없이 밀어닥친 남궁세가의 멸망은 거대한 파란이었다. 통천명이라 불리는 제갈현빈으로서도 한동안 망연자실할 수밖에 없었다. 강남무림을 철두철미하게 지배하고 있던 반검맹의 와해가 불 보듯 뻔했기 때문이다.

반검맹이 그동안 강남 전역에 강력한 힘을 발휘할 수 있었던 건 어디까지나 남궁세가가 낳은 불세출의 고수인 신검 남궁성환의 강력한 영도력 덕분이었다.

반검맹의 중심인 오지는 모두 무서운 잠재력을 가지고 있었고, 무수히 많은 고수를 보유하고 있었으며, 각 지역의 패주였다. 마음만 먹으면 오지 중 어떤 곳이든 강남무림을 통째로 집어삼킬 야욕을 충분히 부릴 수 있다는 뜻이다.

한데도 그동안 오지에 속한 고수들 중 어느 누구도 감히 독자적인 활동을 하려 하지 않았다. 모두 맹주인 남궁성환의 절대적인 힘이 있었기에 가능한 일이었다.

때문에 제갈현빈 역시 남궁성환의 거대한 그림자를 엿본 이후 웅지를 마음속 깊이 접어두었던 것인데…….

아직 정확한 사정은 파악이 안 됐으나 신검 남궁성환과 남궁세가가 동시에 끝장이 난 것이다. 그동안 숨을 죽이고 있던 나머지 사지가 펄펄 끓어오르리란 건 자명한 사실이었다. 강남을 넘어 강북마저 병탄하려던 강대한 반검맹은 지금 이순간부터 모두 과거의 일이 된 것이다.

"결정했다!"

한참 후 편두통이 일기 시작한 이마를 짚고 있던 손가락을 떼어낸 제갈현빈이 재빨리 문방사우(文房四友)를 챙겼다.

결정이 내려진 이상 망설일 시간마저 아까웠다. 비영 일호가 목숨과 맞바꾼 중요한 정보인만큼 충분히 그 값을 뽑아내야만 했다.

스스슥.

거의 순식간에 몇 개나 되는 명령서가 완성되었다. 그리고 그때부터 호북에 진출한 반검맹의 주력이라 할 수 있는 오패무적단과 월영전단의 움직임이 바빠지기 시작했다. 총사령을 맡은 제갈현빈의 손을 떠난 숱하게 많은 명령서들에 의해서.

강소성.

오랫동안 강서성의 남궁세가와 더불어 자웅을 겨뤄왔던 오지의 또

다른 와룡(臥龍), 모용세가의 심처가 심상찮은 기류에 잠식당한 건 낙
조가 내릴 무렵이었다.

"지금 뭐라 했느냐?"

평소처럼 단정히 정좌한 채 애검 손질에 여념이 없던 관일검호 모용
덕의 눈에 추상같은 빛이 떠올랐다. 그의 앞에 잔뜩 굳은 얼굴로 시립
해 있는 사람이 장자인 추일검(追日劍) 모용경임을 생각할 때 평소 볼
수 없는 모습이었다.

그러나 모용경은 이미 부친의 이와 같은 반응을 어느정도 예상하고
있었다. 천생 무골인 부친과 달리 문무를 겸비했다는 세간의 평답게
그의 대응은 자연스러웠다.

"남궁세가의 큰 별이 떨어진 것 같다고 말했습니다."

모용덕의 눈꼬리가 가볍게 떨렸다.

"큰 별이란……."

"맹주의 신검이 꺾이고 남궁세가 역시 회복 불능의 피해를 당했다는
소문입니다."

"소문 따월 믿을 수 있겠느냐?"

"소문을 전한 사람은 강서성에 자리잡은 본 가의 외척인 유운생입니
다."

강서성을 주유하는 삼걸(三傑) 중 일인인 철필서생(鐵筆書生) 유운
생. 지닌 바 무공보다 더욱 유명한 건 그의 강직한 성품이었다.

모용경에게서 유운생의 이름이 언급되자 모용덕의 입에서 장탄성이
흘러나왔다.

"허어, 어찌 남궁 늙은이가 날 버리고 먼저 갈 수 있단 말인가! 어
찌!"

"유운생은 남궁세가의 혈겁을 목도한 후 전력을 다해 생존자를 찾아 다녔다고 합니다만, 아직까진 발견치 못했다고 합니다."

"그럼 생존자가 아무도 없다는 것이냐?"

"그렇진 않다고 봅니다. 다만……."

말끝을 흐리는 모용경을 모용덕이 눈살을 가볍게 찌푸리며 바라봤다.

"다만?"

짧은 시간 동안 생각을 정리한 듯 모용경이 말을 이었다.

"다만, 남궁세가의 생존자들은 극심한 피해 때문에 몸을 숨기고 있는 게 분명합니다. 흉수와 강남무림의 다른 세력 모두를 피하기 위해서."

"그건……."

"유운생이 발벗고 나섰다면 강서성의 다른 이걸들이나 군소문파 역시 전력을 다해 남궁세가 혈겁의 원인을 조사하고 있을 겁니다. 그것은 이번에 벌어진 혈겁의 전체적인 맥락은 남궁세가 생존자들의 증언이 없더라도 곧 밝혀진다는 뜻입니다. 그러니 조금만 머리가 돌아가는 사람들이라면 그 다음을 생각하지 않겠습니까?"

이쯤 되면 천생 무인인 모용덕이라 할지라도 모용경의 말뜻을 모를 리 없다. 방금 전까지 평생의 호적수이자 지기였던 남궁성환의 갑작스런 죽음에 충격받아 잔뜩 찌푸려져 있던 모용덕의 노안에서 맑은 신광이 뿜어져 나왔다.

"너는 남궁세가가 무너진 틈을 우리 모용세가가 노려야 한다고 말하는 것이더냐?"

"본 가뿐 아니라 다른 사지 역시 마찬가지일 거라 사료됩니다."

“그야 그렇겠지. 남궁세가가 무너진 이상 강남무림의 재편은 어쩔 수 없는 흐름일 테니. 하지만 지금은 남궁세가를 무너뜨린 흉수와 세력에 대해 논할 때이다. 그들이 남궁세가와 신검을 무너뜨렸다면, 다른 사지 역시 그냥 내버려 두리라 안심할 순 없는 일이니.”

“그 점 역시 소자 생각했습니다만…….”

“네게 다른 의견이 있는 것이냐?”

슬그머니 고개를 끄덕여 보인 모용경이 목소리를 조금 낮췄다.

“천하를 통틀어도 남궁세가를 무너뜨릴 만한 힘을 지닌 곳은 많지 않습니다. 특히 맹주인 신검 남궁 선배께서 계신 상태로는.”

“이번 혈겁의 배후는 당연히 천하맹이 아니겠느냐? 어쩌면 폐관했다고 알려진 창천무극검제 모문환이 직접 손을 썼을지도 모르지.”

“모 맹주는 아닙니다.”

“그렇다면 뇌정경혼이라 불리는 단백경이란 말이냐? 그 아이는 지금 호북에서 움직일 수 없을 터인데?”

“그 또한 아닙니다. 이번에 강서성에 온 자는 단천엽이란 자입니다.”

“단천엽?”

“예. 호북에 가 있는 본 가의 아이들이 전해온 소식에 의하면 천하맹 호북출정군에 요 근래 대단히 무공이 빼어난 자가 출현했는데, 그자가 바로 단천엽입니다.”

모용경은 조목조목 단천엽이 패왕기동대를 이끌고 벌였던 전투에서의 신위와 무당파를 뒤집어놓은 일, 그 뒤 무당제일도 태우 도장이 갑작스레 행방불명된 사건까지를 모두 얘기했다. 그 뒤 남궁세가가 혈겁을 당하기 전 단천엽이 일행을 이끌고 강서성에 모습을 보였다는 데까지 이야기가 진행되었을 때다. 모용덕이 참지 못하고 방바닥을 손바닥으로 내려쳤다.

쾅직!

"이놈! 너는 지금 강남의 신검이 설마 하니 살수 따위에게 암습당해 죽었다고 말하는 것이냐!"

"살수라 하나 단천엽은 보통의 살수가 아닙니다. 지닌 바 무위는 호북출정군의 총사령인 단백경에 버금갈지도 모릅니다."

"하지만 어찌 그렇게 젊은 나이에……."

"아버님께서도 배교의 마도대법을 기억하실 테지요?"

"그 십여 년 전부터 천하맹 녀석들이 연구해 온 천인공노할 역천대법을 말하는 것이더냐?"

"예, 그 마도대법이 아무래도 성공한 것 같습니다."

"그런……."

모용덕의 얼굴을 떠돌던 흥분의 기색이 천천히 가라앉았다. 그 역시 익히 알고 있던 사실을 듣자 사태의 심각성이 뼛속 깊이 파고든 것이다.

모용경이 말했다.

"물론 소자의 말은 거의 가정에 근거한 겁니다. 남궁세가의 멸망 탓인지, 갑자기 암천의 모든 조직이 흔적을 감췄기 때문에 정보를 얻기가 쉽진 않았지요. 하지만 정말 천하맹이 그 역천대법의 연구에 성공했고, 그 결과 오늘날 남궁세가가 무너진 것이라면……."

"……."

"천하맹의 실질적인 지배자인 흑의문상 한상월은 여기서 더 이상 강남무림을 건들진 않을 겁니다."

"그럴 테지. 남궁세가가 무너진 이 순간부터 강남무림은 새로운 세력 재편을 위해 이전투구하기 시작할 터, 괜스레 더 건드려서 결속을 공고히 할 까닭은 없을 테니."

"바로 그렇습니다. 다만 저희가 천하맹의 뜻대로만 장단을 맞출 순 없는 일이지요."

"네 뜻은?"

모용경의 입가에 흐릿한 미소가 떠올랐다.

"지금 당장 본 가의 전력을 강서성에 파견해 남궁세가의 영역을 장악하고, 다른 삼지에 파발을 띄워 복수를 결의하는 겁니다. 맹주 살해범에 대한!"

"다른 삼지가 순순히 따르겠느냐?"

"맹주가 유고한 이상 강남무림에선 아버님께서 가장 큰 어른이 되십니다. 아버님께서 맹주의 복수를 부르짖는다면 다른 자들 역시 반대할 명분은 없습니다."

"호북의 통천명과 오패무적단에 대한 처리는?"

"자신은 깨닫지 못하고 있겠지만, 제갈현빈은 타고난 이 인자입니다. 결코 아버님께 반기를 들 만한 위인이 못 됩니다. 그리고 오패무적단을 맡고 있는 여만해는 본래 천하에 무서워하는 게 없는 자이니……."

"그를 죽이긴 쉽지 않을 텐데?"

"그에게 단천엽에 대한 처리를 명령하면 되리라 봅니다. 오패무적단은 본래의 주인에게 넘기기로 하고요."

"으음."

"아버님께서는 그저 당당히 태양 아래 서 계시기만 하십시오. 더럽고 지저분한 일은 소자가 다 알아서 하겠습니다.”

그 말을 끝으로 모용경이 정중히 고개를 숙여 보였다.

모용덕에게선 가타부타 말이 없었다.

“그럼 소자는 이만.”

모용경이 천천히 내실 밖으로 물러났다. 가주인 모용덕으로부터 암묵적인 동의를 얻은 이상 지금부터 그가 해야 할 일은 잔뜩 산재되어 있었다. 호북의 제갈현빈이라면 이미 움직이기 시작했을 게 분명한 터. 그에게 선수를 빼앗길 순 없었다.

‘이제부터는 천하맹이 아니라 제갈현빈, 그 아이와의 싸움이 되겠구나!’

거대한 산처럼 든든한 부친 모용덕을 떠올린 모용경의 입가에 자신만만한 미소가 떠올랐다.

파란(波瀾) 속으로 2

호북성 노하구.

천하맹 호북출정군의 주력 중 삼분지 일이 모여 있는 후방 지휘소. 오랜만에 한자리에 모인 총사령 단백경과 곽채량, 유겸호는 눈인사를 건네자마자 회의에 들어갔다.

현재 양양 쪽에 전진 배치된 호북출정군의 주력을 맡은 사람은 집단전 경험이 부족한 천하맹 오당의 고수들이었다. 비록 네 명의 부대주들이 같이 있다곤 하나 호북출정군의 실세이며 중심이라 할 수 있는 세 사람이 후방 지휘소에서 죽이고 있을 시간 따윈 전혀 없다고 보는 게 옳았다.

먼서 삼 인 회의를 제안한 유겸호가 단백경에게 가볍게 목례를 해 보이고 입을 열었다.

"전황이 갑자기 이상해졌습니다."

곽채량이 얼마 전 입은 상처로 딱지가 앉은 볼살을 한차례 긁적이고
눈살을 찌푸렸다.

"그건 나 역시 느끼고 있었다만……."

"곽 대장 쪽도? 그럼 그에 대한 대처는 어찌했지?"

유겸호의 얼굴에서 추궁의 빛을 본 곽채량이 얼굴을 일그러뜨렸다.

"네가 언제부터 날 추궁하는 위치가 된 것이냐?"

"나는 곽 대장을 추궁하는 게 아니라……."

"그럼 어째서 그리 눈빛이 불손한 게냐. 설마 요즘 들어 총단 내부
를 문상파가 장악했다 해서 네놈이 유세를 떠는 건 아닐 테지?"

"그게 무슨 소린가! 우리가 함께한 시간이 십여 년이거늘 아직도 이
유 모의 성격을 모른다는 말인가!"

유겸호의 단정하던 얼굴이 가볍게 상기되자 곽채량 또한 안색을 누
그러뜨렸다. 그 역시 그저 한번 해본 소리일 뿐 유겸호의 사람됨을 의
심한 건 아닌 것이다.

"뭐, 아니면 말고……."

"아니면 말고라니!"

"아, 거참 시끄럽네."

말은 그리하면서도 곽채량은 슬쩍 시선을 단백경에게 던졌다. 구원
요청에 나선 것이다.

그러자 매번 있는 일에 담담한 미소를 입가에 띠운 단백경이 묵직하
게 입을 열었다.

"유 대장, 곽 대장도 그저 한번 한 말에 불과할 테니 노여움을 거두
시오. 곽 대장이 오랜만에 유 대장을 만나 반가운 마음에 농을 한 것일
거요."

"군략을 짜는 이 바쁜 시간에 농이라니요!"

"유 대장도 썩 싫은 표정은 아닌 것 같았소만?"

"그게 무슨……."

유겸호가 다시 화를 내려다 낯을 가볍게 붉혔다. 단백경의 입가에 머문 미소로 그가 농담을 던졌음을 깨달은 것이다.

그때 곽채량이 기가 살아 소리쳤다.

"유겸호, 네 녀석은 언제나 나한테는 기세가 등등하면서 무상 앞에 선 고양이 앞의 쥐가 되는구나. 이거 직급이 떨어지는 사람은 서러워서 살겠느냐!"

"그럼 곽 대장 네 녀석과 총사령을 같이 대하란 말이냐!"

결국 유겸호가 점잖던 말투를 평소처럼 바꾸자 곽채량의 얼굴에 승리자의 웃음이 떠올랐다. 그는 애초에 오랜만의 만남에도 불구하고 말투와 안면을 싹 바꾼 유겸호의 태도가 마음에 들지 않아 괜스레 시비를 걸었던 것이다.

그 같은 사정을 대충 짐작하고 있던 단백경이 주변 정리에 들어갔다.

"그럼 두 분 대장도 슬슬 회포를 다 푼 것 같으니, 회의를 계속하시는 게 어떻겠소?"

유겸호가 히죽거리고 있는 곽채량을 향해 한차례 눈살을 찌푸려 보이고, 다시 목소리를 가다듬었다.

"곽 대장 쪽 부대에서도 이미 이상 징후를 포착했다 하니, 바로 본론으로 들어가겠습니다."

"그러시오."

"보름 전부터 양양 쪽 전선을 다시 탈환하기 위해 줄기차게 맹공을 펼치고 있던 반검맹의 오패무적단과 휘하의 소부대들이 움직임을 멈췄습니다. 그래서 저는 적들이 우회로를 통한 양동 작전에 나설 수도 있다는 판단 하에 계속 밀정과 간세를 파견했는데, 몇 가지 중요한 움직임을 포착했습니다.”

잠시 말을 멈춘 유겸호가 준비해 온 호북성 일대의 지형도를 꺼내 펼쳐 보였다. 본래 관에서만 쓰이는 지형도에 유겸호가 따로 사람을 동원해 세부적인 사항을 첨가한 대반검맹 방어지도였다.

“이건……”

단백경이 양양 주변으로부터 강서성 방향으로 이어진 몇 개의 붉은 선을 손가락으로 가리키자 유겸호가 얼른 설명했다.

“오패무적단을 중심으로 한 반검맹 주력군의 요 근래 이동로입니다.”

“퇴각?”

“그런 말도 안 되는!”

단백경의 입에서 순간적으로 튀어나온 말에 곽채량이 펄쩍 뛰며 소리 질렀다. 그 역시 전술 전략과 집단전에 능한 사람이기에 양군의 세력이 팽팽한 편 시점에 그 같은 결정을 내린다는 게 반검맹에게 얼마나 위험천만한지 잘 알고 있었던 것이다.

그러나 단백경과 마찬가지로 지형도에 시선을 박은 곽채량은 곧 자신이 내뱉은 말을 수정해야만 했다. 진짜 반검맹 주력의 움직임이 붉은 선 대로라면 퇴각밖엔 다른 어떤 것도 예상할 수 없었기 때문이다.

“이게 도대체?”

곽채량과 시선을 맞춘 유겸호가 신중한 표정으로 말했다.

“곽 대장이 주둔한 보강(保康) 쪽은 어떻지?”

“그곳 또한 갑자기 사흘에 한두 차례는 꼭 있었던 월영전단의 야습이 사라졌다. 그들이 야습을 포기하면, 내 흑건질풍대의 주력이 양양 뒤쪽에서 알짱거리던 오패무적단의 후방을 때릴 수 있을 텐데도…….”

“그럼 월영전단 역시 퇴각을 시작했다고 봐도 좋겠군.”

“하지만…….”

다시 반대 의견을 내놓으려던 곽채량의 말을 단백경이 손을 들어 제지했다. 그리고 한참 붉은 선의 이동로를 바라보다 유겸호에게 말했다.

“지난 보름간 유 대장이 이 정도만 조사했으리란 생각은 들지 않소만?”

‘역시!’

내심 단백경에게 고개를 끄덕여 보인 유겸호가 다시 품 안에서 보고서 하나를 꺼내 들었다. 며칠 전 천밀당 장지량의 도움을 얻어 강서성 방면에서 입수한 밀서였다.

“아무래도 반검맹의 맹주인 신검 남궁 노야의 신상에 문제가 발생한 것 같습니다.”

“신검이…….”

“허어!”

단백경과 곽채량이 각기 다른 내심을 품고 신음을 토했다. 그만큼 신검 남궁성환이란 이름이 가진 무게는 보통이 아니었고, 전황에 커다란 영향을 줄 수 있었다. 이때까지의 논의를 무색하게 만들 정도로.

그날 밤.

후방 지휘소를 빠져나온 단백경은 총사령을 호위하는 별동대인 패왕기동대 막사로 향했다.

달빛조차 깊이 잠든 밤이었다. 번을 서고 있다 어둠 속을 성큼거리며 움직이는 단백경의 모습을 발견한 몇몇 무사가 재빨리 부동자세를 취했다.

"수고한다."

단백경의 한마디 치하에 무사들의 얼굴에 화색이 감돌았다. 그들에게 있어 단백경은 그저 평범한 상관이 아니라 무신(武神)이나 다름없었다.

단백경은 한차례 손을 휘저어 무사들의 긴장을 풀어준 뒤 패왕기동대 막사 중 가장 큰 곳으로 들어갔다. 단천엽 대신 임시 대주를 맡은 모어언의 처소였다.

"총사령을 뵙습니다!"

모어언이 침상에서 벌떡 일어서자 단백경이 앞서 무사들에게 했던 대로 손을 휘젓고 한 켠에 마련된 의자에 앉았다.

"어언, 너도 이젠 완전히 병영 생활에 익숙해졌구나. 신발조차 벗지 않고 자다니 말야."

"그렇지도 않습니다."

"그런가? 하긴 나날이 예뻐지는 걸 보면 내 말이 틀린 것도 같군."

"……."

오랜 전투로 인해 다소 초췌해졌긴 하나 요즘 들어 부쩍 성숙한 아름다움을 풍기기 시작한 모어언이다. 그녀의 안색이 가볍게 붉어지자 만화가 핀 듯 막사 안이 환해졌다.

그 모습을 지그시 바라본 단백경이 자신의 맞은편 의자를 손으로 가리키며 말했다.

"난 네 부동자세를 보기 위해 이곳을 찾은 것이 아니니, 일단 여기 앉아 보거라."

"예."

모어언이 얼른 달려와 의자에 앉았다. 과거 오만하고 도도하기가 천상의 꽃과 같던 그녀로선 보긴 힘든 광경이었다. 전쟁은 모든 것을 급속히 바꿔놓는 힘이 있었다.

단백경이 말했다.

"아직도 내가 너와 패왕기동대를 노하구에 묶어둔 걸 원망하고 있나?"

"그렇지 않습니다."

"그렇지 않다?"

"예."

고분고분하게 구는 모어언을 보며 단백경은 문득 이제 그녀가 시집가도 되겠다는 생각을 하곤 나직이 미소 지었다. 그 역시 아직 사십도 안 되는 팔팔한 나이였다. 그런데도 벌써 나이든 노인같이 굴게 됐으니, 스스로 생각해도 우스운 것이다.

'뭐, 천엽 녀석을 생각하면 당연한가?'

어느새 아들처럼 생각하게 된 단천엽을 생각하며 상념을 끊은 단백경이 차분한 표정으로 명령을 기다리는 모어언에게 말했다.

"그동안 패왕기동대의 전투 횟수가 얼마나 되지?"

"모두 열다섯 번의 격전을 치렀습니다."

"피해는?"

"사망 없이 경상자가 세 명 있습니다."

"날 따라다녔다면 가장 치열한 격전지였을 것이다. 그런데도 열다섯

번의 전투에서 경상자 셋이라면 대단히 양호하다고 할 수 있다. 어연
너도 그리 생각하느냐?”

“그렇지 않습니다.”

“부족하다고 생각하나?”

“예.”

대답 후 잠시 망설이는 표정을 지은 모어언이 바로 뒷말을 이었다.

“패왕기동대는 용문의 최정예입니다. 이만한 전과는 당연한 일이고,
제 지휘가 부족해서 세 명의 경상자가 나왔다고 생각합니다.”

“꽤나 엄격한 평가구나.”

“그렇진 않다고 생각합니다.”

“흠, 그런가?”

비로소 천천히 고개를 끄덕여 보인 단백경이 오늘 모어언을 찾은 진
짜 목적을 털어놨다.

“천엽이 임무에 성공한 것 같다.”

“아!”

모어언이 여태까지의 딱딱하던 태도를 버리고 교구를 가볍게 떨었
다. 기쁨과 알 수 없는 설렘이 깃든 그녀의 얼굴은 눈이 부실 정도의
아름다움을 뿜어냈다. 마치 여태까지 봉오리에 머물러 있던 천상의 꽃
이 활짝 개화한 것 같았다.

단백경의 말이 이어졌다.

“그래서 이제부터 나는 천하맹 호북출정군 총사령으로서가 아닌 천
엽 녀석의 외숙으로서 패왕기동대에 한 가지 명령을 내리고자 한다.
따라줄 수 있겠느냐?”

“소녀, 여태까지 오늘 같은 날만을 기다리고 있었습니다.”

“고맙다.”

짧은 치하와 함께 단백경이 품 안에서 유겸호가 작성한 작전 지도를 꺼내 내밀었다.

“이건?”

“현재까지 호북에 침입한 반검맹 주력의 퇴각로가 표시된 지형도다.”

모어언의 눈이 빠르게 지도 위에 깨알같이 작성되어 있는 지형과 붉은 선을 훑었다. 만약의 상황에 대비해 아예 머리 속에 암기하기로 작정한 것이다.

“이해할 수가 없군요. 이대로라면 반검맹의 주력은 우리 호북출정군에게 완전히 후방을 내주는 꼴이 될 텐데…….”

“우리 호북출정군의 주력은 움직이지 않는다.”

“어째서?”

“총단에서 전군 대기를 명했기 때문이다.”

“그런!”

모어언은 진심으로 안타깝다는 듯 신음했다. 그만큼 현재의 급변한 상황은 천하맹 호북출정군에겐 절대적으로 유리했다. 전세를 완전히 승기로 이끌 수 있을 뿐 아니라, 어쩌면 강남까지 단숨에 유린할 수 있을 정도였다.

단백경이 그런 모어언에게 흐린 표정을 지어 보였다.

“어쨌든 총단에서 전군 대기의 명이 떨어진 이상 우리는 손가락 하나 움직일 수 없다.”

“그래서 총사령께서는 오늘밤 정규군이 아닌 패왕기동대를 찾아오셨군요?”

"그렇다. 너는 따라줄 수 있겠느냐?"

"앞서 말했듯 소녀는 오늘 같은 날만을 기다리고 있었습니다. 패왕기동대의 다른 형제들도 마찬가지고요."

"대군 속으로 뛰어드는 일이다. 어언 너와 패왕기동대가 아무리 탁월한 전투력을 보유하고 있다 해도 목숨을 내놓아야 할지도 모른다."

"단 가가를 만나기 위해서라면, 지옥이라 해도 소녀와 패왕기동대는 상관없습니다."

"그렇구나."

다시 고개를 끄덕여 보인 단백경이 총사령인 자신의 직인이 찍힌 명령서를 건네곤 자리에서 일어섰다. 아침까지 기다릴 것 없이 바로 출발하란 말과 함께.

파란(波瀾) 속으로 3

탁.

장시간 보고서를 넘기던 손길이 멈추자 잔뜩 긴장한 채 서 있던 천밀당주 장지량은 왜소한 어깨를 움찔 떨었다. 평소 담이 크다고 자부하고 있던 그이나 주인으로 모신 문상 한상월이 오늘처럼 침묵할 때엔 더럭 겁이 났다.

비밀을 다루는 자들의 특성.

언제 상부로부터 제거당할지 알 수 없기에 자신이 파악할 수 없는 존재 앞에선 한없이 왜소해질 수밖에 없는 것이다.

그런 장지량의 내심을 읽은 것인가.

보고서 검토가 끝나고도 한참 동안 깍지를 낀 손으로 턱을 괸 채 침묵하던 한상월이 슬쩍 고개를 흔들며 입을 열었다.

"천밀당이 한 해 동안 가져가는 자금과 사용하는 인원이 얼마나 되지?”

장지량의 어깨가 다시 움찔했다. 왠지 미진한 보고서를 올리며 자신이 걱정했던 상황이 오고야 만 것이다.

“저기, 그게…….”

“음, 여기 황금 삼천오백 냥이라고 적혀 있군. 인원은 상시 대기 인원과 수시 동원 인원 합해 이천오백 명 선이고. 맞는가?”

“마, 맞습니다.”

“요즘처럼 전쟁으로 인해 맹의 재정이 크게 악화된 상황에서 꽤나 큰돈이고, 인원 역시 상당하단 생각이 들지 않는가?”

“그거야 그렇습니다만…….”

“그렇습니다만? 뒷말은 변명이라고 봐도 무방하단 생각이 드는데, 장 당주의 생각은 어떠한가?”

장지량은 입을 뻐끔거리다 결국 목젖까지 튀어나온 몇 가지나 되는 변명을 꿀꺽 삼켰다. 한상월이 이처럼 비꼬는 말을 늘어놓을 땐 그저 죽었거니, 하고 잘못을 비는 게 상책임을 알고 있었기 때문이다.

과연 한상월은 장지량이 입을 다물고 고개를 푹 숙이자 특유의 비꼬기를 중단했다. 처음부터 상대가 손을 들고 항복하는 데야 계속 몰아붙이는 것도 재미없다고 생각한 것이다.

하지만 비꼬기를 그만둔 것과 용서는 별개의 문제였다.

몇 차례 책상을 두들겨 장지량의 가슴을 새카맣게 태운 그가 퉁명스레 말했다.

“남궁세가는 반검맹의 중추일뿐더러 맹주인 신검 남궁성환이 기거하는 곳이야. 그런 곳에 문제가 발생한다면, 단순히 한 가문만의 일은 아닐 것이야.”

“예, 그렇습니다. 사안에 따라 강남무림 전체와 치열하게 전투가 진행 중인 호북 전선까지 그 여파가 미칠 수 있는 대사건이라 사료됩니다.”

“그런데 아직도 정확한 사건 개요와 원인을 파악하지 못했다면, 그 책임은 누가 져야 하는 거지?”

“그, 그건…….”

장지량의 등덜미로 진땀이 송송 맺히다 못해 흘러내리기 시작했다. 한상월이 하는 말 한마디 한마디가 송곳이 되어 가슴을 후벼 파는 것 같았다.

천하에서 다섯 손가락 안에 드는 정보 전문가라 자부하는 그이기에 이번 사안의 중대함과 파급력을 손바닥 들여다보듯 알 수 있었다. 그래서 더욱 괴로운 것이고.

그러나 처음, 비꿈을 당할 때와 달리 장지량은 계속 입을 굳게 닫고만 있을 순 없었다. 지금 한상월의 표정은 무언가 대답을 원하고 있는 것이기 때문이다.

꿀꺽!

한차례 마른침을 삼킨 장지량이 기민하게 머리를 굴리곤 이곳에 오기 전 준비해 뒀던 변명을 끄집어냈다.

“일단 문상께서도 아시다시피 저희 천밀당의 점조직이 강남에까지 뻗어 있긴 하나 암처의 견제 때문에 쉽사리 움직일 수 없다는 점을 감안해 주셨으면 합니다.”

“그리고?”

“그리고 이번 사안은 워낙 강남무림에서도 쉬쉬할뿐더러, 남궁세가 주변의 경계가 심해서 정확한 정보를 얻기가 쉽지 않았습니다. 거의 팔 할에 가까운 조직원들이 호북의 군정을 살피는 데 동원되었기에 인력도 태부족이었고요.”

“그러니 장 당주나 천밀당에겐 아무런 책임이 없다는 건가?”

장지량이 소매로 이마의 땀을 훔치며 대답했다.

“그렇진 않습니다. 역부족이었다곤 하나 이만큼 중대한 정보에 대한 대처가 소홀했다는 점은 변명의 여지가 없습니다. 그러니 이번 사안에 대한 책임은 전적으로 제가 지도록 하겠습니다.”

“어떻게 책임을 지겠다는 건가? 설마 하니, 이 중요한 시기에 천밀당주 직에서 물러나겠다는 건 아닐 테지?”

“그럼 월봉을 몇 달 감봉하도록 하겠습니다.”

흘러나온 대답이 명쾌하다. 처음부터 준비하고 있었던 것처럼.

피식.

장지량을 향해 흐릿한 미소를 던진 한상월이 더 탓하지 않고 화제를 바꿨다.

“보고서에 담긴 정보들을 종합해서 유추해 봤겠지?”

“예.”

“분석이 그럴듯하면 이번 일은 넘어가도록 하지.”

장지량의 얼굴에 비로소 생기가 돌아왔다. 자잘한 정보를 취합해서 분석하는 건 그의 유일무이한 특기였다.

장지량을 떠나보내고 얼마 지나지 않았을 때다.

홀로 보고서와 씨름하고 있던 한상월의 고개가 슬그머니 앞을 향했다. 그의 얼굴엔 평소와 달리 느긋함과 권태로움의 그림자가 보이지 않았다.

"이런 곳까지 찾아오다니, 천하를 공포에 떨게 하던 십이마성도 이젠 꽤나 한가로운 게 아닌가?"

세상을 놀라게 할 만한 말. 한상월의 말이 끝난 것과 동시, 문상 집무실 한 켠에 모습을 드러내고 있던 회의 무복 차림의 사나이가 한 걸음 앞으로 나섰다.

뚜벅.

중키에 적당히 살이 붙은 얼굴.

반달형을 이룬 눈매.

앞으로 나선 회의 무복 사나이의 외양은 지극히 평범했다. 만약 한상월의 입에서 십이마성이란 말이 언급되지 않았다면 길을 가면서 하루에 몇 명은 볼 법한 인상이다.

그러나 그런 평범한 얼굴에 미소가 떠올랐을 때다.

씩.

회의 무복 사나이가 풍기던 인상 자체가 완벽하게 변했다. 끔찍할 정도로 잔혹하게.

"세상 많이 좋아졌군. 나 소마성(笑魔星) 앞에서 뻣뻣하게 굴 수 있는 자를 만나다니."

"소마성이라면 십이마성의 지낭(智囊)이라는……."

"십이마성 중 가장 머리가 좋다고 생각하면 된다."

한상월의 눈매가 슬쩍 가늘어졌다.

"소마성께서 이곳까지 찾아온 걸 보니, 십이마성의 대형인 천마성(天魔星)의 병세가 더욱 심각해진 모양이지요?"

"갈!"

소마성의 입에서 터져 나온 음파는 단숨에 한상월 앞에 쌓여 있던 보고서 더미를 비산하게 만들었다. 마치 광풍에 휘감긴 것처럼.

파앗!

순간적으로 날아오른 보고서 한 장이 칼날처럼 한상월의 뺨에 상처를 입혔다. 음파에 담긴 내력이 만든 변화였다.

주룩.

뺨을 타고 흘러내리는 핏물을 한상월이 손을 뻗어 슥 닦아냈다. 날아든 보고서의 방향이 한 치만 옆이었어도 목숨이 위태로웠을 터인데, 그의 표정은 전혀 변함이 없었다. 아니, 오히려 더욱 여유가 넘친달까?

"흠, 이거 실례했소이다."

사과의 말과 달리 한상월의 얼굴에는 전혀 미안한 표정이 담겨 있지 않았다. 그저 예의상 해 보는 말이란 걸 누구라도 알 수 있을 정도였다.

한상월의 행동을 흥미롭다는 듯 주시하던 소마성의 입가에 다시 예의 미소가 떠올랐다.

"흐훗, 역시 듣던 대로 걸물이로군."

"이만은 해야 십이마성과 거래를 할 수 있지 않겠소이까?"

"그야 그렇지."

대답과 함께 소마성이 책상 바로 앞까지 다가섰다. 그는 방금 전의 일갈로 인해 아무렇게나 나뒹구는 꼴이 된 의자 하나를 끌어다 한상월 앞에 앉았다.

탁!

반달 모양의 눈동자 속에 담긴 측량할 수 없는 살기.

한상월은 으슬하고 한기가 치솟는 걸 억지로 참고서 소마성과 눈을 마주쳤다. 도전적인 모습으로.

소마성이 도전에 응하지 않고 한 걸음 물러섰다.

“자네의 말대로 우리 대형의 상태는 요 근래 더욱 나빠졌다. 이젠 거동도 원활하게 하기 힘들 정도야.”

“수틀리면 살인멸구하겠다는 뜻입니까?”

“그래, 바로 그런 소리야.”

“…….”

“그러니 자네는 이제 다음 수를 두는 게 좋아. 나는 다른 형제들과 달리 조금 이성이란 게 남아 있지만, 힘으로 모든 일을 해결하는 것도 그리 싫어하지 않거든.”

명백한 협박이었다. 그것도 꽤나 노골적인.

한상월은 평소처럼 사람의 감정을 긁는 표정을 한차례 지어 보이곤, 꽤나 정중하게 말했다.

“애석하게도 내가 가진 다음 수는 고작해야 천마성의 흩어진 마기(魔氣)를 되살리는 것밖에 없소이다.”

“그것이면 충분하다.”

“여태까지와 달리 이번엔 십이마성 전체의 힘을 빌려야 할 텐데도?”

소마성의 눈 깊은 곳에서 스멀거리며 살기가 일어났다.

“이미 치마성과 묵검성이 네 녀석의 뜻에 따라 움직였다. 그런데 네가 감히 또 다른 조건을 내걸겠다는 거냐?”

“내겐 딱 한 가지 수밖엔 없다고 했소이다.”

“그 한 수를 전가의 보도처럼 휘두르는구나.”

“전가의 보도란 게 그러라고 있는 게 아닙니까?”

한상월의 입가에 사라졌던 미소가 다시 떠올랐다. 이미 승기를 잡았다는 판단이었다.

그러나 이번엔 소마성이 물러서지 않고 받아쳤다.

"너는 먼저 네가 가진 한 수를 보여야 한다."

"다른 십이마성에게 전권을 위임받았다는 뜻입니까?"

"대형의 일이다. 설혹 천하를 불태우는 일이 있더라도 반대할 놈은 없을 것이다."

한상월이 미미하게 고개를 끄덕이고 말했다.

"천마성의 흩어지기 시작한 마기를 복원하기 위해 그동안 나는 금마부에 꽤나 많은 마두들을 모아놨습니다."

"금마부?"

"십이마성이 일으킨 제이차 마성혈류하 이후 천하 각 문, 각 파의 세력이 약해진 걸 틈타 꽤나 많은 쓰레기들이 준동했었지요. 금마부는 전대 천하맹에서 강북을 평정하는 과정에서 그 쓰레기들을 잡아 가둔 일종의 뇌옥이었으나, 내가 좀 용도 변경을 했습니다."

소마성의 반달형 눈에서 마광이 일어났다.

"쓰레기라도 잡아 가둘 정도면 제법 마기를 쌓은 자들이겠군?"

"나름대로 천하의 마두라고 호언장담하고 다니던 자들이니, 마기야 기본적으로 쌓고 있지요."

"그렇다면 그들을 이용해서 대형의 마기를 다시 회복시켜 주겠다는 거냐?"

"천마성이 있는 곳에서 그들 전부를 한꺼번에 죽인다면, 어떻겠습니까?"

"그야……."

잠시 말끝을 흐린 소마성의 입꼬리가 길게 찢어졌다. 참지 못할 정도로 마음이 흐뭇해진 것이다.

때를 놓치지 않고 한상월이 말했다.

"그들은 내가 천하를 경략하기 위해 마련한 비밀 병기들입니다. 그러니 그들 전부를 희생하는 데는 합당한 대가가 따라야 할 것입니다."

"대가라……."

"그들 정도로 많은 마두를 모아놓은 곳은 이제 천하를 몽땅 뒤져도 없을 겁니다."

타당한 말이었다. 잠시 생각해 본 후 한상월의 말에서 빈틈을 찾지 못한 소마성이 결국 미미하게 고개를 끄덕였다.

"조건을 말해 봐라!"

"제삼차 마성혈류하!"

"뭐?"

한상월이 다시 천천히 말했다.

"내 조건은 십이마성 전체에 의한 제삼차 마성혈류하입니다. 거기에 덧붙여 호북성에 모인 패왕기동대 전체의 죽음 역시."

"패왕기동대?"

"천하맹에서 키운 비밀 병기들입니다. 나는 그들 모두가 이번 마성혈류하에 휩쓸려 죽기를 희망합니다."

"그게 조건의 전부이냐?"

"천마성의 부활에 비하면 그리 큰 대가는 아닌 것 같습니다만?"

"꽤 싼 편이다."

그 말을 끝으로 소마성이 자리를 털고 일어섰다. 더 이상 한상월과 할 말이 남지 않은 것이다.

뚜벅, 뚜벅.

문상 집무실 밖으로 걸어가던 그가 잠시 발길을 멈추고 한상월을 돌아봤다.

"그런데 그 패왕기동대란 곳의 대장이 네 아들인 걸로 아는데, 상관 없겠느냐?"

"물론."

"흐흣, 비정한 부정이군."

더 이상 말하지 않고 소마성이 집무실 문을 열고 밖으로 나갔다. 집무실 밖에는 분명 호위 무사가 배치되어 있었으나 그의 앞으로 가로막는 자는 아무도 없었다. 이미 천원에 배속된 무사들 중 태반이 목숨을 잃었기 때문이다.

'비정한 부정이라?'

한상월이 잠시 소마성이 한 말을 곱씹다 흩어진 보고서들을 챙기기 시작했다. 마치 아무런 일도 벌어지지 않았다는 듯.

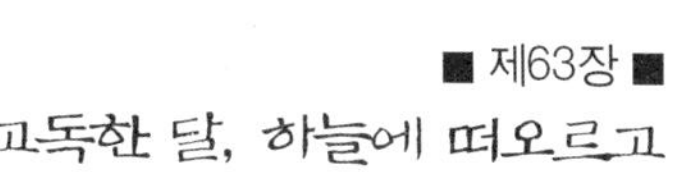

■ 제63장 ■
고독한 달, 하늘에 떠오르고

고독한 달, 하늘에 떠오르고 1

패왕기동대는 강서성 방면으로 쾌속 이동했다.

노하구를 떠나며 반드시 필요한 짐만을 챙겨왔기에 그 이동 속도는 다른 부대에 비할 바가 못 됐다.

그들은 치열한 전선 속을 뚫고 하루에 꼬박 백 리씩을 행군했다. 개개인의 역량이 모두 일류고수를 상회하기에 가능한 속도였다.

그렇게 잠강(潛江)을 앞에 뒀을 때다. 밤사이 여독을 풀 겸 잠시 강가에 야영지를 설치한 패왕기동대 막사 위로 흐릿한 반달이 떠올랐다.

"아아, 난주의 예쁜 다리에 알이 배겼다!"

강가에 몰래 나가 물장구를 치던 금난주의 목소리가 울려 퍼지자 그녀의 뒤에서 후다닥거리는 소리가 났다.

"어디! 어디가 그렇게 아픈 거야!"

금난주가 야영지를 떠났을 때부터 몰래 뒤를 따르고 있던 사람의 정체는 철면검객 안환이었다. 처음부터 그가 뒤따르고 있음을 알고 있던 금난주가 손바닥으로 물을 퍼 뒤로 뿌렸다.

"어딜 도둑고양이처럼 몰래 따라온 거예요!"

"웃! 차거!"

딱히 금난주가 퍼부은 물 세례를 피하지 않고 얼어맞는 쪽을 택한 안환이 입가에 히죽거리는 미소를 띠었다.

"헤헤. 금 소저, 아무리 야밤이라곤 하나 이곳은 적진의 한복판이나 다름없는 곳이 아니오?"

"그런데요?"

"이런 곳에 야영을 했으니, 어찌 내가 쉽게 잠을 이룰 수 있겠소. 그래서 야영지 주변을 순찰하던 중 강가 쪽으로 향하는 금 소저를 보고 걱정이 돼서 좇아온 것이오."

금난주의 입술이 삐죽 튀어나왔다.

"흥, 설마 난주가 목욕이라도 하는 장면을 기대하고 온 건 아닐 테죠?"

"어, 어찌 내, 내가……."

"아! 말 더듬는 걸 보니 진짠가 보다!"

금난주가 손가락질을 하자 안환의 안색이 벌겋게 달아올랐다. 여태껏 그다지 의식하지 못했던 금난주의 매끈한 종아리가 눈에 들어온 것이다.

'안 된다, 안환! 여기서 눈동자를 금 소저의 종아리 쪽으로 향하면 당장 무뢰한 취급을 받을 거야!'

안환은 아랫입술을 꽉 깨물고 눈을 밤하늘로 돌렸다. 마음속에 무척

아쉬움이 남았으나 그것이 최선임을 아는 까닭이다.

"나 안환은 당당한 청성파의 제자요! 어찌 같은 구산에 속한 아미파의 제자인 금 소저를 희롱할 수 있겠소!"

사문인 아미파에 대한 얘기가 나오자 금난주 역시 더 이상 안환을 마구 몰아붙이기 힘들었다. 비록 천하맹 총단을 나서며 사문과의 오랜 교통을 끊었지만, 아미란 이름은 계속 금난주의 가슴속 한 켠을 채우고 있었기 때문이다.

"쳇! 누가 뭐래요."

나직이 투덜거린 금난주가 물에 담그고 있던 발을 끄집어냈다. 안환에게 무단 이탈을 들킨 이상 계속 강가에 머물긴 힘들어진 것이다.

그때 잔잔한 강물에 이는 파문에 시선을 금난주 쪽으로 돌린 안환이 가슴을 두드리며 소리쳤다.

"금 소저, 나 안환이 망을 보겠소이다!"

"예?"

"내가 망을 보겠으니, 하던 일 마저 끝내시란 거요."

지나칠 정도로 당당한 안환의 말에 잠시 혼란스런 표정이 된 금난주의 안색이 갑자기 발갛게 달아올랐다.

"설마 난주더러 안 소협을 믿고 여기에서 옷이라도 벗으란 건가요?"

"아니, 내 말은 그런 뜻이 아니라……."

"그게 아니면 무슨 뜻이죠?"

"만약 금 소저가 수욕을 하기 위해 왔다면, 이대로 야영지로 돌아가긴 찜찜할 것 같아서……."

"그래도 안 소협 앞에서 옷을 벗을 순 없네요!"

안환을 향해 혀를 쑥 내민 금난주가 앉아 있던 강가의 바위에서 팔

짝 뛰어내렸다. 그리고 곁에 나뒀던 신발을 집어 든 그녀가 안환에게
어린애라도 타이르듯 손가락질을 했다.

"안 소협이 개봉의 기루에서 벌인 일은 난주도 자알~ 들어 알고 있
어요."

"그, 그걸 어떻게?"

"안 소협이 매우 자랑스럽게 용문 내에 떠들고 다니지 않았던가요?
용문 내에서 그 사실을 모르는 수련생은 별로 없는 걸로 아는데요?"

'이런 빌어먹을!'

안환은 자신의 헤픈 입을 처음으로 가슴 깊이 탓했다. 그러나 이미
배 떠나간 뒤의 후회였다.

대충 발의 물기를 말리고 신발을 신은 금난주가 가볍게 고개를 흔들
며 말했다.

"난주도 안 소협의 마음은 충분히 이해해요. 난주의 미모에 반하지
않을 남자는 별로 없으니까요. 사실 난주도 너무 인기가 많아서 항상
걱정스럽답니다. 하지만……."

금난주는 항상 남자에게 고백받을 때 하려고 생각해 뒀던 말을 채
절반도 끝내지 못했다. 느닷없이 안절부절못하는 얼굴을 하고 있던 안
환이 그녀를 덮쳤기 때문이다.

"이게 무슨 짓이에요! 아무리 난주가 좋다기로서니……."

"쉿!"

끝없이 종알거릴 듯한 금난주의 입을 안환의 커다란 손이 막았다.
금난주의 눈이 커진 순간, 한줄기 전음이 귓전을 파고들었다.

"강, 저편에 배가 떴소!"

금난주가 바로 알아들었다.

“적인가요?”

“아직은 모르겠소. 하지만 목표는 분명 이쪽인 것 같소.”

“그걸 어떻게 알았죠?”

“청성파에 들어가기 전 나는 뱃사공의 아들이었소.”

안환이 금난주를 덮친 자세를 풀고 옆으로 몸을 이동했다. 그녀에 대한 작은 배려였다.

‘제법!’

금난주가 커다란 눈동자를 깜빡이며 안환을 바라보곤 시선을 강 저편으로 던졌다. 과연 안력을 돋우자 흐릿한 달빛 아래 조용히 움직이는 소선 하나가 눈에 들어왔다.

이 밤, 잠강을 건너는 소선에 몸을 실은 건 오패무적단 부단주인 무적마창 언찬연과 오개대 중 새로 구성된 오번대였다.

지난 노하구 전투에서 오번대는 단천엽의 지휘를 받은 패왕기동대에게 전멸에 가까운 타격을 입었다. 오번대의 주축인 언가와 전투 지휘를 맡았던 언찬연으로선 씻을 수 없는 치욕이었다.

때문에 다시 결성된 오번대의 주축은 여전히 언가였고, 이번 강남으로의 퇴각 작전에서도 일부러 후방을 맡았다. 땅에 떨어진 언가의 명예를 되찾기 위함이었다.

‘흠, 그런데 예상보다 빨리 명예 회복의 기회가 온 것인가?’

언찬연은 저녁 무렵 돌아온 척후에게서 보고 받은 패왕기동대의 이동 경로를 떠올리며 입가에 차가운 살소를 담았다.

척후의 보고에 의하면 현재 패왕기동대를 이끄는 자는 여인이라 했다. 지난 전투에서 인간 같지 않은 무위와 전술을 발휘하던 단천엽이 없다면 이번 복수전은 손쉽게 끝날 공산이 컸다.

슉.

언찬연이 뱃전에서 신형을 일으켰다. 그러자 소선 위에서도 한 치의 흐트러짐을 보이지 않던 오번대의 시선이 일제히 그를 향했다.

'이번에 본 가에서 충원된 인원은 지난번 보다 한 단계 이상의 고수들이다.'

흐뭇하게 오번대를 살핀 언찬연이 나직한 목소리로 말했다.

"사자는 쥐새끼 한 마리를 잡는 데도 최선을 다한다고 했다. 하지만 사자는 사자고 쥐새끼는 쥐새끼일 뿐이다."

"……."

"비록 이번에 우리 반검맹이 호북에서 물러나게 됐으나 강북의 쥐새끼들한테 한번 본때를 보여야 하는 것이다."

"우우!"

오번대가 일제히 소선 바닥을 발끝으로 굴렀다. 언찬연의 말이야말로 갑작스레 강남으로 회군해야 하는 분함을 반영하고 있었다. 야습을 위해 목청을 돋우진 않으나 충천하는 군기가 소선 안을 가득 메웠다.

소리없는 외침이 잦아들기를 기다려 언찬연이 말을 계속했다.

"오늘 밤 우리는 강북 쥐새끼 사냥에 나선다! 제법 만만찮은 전력이나 우리는 더욱 대단하다!"

"우우!"

"맹과 가문의 명예를 위해 전력을 다해야 하는 것이다! 알겠는가!"

"우우!"

다시 군기가 소선 안에서 휘몰아쳤다. 폭발하는 순간만을 기다리고 있는 듯.

'흠, 그런데 저 잘 정련된 부대의 대장인 단천엽이란 녀석은 어디로 간 것일까? 그가 있었다면 오늘의 전투 역시 그리 쉽지만은 않았을 터인데…….'

언찬연은 점차 가까워져오는 뭍에 시선을 던지며 다소 안타까운 기분에 젖어들었다. 단천엽과는 다시 정면으로 맞붙어 승부를 보고 싶었기 때문이다.

피피피피핑!

언찬연과 오번대를 태운 소선의 숫자는 세 척이었다.

돌격의 임무를 맡은 첫 번째 소선이 뭍에 내린 순간, 밤하늘을 물들이며 쏟아져 내린 화전들이 마중했다. 금난주와 안환의 보고로 이미 패왕기동대는 임전 태세를 충분히 갖추고 있었던 것이다.

그러나 익히 패왕기동대의 전투 방식을 경험한 바 있는 언찬연의 지휘 하에 있는 오번대였다. 화전 사례에 맞서 재빨리 나무로 된 방패로 머리를 감싼 돌격대가 상륙과 더불어 벼락같이 앞으로 치고 나왔다.

쉐쉐쉐!

돌격과 함께 빼 든 단창에서 거센 바람 소리가 일었다. 첫 번째로 떨어진 화전을 막자마자 나무 방패를 버렸으나 손에 단창이 들린 이상 그들의 돌격을 막을 자는 아무도 없을 것 같았다.

이를 말해 주듯 돌격대가 돌격을 시작한 장소로 두 번째와 세 번째 화전들이 쏟아져 내렸다. 뭍을 밟은 그들이 경공을 발휘하자 화전은 더 이상 커다란 힘을 발휘할 수 없었다. 이미 첫 번째 방어진이 돌파당한 것이다.

그때 가장 앞에서 돌격하던 무사의 목젖을 뚫는 화살 하나!

연아상의 봉황금시였다.

그 뒤 연아상이 연달아 봉황구전을 펼치자 돌격대의 돌격이 눈에 띌 정도로 늦춰졌다. 봉황구전의 위력은 일반적인 화전과는 비교가 되지 않았다.

'하지만 그러는 동안 나머지 소선 두 척이 상륙했다!'

내심 뼈아픈 신음을 토한 모어언이 근처에 대기한 파쇄검 사도진영에게 외쳤다.

"칠무검으로 적의 좌익을 맡아주세요!"

"하지만 그러면 부대장님을 보호할 사람이……."

"패왕기동대에서 가장 검진에 익숙한 칠무검이 좌익을 막지 못하면, 단숨에 적에게 돌파당합니다!"

모어언의 목소리가 단호해지자 사도진영이 얼른 허리를 굽혀 보였다.

"존명!"

사도진영이 칠무검을 이끌고 좌익으로 달려간 순간, 모어언이 어느새 도를 빼 든 홍안마도 기소천에게 눈짓을 해 보였다. 같이 돌격대를 치러 가자는 뜻이었다.

기소천이 바로 알아듣고 미미하게 고개를 끄덕였다.

"난전(亂戰)에 나서면 저는 부대장님을 챙기지 못합니다."

"알고 있어요."

"그럼 제가 먼저 가보겠습니다!"

더 이상 심중에 이는 살기를 주체하지 못하겠는지 기소천이 바로 돌격대를 향해 달려들었다. 여태까지 벌어졌던 전투 때와 하등 다를 게 없는 모습이었다.

'그래도 지금 기 소협의 존재는 너무나 든든하다.'

모어언이 뒤따라 신형을 날리려다 금난주와 안환에게 소리쳤다.

"만약 저들이 우회로로 타격해 들어오면, 반드시 내게 알려줘!"

"어떻게요?"

모어언의 시선이 연아상을 향했다.

안환이 얼른 고개를 끄덕이며 소리쳤다.

"하늘로 화전 세 개를 연달아 쏘겠습니다!"

"안 소협만 믿겠어요!"

어느새 이성을 잃고 야차로 변해 버린 기소천 쪽으로 모어언이 재빨리 신형을 날렸다. 비록 기소천이 야차로 변했다 하나 상대가 만만치 않았다. 패왕기동대 최강의 전력인 그를 잃기 전에 빨리 손을 써야만 하는 것이다.

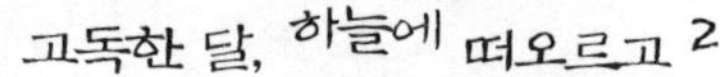

피의 폭풍!

그 한가운데에 기소천과 모어언이 있다.

후방에 서서 전투를 차가운 이성을 통해 관망하고 있던 언찬연의 눈에 흥미의 기색이 떠올랐다. 생각했던 것보다 더욱 대단한 무위를 지닌 기소천과 모어언 때문에 오번대의 피해가 가중되고 있음을 직감한 것이다.

그때 오번대 조장이자 언가의 절정고수인 단창비운(短槍飛雲) 언소추가 언찬연에게 목소리를 높였다.

"제가 나서겠습니다!"

"네가?"

사적으론 조카가 되는 언소추가 묵묵히 고개를 끄덕여 보이자 언찬연의 눈살이 가볍게 찌푸려졌다. 언소추가 언가의 기대를 한 몸에 받는 중견 고수인 건 잘 알고 있으나 지난 노하구 전투 때의 뼈저린 기억이 떠올랐던 것이다.

'소추까지 잃게 되면 언가의 미래는 어둡게 된다!'

바로 고개를 가로저은 언찬연이 등에 매달고 있던 창을 빼 들었다.

"저들은 내가 맡겠다!"

"부단주님!"

언소추가 대경해 소리치자 언찬연이 입가에 찬 미소를 매달았다.

"너무 오랫동안 창을 쓰지 않았다. 한차례 몸을 풀고 올 테니, 너는 좌측에서 설치고 있는 일곱 녀석의 검진을 궤멸하는 데나 신경 쓰거라!"

"…존명!"

언소추가 떨떠름한 표정을 지으면서도 고개를 숙여 보였다. 그의 우상인 언찬연이 나서겠다는 데 막아설 도리가 없는 것이다.

"흠, 정말 제멋대로 날뛰는군."

언찬연이 차가운 냉소와 함께 전장으로 뛰어들었다.

쉐엑!

귓전을 울리는 파공성에 부근을 피바다로 만들고 있던 기소천의 도가 순간적으로 반응했다.

파창!

분명 도신 중 가장 넓은 부분을 이용해 막았다. 그러나 기소천의 몸은 순간적으로 크게 휘청거렸다. 파공성과 함께 파고든 창끝에 담긴 기세를 모두 받아내는 데 실패했기 때문이다.

'이건!'

거의 정신을 반쯤 잃고 있던 기소천의 눈에 이채가 떠올랐다. 위기를 느끼자 몸이 먼저 반응했고, 그 다음은 정신이 돌아왔다.

그때 다시 창끝이 파고들었다. 이번에는 세 개의 그림자를 더해서.

파창!

카카칵!

기소천은 창을 도로 받아낼 때마다 연신 뒤로 신형을 물려야만 했다. 그럼에도 피를 본 순간부터 마르지 않는 샘처럼 치솟던 진기가 크게 격탕됐다. 창끝에 담긴 힘이 폭풍이 되어 샘 자체를 파묻어 버리고 있었다.

'이대로는 안 된다!'

기소천은 여전히 상대를 파악할 정신도 없이 도를 전후좌우로 휘둘렀다. 우선 방어를 먼저 한 후 적과의 간격을 벌이겠다는 의도.

그의 도첨을 타고 강렬한 도강이 휘몰아쳤다.

팔척에 이르는 도강은 삽시간에 거미줄처럼 사방으로 퍼지더니, 거의 일 장에 이르는 공간을 도막(刀幕)으로 에워쌌다. 궁극의 방어에 들어간 것이다.

기소천은 그때서야 한숨을 돌릴 수 있었다.

찰나지간, 혈기 어린 그의 눈 속으로 위풍당당한 언찬연의 모습이 보였다.

'강자!'

기소천의 눈이 더욱 붉게 물들었다. 상대에게서 풍겨져 나오는 절대적인 기운이 그의 천살지기를 한껏 고양시켰다. 여태까지의 전투나 살육과는 달리 온몸이 후끈 달아오르더니 체내에서 들끓던 기혈이 크게 안정되었다. 그리고 거의 무한대에 가까운 공력이 샘솟기 시작했다.

콰쾅!

도막을 뚫고 언찬연의 창강(槍罡)이 파고들었다.

기소천 역시 그대로 있진 않았다.

깨진 도막을 거둬들인 것과 동시, 도강을 촘촘하면서도 예리한 도기로 바꾼 기소천이 그대로 돌격했다. 목표는 도막을 깨느라 잠시 주춤한 언찬연의 창강 사이.

지이이!

언찬연의 뺨으로 피가 튀었다.

언찬연은 기소천의 돌격으로부터 몸을 피하지 않았다.

대신 그의 잠시 멈칫했던 창강이 바로 방향을 선회하더니 기소천의 어깨를 꿰뚫었다.

깨끗한 일격!

"으아아!"

기소천의 입에서 신음이 터져 나왔다.

패왕기동대로 전투에 참여한 이래 처음 있는 일.

바로 창강을 회수한 언찬연이 끝장을 보려는 순간, 일곱 개의 매화 송이가 그의 시야를 가렸다. 달밤의 혈투 속에 시간이 멈춘 것 같이 환상적인 모습.

잠시 냉정한 눈매가 흐트러졌던 언찬연의 창강이 기소천의 가슴을 꿰뚫는 대신 자신의 전면을 방어했다. 그가 잠깐 머뭇거린 사이, 일곱 개의 매화 송이가 삽시간에 서른여섯 개로 돌변했기 때문이다.

'화산검파의 매화검!'

언찬연이 살짝 옆으로 한 걸음 물러선 사이 바닥에 쓰러져 내리는 기소천의 몸을 모어언이 부축했다. 혈투 중에도 피 한 방울 묻지 않은 그녀의 무복과 더불어 매화보다 더욱 아름다운 옥용에 서늘한 기운이 서려 있었다.

"언가의 창법이 천하일절이라더니, 과연 명불허전이군요!"

잠시 모어언의 아름다움에 취했던 언찬연의 입가에 냉막한 미소가 떠올랐다.

"화산검파의 매화검 또한 검법 중 일절이 아니던가? 어린 나이에 이미 검법이 그만한 경지에 올랐다니, 참으로 쉽지 않은 일이다."

"반검맹의 병력은 강남으로 철수 중이 아니었던가요?"

"대군의 철수에는 후방을 방어하는 사람도 필요한 법이지."

"그래서 우리 앞을 가로막았다?"

"시간을 끌려는 의도라면 어리석다. 너와 그 도를 쓰는 녀석이 내게 붙잡혀 있는 동안 다른 녀석들은 모두 전멸할 테니까."

꿈틀.

잠시 기절했던 기소천이 가볍게 몸을 떨더니 정신을 차렸다. 그는 펑펑 피를 쏟고 있는 어깨를 억지로 지혈하더니 모어언의 손을 뿌리쳤다.

"헉헉, 저자는 내가 맡겠으니 부대주는 어서 이곳을 떠나십시오!"

"기 공자!"

"어서요!"

기소천은 어깨가 뚫리는 순간에도 놓치지 않았던 도를 얼른 왼손으로 쥐었다. 더 이상 오른손을 사용할 수 없으니, 좌수도를 사용해서 최대한 언찬연을 붙잡고 늘어지겠다는 심산.

언찬연의 입가에 흐릿한 미소가 떠올랐다.

"사내답구나. 하지만 나는 너희 둘을 한꺼번에 상대하고 싶다."

"누구 마음대로!"

기소천의 좌수도가 바람같이 공간을 갈랐다. 전문적으로 좌수도를 연마한 고수에 버금가는 속도.

그러나 언찬연은 보통의 고수가 상대할 수 없는 강자였다.

휘릭!

창끝을 돌려 기소천의 좌수도를 막아낸 언찬연의 신형이 바람같이 회전했다.

콰득!

언찬연의 어깨에 얻어맞은 기소천의 몸이 크게 휘청이더니 제자리에 주저앉았다. 철산고에 정통으로 얻어맞은 어깨의 휑한 상처에서 다시 폭포수처럼 피가 솟구쳤다.

그때 모어언의 매화검이 다시 언찬연을 파고들었다.

처음부터 서른여섯 개의 매화.

하나 언찬연은 기소천을 공격할 때 이미 그녀의 공격에 대비하고 있었다.

휘릭!

다시 신형을 회전시킨 언찬연의 창이 전후좌우로 휘저어졌다.

쏟아지는 빗줄기마저 차단시키는 공세.

대번에 모어언이 만들어낸 매화 송이들이 산산조각 났다. 그러나 모어언의 매화검이 만들어낸 변화는 그것으로 끝난 게 아니었다.

휘리리!

마치 춤이라도 추듯 검봉을 흔들던 모어언의 신형이 순간 바람같이 빨라졌다. 창을 든 언찬연과 간격을 벌린 채로는 승부를 볼 수 없다는 판단.

기소천과 같은 맹렬함은 없었다. 하지만 모어언의 돌진은 눈앞이 어릿어릿할 정도의 변화를 품고 있었다.

언찬연의 태산같던 방어가 잠시 흐트러졌다.

그와 함께 그의 입가에 머물러있던 미소 역시 사라졌다.

긴장한 것이다.

'이런 어린아이가 어찌!'

언찬연은 내심 혀를 차며 재빨리 뒤로 물러서 간격을 넓혔다.

물론 모어언이 이를 허용할 리 없다.

파파팟!

모어언의 검봉에서 처음으로 검기가 솟았다.

모두 언찬연의 전신 사혈을 목표로.

언찬연은 순간적으로 모어언과 양패구상할 것을 심각하게 고민해야만 했다. 그녀의 모든 초식이 양패구상을 전제로 한 것이었기 때문이다.

'건방진 것!'

언찬연은 순간적으로 손끝에 힘을 줘서 자신의 창을 반 동강 냈다. 이미 코앞까지 파고든 모어언의 검기에 물러서지 않고 대항하기 위함이다.

결론적으로 그의 선택은 옳았다.

모어언은 지척까지 간격을 좁히는 데 성공했으나 언찬연을 뒤로 물러서게 하는 데는 실패했다. 언찬연은 단창이 된 수중의 창을 자유자재로 휘둘러 모어언의 검기를 모조리 격퇴했다. 그리고 그의 신형이 오히려 앞으로 나섰을 때다.

콰쾅!

기소천을 제압할 때와 다름없는 상황.

순간적으로 회전을 일으킨 언찬연의 어깨가 모어언에게 파고들었다. 누가 보더라도 거의 무게가 느껴지지 않을 것 같은 모어언이 불리해 보이는 격돌.

그러나 결과는 기소천 때완 사뭇 달랐다. 자신만만하던 언찬연의 안색이 대변하더니 뒤로 황급히 물러섰다.

"자, 자하신기?"

모어언의 안색으로 흐릿한 자색 기운이 스치고 지나갔다. 언찬연과의 격돌시 비전의 자하신기를 극한까지 끌어올려 몸을 보호한 것이다.

그럼에도 모어언은 잠시 체내의 기혈이 끓어올라 내식을 안정시키는 데 시간을 투자해야만 했다. 같은 격돌이라도 공격하는 자와 당하는 자의 입장은 꽤 큰 차이가 있었다.

그러한 이치를 백전노장인 언찬연이 모를 리 없다.

잠시 크게 놀라긴 했으나 그뿐이었다. 모어언의 안색을 살피고 대충 그녀의 현 상황을 파악한 언찬연의 입가에 다시 미소가 떠올랐다.

"창천검문에서 자하신기를 익힌 사람은 모 맹주의 일점혈육밖엔 없다지?"

"……."

"그런 대단한 내력을 지닌 여아가 최전선까지 나오다니, 실로 놀랍구나!"

언찬연은 모어언을 죽이는 대신 사로잡기로 마음먹었다. 천하맹주인 모문환의 여식을 사로잡는다면 후일 쓰일 데가 많으리라 본 것이다.

스으!

창끝이 울었다.

압력이었다.

그러나 모어언은 더 이상 언찬연에게 대항할 힘이 남아 있지 않았
다. 아직 격탕된 내력을 진정시키지 못한 것이다.

'단 가가!'

모어언이 질끈 눈을 감았다.

한데 막 모어언을 제압하기 위해 창끝을 찔러가던 언찬연의 어깨가
움찔 떨렸다. 그뿐 아니라 그의 시선은 모어언을 떠나 빠르게 주변의
전장을 훑어갔다. 한 가닥 무지막지한 살기가 자신을 노리고 있음을
직감했기 때문이다.

고독한 달, 하늘에 떠오르고 3

'도대체!'

언찬연이 잠시 머뭇거리는 사이 전장 전체를 살피고 있던 금난주와 안환이 뛰어들었다. 안환이 바닥에 쓰러진 기소천을 부축하고 뒤로 물러난 사이, 금난주가 모어언을 잡아끌며 속삭이듯 말했다.

"언니!"

모어언이 눈을 뜨고 금난주에게 살풋 웃어주었다.

잠시 짬긴만에 기혈을 어느 정도 안정시키는 데 성공한 것이다.

그러는 동안에도 금난주와 모어언은 언찬연으로부터 떨어지는 데 주력했다. 언찬연이 나선 이래 주변에는 단 한 명의 오번대도 다가서지 않아 수월하게 물러설 수 있었다.

그러는 동안 미동조차 하지 않고 미간을 찌푸린 언찬연을 한차례 살핀 모어언이 재빨리 소리쳤다.

“후퇴다!”

금난주가 얼른 고개를 끄덕여 보이고 손에 든 단궁을 연달아 하늘로 쏘아 올렸다. 퇴각을 알리는 신호였다.

“으음.”

그때 가벼운 신음과 함께 모어언 일행을 한차례 일별한 언찬연이 재빨리 신형을 반대편으로 날렸다. 모어언이 아깝긴 하나 자신을 계속 압박해 움직임조차 제약한 살기의 정체를 파악하는 게 급선무란 판단이었다.

언찬연에 의해 오번대가 일사불란하게 뒤로 물러설 때였다.

그 모습을 묵묵히 지켜보던 회의인의 입술이 무심하게 꿈틀거렸다. 입고 있는 옷차림과 마찬가지의 회색 빛으로 물든 미소.

“나, 나한테 주, 주어진 먹이다!”

전설이 십이마성 중 하나인 치마성이라 일컬은 쿠챠. 그의 회색 빛 눈빛이 기괴한 기운을 뿌리며 번뜩였다.

패왕기동대는 밤을 도와 달렸다.

급하게 이동하느라 야전에서 쓰이던 장비 대부분을 잃어버린 채였다. 그러나 그보다 더욱 큰 피해는 사도진영이 이끄는 칠무검의 절반이 옥쇄한 것이었다.

모어언과 기소천이 언찬연과 혈투를 벌이던 와중 오번대 조장 언소추가 이끄는 타격대는 칠무검을 덮쳐 검진을 박살 냈다. 전형적인 차륜전법을 효과적으로 사용해서.

그때 연아상이 봉황뇌격시를 연달아 쏘아 언소추를 뒤로 물러서게 만들지 못했다면 피해는 더욱 컸을 터였다. 그만큼 언소추가 이끄는 타격대의 파괴력은 막강했다.

그 때문이리라. 새벽 무렵, 잠강변을 벗어나 이름 모를 산기슭에 이른 패왕기동대의 후방을 맡고 선 사도진영의 안색은 비감하게 굳어 있었다.

형제와 같던 칠무검 중 생존자는 단 세 명. 첫 번째 전투의 대가치곤 지나칠 정도로 피해가 큰 것이다.

사도진영 쪽으로 연아상이 다가들었다.

"사도 소협, 제 원격이 너무 늦었어요."

사도진영이 씁쓰레하게 웃더니, 가만히 고개를 저어 보였다.

"그렇지 않소이다. 만약 연 소저의 구원이 없었다면, 나를 비롯한 나머지 칠무검 역시 잠강변에 뼈를 묻었을 테니까요. 게다가……."

사도진영의 시선이 연아상의 피가 점점이 베어 나와 있는 허리춤을 향했다.

"연 소저가 우리 칠무검을 구원하려다 부상까지 당하셨으니, 마음 깊이 감사할 뿐입니다."

"그리 큰 부상은 아니에요."

연아상의 안색이 가볍게 흐려졌다. 궁술의 달인이라 할 수 있는 그녀가 부상을 당했다는 건 그만큼 전황이 어려웠다는 거다. 이번에 살아남았다 해서 기뻐하기만 할 일은 아니었다.

그때 금난주가 종종걸음으로 다가왔다.

"아, 여기 있었네."

"난주 언니."

금난주가 연아상에게 아미를 가볍게 찌푸려 보였다.

"상처 치료도 하지 않았지?"

"그게……."

"조금이라도 시간이 났을 때 상처를 치료해 두지 않으면 나중에 후회하게 돼. 다른 때도 오늘처럼 운이 좋으리란 보장은 없으니까."

"……."

연아상의 안색이 어두워졌다.

그러거나 말거나 이번엔 사도진영에게 다가간 금난주가 검상을 입은 그의 팔뚝에 금창약을 바르기 시작했다. 평소 입가에 미소가 가시지 않던 그녀 역시 이번 전투로 꽤나 큰 충격을 받았음이 분명했다.

금난주의 치료를 받으며 눈살을 가볍게 찌푸리고 있던 사도진영이 물었다.

"모 부대주와 홍안마도의 상태는 어떻습니까?"

"어언 언니는 괜찮은데, 기 공자의 상태는 그리 좋지 않아요."

"하긴 어깨에 구멍이 났으니……."

"어깨의 상처는 다행히 중요한 근육을 스쳐 지나가서 치료만 잘하면 별 탈이 없을 텐데, 문제는 심적인 타격이 큰 것 같아요."

"심적인 타격?"

금난주가 사도진영의 상처를 천으로 단단히 묶고 한숨을 토해냈다.

"본래 기 공자는 전투가 벌어지면 좀 이상해지곤 했는데, 이번엔 그 증세가 좀 오래가는 것 같아요."

"그런……."

사도진영의 안색이 흐려진 순간, 멀찍이 떨어진 숲 속에서 사람의 마음을 두렵게 만드는 괴성이 터져 나왔다.

"크아아아!"

거의 눈이 돌아간 기소천이 울부짖자 모어언이 재빨리 수장 가득 모아놨던 자하신기를 그의 명문혈에 쏟아냈다. 자하신기의 강맹하고 순수한 기운으로 기소천의 정신을 잠식하기 시작한 천살지기를 억누르려는 것이다.

그러나 언찬연과의 생사대전으로 이미 폭발할 대로 폭발한 천살지기는 쉬이 가라앉을 기미를 보이지 않았다. 시간이 갈수록 기세가 왕성해졌고, 당장에라도 기소천 자체를 폭발시킬 것 같았다.

물론 그렇다고 모어언이 포기할 리 없다.

그녀는 자신의 부상조차 돌보지 않고 전력으로 자하신기를 일으켰다. 자기 자신을 희생하더라도 단천엽이 부탁한 의제 기소천을 포기할 수 없었다.

우우우우웅!

모어언의 안색이 창백하게 변해갈수록 기소천의 울부짖음은 더욱 커졌고, 그의 주변으로 거센 광풍이 일어났다. 마치 그의 몸속에 깃든 천살지기 자체가 구체화되기라도 한 것 같은 모습이었다.

급기야 모어언의 입술에서 선홍색 핏물이 흘러내리기 시작했다. 체내의 원정지기까지 끄집어내 사용하기 시작한 것이다.

'단 가가! 난 가기!'

모어언이 원정지기를 바닥까지를 모조리 일으켰다.

목숨, 그 자체가 담긴 최후의 힘!

모어언의 가녀린 어깨가 와들거리며 떨리기 시작한 순간, 기소천의 입술을 타고 연신 울려 퍼지던 울부짖음이 잦아들었다. 그뿐 아니라 그의 핏빛으로 물들어 있던 눈빛 역시 정상으로 돌아왔다.

그와 함께 일어난 엄청난 반탄력!

'아!'

모어언은 기소천의 명문혈로부터 자신의 장심으로 쏟아지기 시작한 엄청난 기운에 다시 어깨를 떨었다. 처음과 달리 급속도로 회복되기 시작한 원정지기의 영향이었다.

그렇게 자신이 쏟아낸 기운의 몇 배가 되돌아오자 크게 놀란 모어언이 소리쳤다.

"기 공자, 자신의 몸부터 보중하세요!"

기소천이 담담하게 가라앉은 눈빛을 한차례 깜빡였다.

"부대주님 덕분에 제 몸은 이미 정상으로 돌아왔습니다. 아니, 오히려 예전보다 훨씬 몸이 좋아진 것 같습니다."

"그럴 리가……."

"진짜입니다."

"……."

기소천의 말이 끝난 것과 동시, 다시 명문혈에서 노도와 같이 쏟아져 들어온 내력에 모어언은 입을 다물었다. 방금 전까지 완전히 미쳐 날뛰던 사람이 보내준 거라곤 믿을 수 없으리만큼 순수하고 웅혼한 내력이었기 때문이다.

결국 잠시 후 모어언은 삽시간에 거둔 내력을 단전으로 갈무리하느라 잠시 운기조식에 들어갔다. 뜻밖의 기연을 얻었으니, 그것을 극대화하는 건 그녀의 몫이었다.

그런 모어언을 잠시 바라보다 자리에서 일어선 기소천은 천천히 밝아오기 시작한 하늘을 바라봤다.

밤새 벌인 전투의 흉험함을 생각하면 모골이 송연한데, 마음만큼은 지극히 평화로웠다. 처음 천살지기와 더불어 사람을 벨 때 느꼈던 죄악감으로부터 해방된 듯한 느낌이 들었다.

'죄악감이 사라진 건 아니다. 나는 여전히 피에 젖은 내 두 손이 두렵다. 하지만……'

기소천은 가볍게 고개를 흔들었다. 여전히 피에 젖은 두 손은 더 이상 떨리지 않고 있었다.

살인에 익숙해진 것인가?

아니었다. 여전히 살인은 두렵고 피 내음은 역겨웠다. 다만 마음속에 항상 깃들어 있던 공포가 사라진 것뿐이었다. 모어언이 생명을 내던져 몰아넣어 준 자하신기의 공력과 그녀가 마음속으로 외쳤던 단천엽이란 이름 덕분에.

적어도 지금 기소천은 그렇게 생각했다. 그렇게나마 스스로를 납득시키지 않고선 현재의 변화를 설명할 수 없었다. 사실 굳이 설명할 필요도 없으리라.

이러한 모든 것이 다 기소천의 마음속에서 일어나고 끝난 것이기 때문이다. 그가 아닌 다른 어느 누구도 알 수 없고 이해할 수도 없는 건 당연한 일이었다.

'하지만 적어도 한 명만은……'

기소천은 단천엽을 떠올리며 쓰게 웃었다. 여전히 난관에 봉착하면 단천엽을 찾게 되는 자신이 바보같이 생각된 것이다.

"후우!"

기소천이 한숨을 내쉬는 순간, 운기조식을 마친 모어언이 발그레한 안색을 한 채 자리에서 일어섰다.

"기 공자, 고마워요."

기소천이 무심하게 가라앉은 눈빛을 한 채 모어언에게 고개를 끄덕여 보였다.

"너무 오랫동안 한곳에서 지체했습니다."

"그건……."

"여태까지 적의 추격이 없었던 게 의아할 지경입니다. 지금쯤이면 부상자들의 처리도 끝났을 테니, 지금 당장 이동해야겠습니다."

"기 공자의 어깨도 아직 치료하지 못했어요. 그러니 잠시 시간을 가지고……."

"제 어깨는 괜찮습니다."

기소천이 언찬연의 창에 구멍이 뚫린 오른쪽 어깨를 으쓱해 보였다. 아무런 통증도 느끼지 못하는 것처럼.

"그래도……."

"대형께서 기다리십니다. 이런 곳에서 시간을 지체할 순 없습니다."

기소천은 모어언의 얘기를 듣지도 않고 숲 밖으로 걸어나갔다.

모어언이 그런 기소천의 뒷모습을 우두커니 바라보다 가벼운 한숨과 함께 그 뒤를 따랐다. 이렇게 된 이상 기소천의 말대로 날이 완전히 밝기 전에 조금이라도 병력을 이동시키는 게 옳다는 판단이 든 것이다.

숲에서 걸어나온 기소천과 모어언 주변으로 패왕기동대가 모여들었다. 모두 갑작스레 전개된 악전고투와 고된 행군으로 인한 피로가 가득한 얼굴들이었다.

그들중 금난주가 팔짝거리며 뛰어나왔다.

"기 공자, 무사하셨군요!"

기소천이 미미하게 고개를 끄덕여 보였다.

“걱정해 준 덕분에.”

“난주는 갑자기 숲 속에서 비명성이 터져 나와서 무척 가슴이 뛰었어요.”

“비명성이오?”

금난주가 손가락으로 기소천을 가리켰다. 누구든 알 수 있을 만한 표정을 지은 채.

기소천이 모어언을 바라보며 눈살을 찌푸려 보였다.

“제가 비명을 질렀습니까?”

모어언이 미미하게 고개를 끄덕이며 말했다.

“기억나지 않나요?”

“예.”

짧게 대답한 기소천이 심각해진 표정으로 패왕기동대를 살피곤 말했다.

“여러분들이 모두 제 비명성을 들었다면, 적들에게도 들렸을 겁니다.”

“난주가 주변을 염탐하고 왔는데, 적들은 떼어놓은 것 같은데요?”

“확실치 않지요.”

금난주의 반론을 한마디로 자른 기소천이 무심히 말했다.

“이렇게 된 바, 바로 출발해야겠습니다. 지금 상태에선 다시 적의 대군과 전투를 벌인다는 건 무리일 테니까요.”

“그건…….”

금난주가 볼멘 표정이 되자 모어언이 미미하게 고개를 가로젓고 말했다.

“기 공자의 말이 맞아요. 지금 비록 힘들다곤 하나 다시 적들과 전투를 벌이는 것보다는 행군을 계속하는 편이 나아요."

"후방은 제가 맡겠습니다."

기소천이 말과 함께 패왕기동대의 후위로 움직였다. 어깨에 난 창상이 완연한 그가 솔선수범해서 움직이자 더 이상 이의를 제기하는 사람은 아무도 없었다.

모어언이 앞장 선 순간, 패왕기동대 전체가 다시 행군을 시작했다. 점차 환한 빛을 머금기 시작한 여명이 지친 그들의 어깨 위로 내려앉고 있었다.

■ 제64장 ■
격류(激流)

격류(激流) ₁

북경(北京).

황천이라 불리는 구중천(九重天)에서도 가장 권력과 떨어져 있다 알려진 한림원(翰林院) 학사 이규의 고택(古宅).

주인인 이규 대신 상방의 가장 윗자리를 차지하고 앉은 삼십대 중년인의 얼굴에는 가벼운 취기가 감돌고 있었다. 이규의 집을 찾기 전 북경에서 가장 유명한 가기(歌妓)가 있다 알려진 취선루(醉仙樓)에서 한바탕 분탕질을 치고 왔기 때문이다.

하나 술을 몇십 동이나 바닥내며 주지육림을 벌인 것지곤 중년인의 신색은 꽤나 멀쩡해 보였다. 취선루에 모였던 고관대작들 앞에서 보였던 방약무도한 모습은 씻은 듯 사라졌고, 봉황을 닮은 눈은 깊숙이 가라앉아 있었다.

일황자(一皇子) 주진언.

세상으로부터 천하의 개망나니라 일컬어지는 자.

그가 얼굴에 담긴 취기를 천천히 몰아내자 그 앞에 황송한 기색을 띤 채 부복해 있던 이규가 얼른 머리를 조아렸다.

"태자 저하, 벌써 밤이 깊었사온데 어찌 미거한 이곳까지 왕림하신 것인지요?"

주진언의 입가에 흐릿한 미소가 떠올랐다.

"이 학사 그대와는 과거 한림원에서 잠시 낯을 익힌 바가 있지 않았나?"

이규의 얼굴에 황감한 기색이 떠올랐다.

"태, 태자 저하께서 어찌 수삼 년도 전의 일을 다 기억하시고……."

"그때 이 학사가 이 사람한테 시 구절을 몇 수 가르쳐 주지 않았다면 부황 앞에서 큰 망신을 당할 뻔하지 않았던가. 그때의 고마움을 어찌 내가 잊을 수 있었겠는가."

"그, 그렇지 않사옵니다! 소인이 그 당시 쓸데없는 참견을 하지 않았다면 태자 저하께서는 더욱 빼어난 명문장을 지을 수 있었을 겁니다!"

"하하, 구중천에서 가장 절개가 곧고 꼬장꼬장하다는 이 학사의 아첨이 제법 그럴듯하지 않은가? 그동안 한림원에서 한적한 생활을 해보니 딴 마음이 든 게지?"

이규의 안색이 창백해졌다. 주진언은 그저 희롱하는 말에 불과한데, 듣는 그의 등 어림에는 이미 땀이 흥건하다.

"어찌 소인이 태자 저하께 아첨을 할 수 있겠습니까? 소인은 한림원에서 태자 저하를 처음 뵈었을 때부터 큰 웅지와 재지를 품으신 것을 알고 있었사옵니다."

"흐음, 그런가?"

"그렇사옵니다. 태자 저하께서는 한림원에서 수학하던 시절, 항시 어떤 일을 하든 미거한 소인이나 다른 학사들보다 훨씬 먼저 사태의 본질을 파악하셨습니다. 그 점을 이 이규, 항상 흠모하고 있었습니다."

이규의 얼굴에는 절절한 흠모의 감정이 가득했다. 거짓이 아니었다. 세상으로부터 개망나니라 불리는 주진언으로선 처음으로 받아보는 충심 어린 신하의 모습이었다.

'아쉽게 됐군.'

내심 나직이 혀를 찬 주진언이 눈을 스륵 감으며 무감정한 목소리로 말했다.

"고통없이 보내줘라!"

"존명!"

명을 내린 주진언보다 더욱 무심한 복명이 떨어진 것과 동시였다.

둥실.

마치 보이지 않는 칼날이라도 날아든 듯 주진언의 갑작스런 명령에 슬며시 머리를 치켜들던 이규의 머리가 공중으로 떠올랐다. 거의 한순간에 벌어진 상황.

뒤처리 역시 깔끔했다.

한순간 목을 잃은 이규의 몸통이 외로 고꾸라지는 순간, 상방의 문이 활짝 열리며 강렬한 접인지기가 일어났다. 이규의 몸통과 머리가 밖으로 내동댕이쳐지는 순간이었다.

슉.

접인지기를 펼쳐 이규의 시체를 처리한 자가 옆으로 물러서자, 주인 잃은 상방 안으로 미청년 한 명이 쑥 들어섰다.

어떤 여인이든 한 번 보기만 하면 넋을 잃을 듯한 자태.

전설의 반안이나 송옥도 부끄러워할 정도로 매력적인 미청년은 얼마 전 천하맹 총단을 떠나 북경으로 돌아온 이황자 주천학이었다.

"천학이 태자 저하를 뵙습니다."

마치 남을 대하듯 냉랭한 표정이었으나 평소의 기품을 잃지 않고 주천학이 인사하자 주진언이 미미하게 고개를 끄덕였다.

"이제(二弟), 오랜만이구나."

"명을 받고 돌아왔을 뿐입니다."

"명을 받았다?"

"황천을 떠받치는 제국의 숨은 힘인 비천각주의 명을 어찌 제가 따르지 않을 수 있겠습니까?"

주진언의 눈 깊은 곳에 이채가 떠올랐다.

"그 말은 이 우형이 비천각주가 아니었다면 명을 따르지 않았으리란 뜻인가?"

"천하맹은 제게도 소중한 곳이었습니다."

"하하, 그래 봤자 한낱 무림의 세력일 뿐인 것을."

주진언이 가볍게 웃자 주천학의 볼살이 가벼운 경련을 일으켰다.

"천하맹과 문상 한상월을 우습게 보셔선 안 됩니다."

"한상월?"

"예, 그는 제가 여태까지 만나본 무림의 인물들 중 가장 빼어난 자였습니다. 문무를 겸비했을뿐더러 배포가 크고 품은 뜻을 종잡을 수 없어 속마음을 알 수 없……."

"그자는 이미 이 우형에게 충성을 맹세했다네."

"예?"

주진언의 입가에 재밌다는 듯한 미소가 떠올랐다.

"그자뿐만이 아니지. 파불소림의 회심과 모문환을 비롯한 구산의 노물들 역시 비천각을 통해 충성 맹세를 보냈더군. 역시 황군을 이끌고 무림을 몽땅 갈아엎겠다는 협박이 효과를 본 모양이야."

"협박… 이라고 하셨습니까?"

"그럼 이제는 정말 이 우형이 무림을 백만 황군으로 싹쓸이할 거라고 생각한 건가?"

"제가 듣기론 분명……."

"아하하하하!"

주진언의 대소는 한참 동안 계속됐다. 듣고 있던 주천학의 잘생긴 얼굴에 모멸의 붉은 기가 들 정도로.

그러다 대소를 멈춘 주진언이 여전히 입가에 빙글거리는 미소를 담은 채 말했다.

"역시 이제는 아직 나이가 어려서 순진하구나. 확실히 백만 황군을 동원한다면 항시 눈에 걸리적거리던 무림의 잡배들을 모조리 쓸어버릴 수 있을 테지. 그러면 힘없는 백성들 역시 칼을 차고 돌아다니며 패악을 떠는 잡배들을 염려하지 않고 편히 살 수 있을 테고."

"……."

"하지만 애석하게도 제국의 북방, 그러니까 장성(長城) 너머로는 숱하게 많은 강적들이 도사리고 있단 말씀이야. 금(金)의 후예인 여진이 있고, 푸른 늑대의 후예인 몽고 역시 여전히 강성하지. 게다가 요 근래 호시탐탐 제국을 노리며 힘을 비축하고 있는 삼한의 이가 녀석들은 정말 골치 아픈 족속들이거든. 뭐, 요 근래 비천각에서 따로 손을 써서 자중지란(自中之亂)을 일으키긴 했지만, 과거 제국을 수없이 많이 골탕

먹였던 고사(故事)를 생각해 보면 장성에 배치한 팔십만 정병은 움직일
수 없는 게 정답이야.”

많은 말을 한꺼번에 내뱉었기 때문이리라. 잠시 목이 타는 듯 앞자
리에 놓인 찻잔을 들어 한차례 목을 축인 주진언이 설명을 계속했다.

“그러면 결국 움직일 수 있는 건 제국의 중심인 북경을 방어하는 이
십만 황도수비군 정도인데…….”

“황도수비군은 절대 북경을 떠나선 안 됩니다.”

탁!

탁자를 손으로 내려친 주진언이 고개를 끄덕였다.

“그래, 만약 그들을 움직였다가 장성을 지키고 있는 대장군 강유가
반란이라도 획책한다면 꼼짝없이 당할밖에 도리가 없는 거지.”

“그래서 결국 백만 황군에 의한 무림말살지계는 대무림 협박용에 불
과했단 말입니까?”

“뭐, 꼭 협박만 생각한 건 아니고…….”

“또 무슨?”

“이번 기회에 강남에 틀어박혀 제국의 명령을 받들기를 사사건건 반
대하는 반검맹이란 역도들을 한번 혼내줄 필요를 느낀 거지.”

주천학의 안색이 가볍게 변했다.

“설마, 이번 천하맹과 반검맹간의 대전을 뒤에서 부추긴 게 태자 저
하십니까?”

“그보다는 비천각주라고 하는 게 더 옳겠지.”

“그렇군요.”

주천학이 결국 수긍한 표정을 짓자 주진언이 만족한 듯 입가에 미소
를 띠곤 화제를 바꿨다.

"그래서 말인데, 이번에 강남의 반역도들의 세력이 크게 꺾이면 역사상 처음으로 무림 전체의 통합체를 구성할까 생각 중이야."

"무림 전체의 통합체라면?"

"뭐, 이름이야 남북대연합(南北大聯合)이든 무림맹(武林盟)이든 상관할 바 없겠지. 중요한 점은 황천의 명을 충실히 받드는 무림의 통합체가 필요할 뿐이니까."

주천학이 맥빠진 표정으로 말했다.

"그렇게 되면 태자 저하께서는 황천과 무림을 동시에 지배하는 최초의 황제가 되시겠군요?"

"부황(父皇)께서 아직 정정하신데 어찌 감히 이 우형이 그런 뜻을 품겠는가!"

"결국은 그리되지 않겠습니까?"

"아직까진 꿈에 불과하다네."

주진언의 얼굴은 겸양의 말과 달리 득의만면한 표정이 한껏 떠올라 있었다.

그 모습이 보기 싫어 주천학이 빠르게 질문했다.

"그래서 제게 명하실 일은 무엇입니까?"

"아, 내가 잠시 딴생각을 했군."

나직이 혀를 찬 주진언이 말했다.

"아무래도 이제가 그 무림 통합체를 맡아줘야겠네."

"제가요?"

"그래, 황형제들 중에서도 가장 문무를 겸비했을 뿐더러 천하맹에도 단단한 기초를 쌓고 있잖은가. 이제가 무림을 맡아준다면 이 우형은 한결 마음이 편할 것이야."

'날 떠보는 것인가?'

주천학은 잠시 주진언을 바라봤다. 그의 제안이 사뭇 뜻밖이었기 때문이다.

잠시 생각을 정리한 후 주천학이 고개를 가로저었다.

"무림 중에는 태자 저하의 생각보다 훨씬 많은 강자들이 존재합니다. 비록 황천의 힘을 빌어 그들의 위에 제가 군림한다 해도 면종복배(面從腹背)를 당할 뿐일 겁니다."

"그런가?"

"그렇습니다. 태자 저하께서는 다른 사람을 찾아보는 게 좋을 것 같습니다."

"그럼 이제는 누가 적임이라 생각하는가?"

"그건⋯⋯."

"기탄없이 말해 보게. 어차피 이제에게 주려 했던 무림. 강남의 역도들만 아니라면 누군들 상관할 바 있겠는가?"

"⋯⋯."

지나칠 정도로 자신만만한 주진언의 바라보는 주천학의 눈빛이 잘게 부서졌다.

빠른 걸음으로 이규의 고택을 벗어나려던 주천학의 시선이 한곳에 멈췄다. 그의 시선을 잡아끈 건 얼마 전 이규의 목을 자른 작달막한 젊은 태감이었다.

"용겁 사도진명⋯⋯."

"⋯⋯."

"어찌 된 사정인지 물어봐도 되겠는가?"

황천에 들어온 후 바로 동창에 뽑혔다가 비천각에 들어온 사도진명이 슬며시 고개를 저어 보였다. 대답하지 않겠다는 뜻이었다.

'그의 입을 열게 하는 건 간단하다!'

그러나 주천학은 자신의 권력을 이용하고 싶지 않았다. 적어도 과거 용문에서 몇 번이나 서로 용맹을 겨뤘던 사도진명한테 만큼은.

"후우!"

나직한 한숨을 토해낸 주천학이 쓸쓸하게 웃어 보였다.

"후훗, 운명이란 잔인하군. 자네와 내가 이런 곳에서 이런 모습을 한 채 다시 만나게 될 줄이야……. 하지만 자네가 선택한 길. 필시 합당한 연유가 있으리라 보네."

주천학이 더 이상 묻지 않고 신형을 돌려세웠을 때다.

천 년이 흘러도 열리지 않을 것 같던 사도진명의 입술이 조그맣게 달싹였다.

"고맙소이다."

"……."

주천학은 대답 대신 한차례 손을 휘저어 보이고 신형을 날렸다. 더 이상 태감이 된 사도진명과 자리를 함께하고 싶지 않았기 때문이다.

'과연 나는 잘하고 있는 것인가?'

주천학을 침묵으로 배웅한 사도진명이 잠시 꽃보다 아름답던 모어언을 떠올리곤 천천히 신형을 돌렸다. 주진언이 오늘 주천학과의 회합 장소로 택한 이규의 고택 안을 빨리 청소할 필요를 느꼈다. 주인인 주진언의 명이 떨어지기 전에.

격류(激流) 2

반검맹이 호북에서 강남으로 퇴각하기 시작했을 때부터다.

거짓말 하나 안 보태고, 남북대전이 벌어지는 동안 아무런 움직임도 보이지 않던 구산 곳곳에서 출발한 전령들이 노하구로 몰려들었다. 여태까지 은근슬쩍 무시하고 있던 천하맹 호북출정군 총사령 뇌정경혼 단백경 앞으로.

"흠, 이제 와서 떨어지는 콩고물이라도 주워먹겠다는 뜻인가?"

단백경이 방금 전 면담을 끝내고 돌아간 곤륜비선(崑崙飛仙)의 일대 제자가 전한 서한을 눈으로 훑으며 눈살을 찌푸렸다. 이미 몇 통이나 되는 비슷한 내용의 서한과 사신의 역할을 맡은 구산의 제자들을 맞은 터다.

무당제일도 태우 도장의 갑작스런 행방불명과 함께 무주공산(無主空

山)이 된 호북의 민심을 다스리는 일, 그리고 천하맹 총단에서 벌어지기 시작한 일련의 변화를 파악하는 데만도 신경이 곤두서 있던 단백경은 미미하게 고개를 가로저었다. 천생 무인인 그에겐 차라리 반검맹과 자웅을 결할 때가 더욱 편했단 생각이 들었다.

그때 사령막사 밖에서 작은 소란이 일었다.

또다시 누군가 찾아온 것이다.

화락.

막사의 문이 열리고 모습을 드러낸 건 양양 쪽에 주둔해 있던 유겸호였다.

그의 갑작스런 방문에 가볍게 눈살을 찌푸린 단백경이 손으로 맞은편 의자를 가리켰다.

"뜻밖이군."

유겸호가 군례를 취한 후 말없이 자리에 앉았다.

단백경이 물었다.

"곽 대장은 자리를 지키고 있겠지요?"

"예."

"역시 그렇군."

단백경이 알았다는 듯 미미하게 고개를 끄덕이자 유겸호의 눈 깊숙한 곳에서 작은 이채가 떠올랐다.

"설마 채량과 다른 말을 하신 겁니까?"

"아니오."

"그럼?"

"곽 대장은 단순하나 우직한 사람이오. 맹에 어떤 변화가 있다한들 섬기던 주인을 바꾸진 않을 것이오."

유겸호의 입가에 씁쓸한 고소가 떠올랐다.

"그건 사실입니다. 채량은 저와는 다르지요."

"유 대장 역시 인재요. 곽 대장과 뜻이 다를 뿐."

"감사합니다."

단백경에게 사의를 표한 유겸호가 바로 본론을 끄집어냈다.

"현재 천하맹 총단은 문상께서 완전히 장악한 상태입니다. 반대파인 맹주파들은 대부분 숙청되었지요."

"역시."

"이제 남은 건 천하맹 전력의 육 할이 넘는 호북출정군뿐입니다."

"하긴 호북출정군에는 상당수 맹주파가 남아 있으니, 문상께는 심복 지환이라 할 수 있겠군."

"아닙니다."

단백경의 말을 바로 부인한 유겸호가 말했다.

"문상께서 호북출정군 중에 걱정하는 건 오직 한 사람뿐입니다."

"그건……."

"예, 문상께서는 총사령, 아니, 무상의 진의를 궁금해하십니다."

"문상께서 내 진의를 궁금해한다?"

"맹주가 부재중인 천하맹에서 현재 문상께 대항할 수 있는 유일한 분은 무상뿐이니까요."

"흠."

단백경은 잠시 새삼스런 표정으로 유겸호를 바라봤다.

그는 여태까지 유겸호가 자신을 설복시키러 왔다고 여겼다. 유겸호가 벌써 오래전부터 문상 한상월의 심복이었음을 알고 있었기 때문이다.

‘그런데 어째서?’

단백경은 잠시의 침묵 끝에 입을 열었다.

"유 대장, 그대와 나는 같이 전장에서 생사고락을 함께한 사이요. 어째서 지금 와 날 탐색하려 하는 건지 물어봐도 되겠소?"

"제 본의를 읽으신 겁니까?"

"대충은."

단백경의 말이 떨어진 순간이다. 갑자기 자리에서 일어선 유겸호가 평소 잔잔하기만 하던 안색을 붉게 물들인 채 목소리를 높였다.

"나, 유겸호는 무상과 함께하고 싶습니다!"

"유 대장……."

"일시적인 감정에 의해 내린 결정이 아닙니다. 지금이라도 무상께서 명만 내려주신다면……."

"그만!"

조용하나 무게있는 목소리였다.

단백경의 안색이 평소와 전혀 변함이 없는 걸 물끄러미 바라본 유겸호가 갑자기 검을 빼 들었다.

챙!

발검된 검은 조금의 망설임도 보이지 않고 주인의 목을 노렸다. 그렇게 천하맹 제일지장이라 불리던 일대호걸의 목숨이 끊기려던 찰나였다.

파라락!

단백경의 소맷자락이 가벼운 미풍을 만들어냈다.

유겸호의 발검보다 늦은 후수.

하나 번개 같은 검봉의 방향을 비껴나가게 하는 데는 아무런 문제가 없었다.

슥.

시퍼런 서슬을 뿜어내던 검봉이 아슬아슬하게 유겸호의 목젖을 스치고 지나갔다. 검봉이 지나간 살갗으로 점점이 피가 베어 나왔다.

단백경이 조금만 손을 쓰는 게 늦었다면 유겸호는 목숨을 부지할 수 없었으리라!

자진에 실패한 유겸호가 검을 손에서 떨궜다. 어차피 단백경이 죽음을 허락하지 않는 이상 다른 방법이 없다고 여긴 것이다.

단백경의 입가에 가벼운 한숨이 떠올랐다.

"단 모는 유 대장이 목숨까지 걸어야 할 정도로 대단한 사람이 아니오."

"무상……."

"유 대장의 결의는 내 이미 알았으니, 오늘은 이만 물러가 보도록 하시오."

"……."

유겸호가 다소 복잡한 표정으로 한동안 단백경을 바라보다 천천히 군례를 취했다.

"그럼."

막사를 빠져나가는 유겸호를 단백경이 조용히 불렀다.

"유 대장."

"예."

"곽 대장과 유 대장은 이와 잇몸 같은 사이요. 둘 중 어느 하나가 없어선 안 되오."

"알고 있습니다."

"믿겠소."

단백경은 말을 끝내고 천천히 눈을 감았다.

깊은 밤.

단백경은 사령막사를 빠져나와 군진 안을 홀로 거닐었다. 무심한 달과 별빛만이 그의 장대한 몸을 비추고 있었다.

"역시 문상께서는 날 의심하고 있었단 말인가! 천엽이를 죽음의 길로 몰아넣은 것과 마찬가지로."

단백경의 자조 섞인 중얼거림에는 허망함이 담겨 있었다. 과거와 현재를 통틀어 가장 선망했던 사람.

흑의문상 한상월.

떠올리는 것만으로도 온몸에 오싹한 소름이 끼치는 그와 어쩌면 가까운 미래에 서로 칼끝을 겨눠야 할지도 모르겠단 생각이 들었다.

그때 어느새 군진의 가장 후미진 외곽까지 이른 단백경의 눈 깊은 곳에서 강한 신광이 일었다. 그의 귓전을 익숙한 전음이 두드린 것과 동시에 벌어진 일이다.

"단둘이 만나고 싶네."

'여 선배…….'

단백경의 신형이 순간 하늘로 솟아올랐다, 아무런 준비 동작도 없이.

거의 능공허도에 가까운 신법을 펼쳐 단백경이 도착한 곳은 노하구 군진으로부터 십 리 이상 떨어진 장소였다. 전음이라 생각했던 목소리는 초절정고수가 아니면 감히 시도조차 할 수 없다 알려진 천리전음이었던 것이다.

스슥.

단백경의 신형이 소리없이 내려섰을 때다. 오패무적단의 상징인 핏 빛 장포 대신 평소 즐겨 있던 황포 무복을 걸친 반검경혼 여만해가 흐 릿한 살소를 입가에 매단 채 단백경을 맞았다.

“역시 호한이로다. 부른다 하여 진짜 홀로 오리라곤 생각지 못했거 늘.”

단백경이 포권을 해 보이며 답했다.

“여 선배께서 부르는데 어찌 후배 된 도리로 오지 않을 수 있겠소이 까.”

“후배 된 도리?”

나직이 반문한 여만해의 입가에 나직한 키득거림이 떠올랐다. 얼마 전 전투에서 단백경에게 한쪽 팔을 내준 일을 떠올렸음이다.

그때 단백경의 시선이 여만해의 손에 들린 반검으로 향했다.

“검기가 더욱 강해지셨군요?”

여만해가 조소를 멈추고 눈에 힘을 담았다.

“자네 덕분이야.”

“제 덕분…….”

“자네가 한쪽 팔을 잘라준 덕분에 오랫동안 정체되어 있던 반검파천 황을 극성까지 완성할 수 있었단 뜻일세.”

“…….”

단백경의 고개가 미미하게 끄덕였다.

그 역시 무림 중에 떠도는 몇 가지 고사를 들어 알고 있었다. 쾌검의 극의를 깨닫기 위해 스스로 장님이 된 자나 무적지공(無敵指功)을 위해

아홉 개의 손가락을 자른 무공광인의 예를.

'하지만 그들에겐 스스로 잔결(殘缺)을 해야 할 정도로 강한 무공에 대한 집착과 광기가 있었다. 자부심 높은 여 선배가 그와 같은 외도(外道)의 극의를 깨닫게 된 건 천만뜻밖의 일이로구나!'

단백경의 얼굴에 가벼운 긴장이 어렸다. 여만해 정도 되는 절대고수가 다시 커다란 깨달음을 얻었다면 자신 역시 목숨을 걸지 않을 수 없다는 생각이 든 것이다.

여만해가 무심히 말했다.

"나는 반검맹의 오패무적단주 직을 버렸다네."

"반검맹의 강남 퇴각과 관련이 있는 일입니까?"

"그것도 한 가지 이유는 되지. 어차피 내가 반검맹에 들어간 건 강북의 천하맹을 쳐서 두더지같이 숨어 있는 모문환을 끌어내기 위함이었으니까."

"모 맹주는 지금 생사가 불명한 상태입니다."

"그렇다더군."

미미하게 고개를 끄덕인 여만해의 입가에 작은 비웃음이 담겼다.

"천하를 몽땅 갖겠다며 설치던 인간의 말로가 그와 같이 되다니. 정말 세상은 알 수 없는 일투성이야."

"그렇지만 여 선배는 그 사실을 알면서도 반검맹을 떠나지 않으셨지요."

"자네를 이기고 싶었으니까."

"……."

"모문환이 없는 천하맹 최강의 고수는 누가 뭐라 해도 자네야. 그러니 자네만 꺾을 수 있다면 딱히 모문환을 꺾지 않아도 된다고 나는 생각했던 게지. 하지만 오히려 자네에게 팔까지 하나 잃게 되자 마음속 가득히 끓고 있던 호승심이 차갑게 식더군. 내가 이젠 더 이상 젊지 않다는 생각도 들었고."

"여 선배는 여전히 정정하십니다."

여만해가 이를 드러내며 웃었다.

"흐흐, 그건 고마운 말이군. 하지만 오늘 내가 자네를 찾은 건 아부 따윌 듣기 위함이 아닌 건 알고 있을 테지?"

"예."

"그렇다면 뭘 꾸물거리는 건가?"

우웅!

여만해가 수중의 반검을 한차례 휘두르자 대기 전체가 미친 듯 파동을 일으켰다. 과거 검기를 일으키는 것만으로 천만인을 죽일 듯 하던 살기가 사라진 대신 태산과도 같은 무거움이 반검에는 담겨 있었다.

자신도 모르게 한 걸음 뒤로 물러선 단백경이 표정을 딱딱하게 굳힌 채 말했다.

"역시 여 선배는 단 모와의 대결을 위해 반검맹을 떠난 것입니까?"

"그게 첫 번째 이유긴 하지."

"그렇다면 두 번째 이유도 듣고 싶습니다만?"

"두 번째 이유?"

"그렇습니다."

잠시 반검에 담긴 기세를 늦춘 여만해가 천천히 고개를 저어 보였다.

"첫 번째 이유와 마찬가지로 두 번째 이유 역시 꽤나 개인적인 거라네. 자네와의 승부를 뒤로 미루고 떠들어댈 성질의 것은 아니야."

“그렇군요.”

“그래. 그러니까 자네와 나는 오늘 밤 통쾌하게 싸우기만 하면 되는 거야.”

“좋습니다. 그럼 후배가 먼저!”

단백경이 다른 때와 달리 먼저 선공에 나서자 여만해의 반검이 번개같이 움직였다. 거대한 검의 폭풍을 일으키며.

격류(激流) 3

콰콰콰!

단백경이 주먹을 내치자 거센 회오리바람이 일었다.

권풍(拳風).

삼 장이나 밖에 떨어져 있던 여만해는 권풍이 지척에 이른 순간 황급히 뒤로 물러섰다. 이미 단백경과 수차례 격전을 벌인 터라 그의 권풍에 담긴 기력이 여타 다른 권법고수들과는 사뭇 다르단 걸 아는 까닭이다.

과연 그랬다.

작은 태풍과 같던 단백경의 권풍은 갑작스레 작은 구(球)로 응집되더니, 일순 벽력처럼 폭발했다. 바로 여만해의 왼손을 날려 버린 뇌극령의 두 번째 단계, 폭류(爆流)였다.

'여전히 지독하군!'

여만해는 반검을 횡으로 휘둘러 검벽(劍壁)을 만들며 어깨를 가볍게 진저리쳤다.

검기를 잘게 조각 내 펼치는 분검(分劍)의 절정이라 불리는 검벽은 천하에 막지 못할 게 없다. 그런데도 한차례 주먹질에 온몸이 떨려오니, 폭류의 위력을 짐작할 만하다.

그래도 과거와는 달랐다.

여만해는 잠시 신형을 주춤했을 뿐 결코 뒤로 물러서지 않았다. 대신 그의 반검이 검벽의 촘촘한 검기를 뚫고 단백경을 향해 강렬한 혈검광을 쏘아냈다.

번쩍!

'방어와 공격을 동시에?'

단백경의 권이 소리없이 움직였다. 폭류에 이어 이번엔 연환폭(連環爆)을 펼친 것이다.

콰콰콰콰쾅!

반검의 혈검광이 연달아 폭발하는 권력 속을 자유자재로 뛰어다녔다. 마치 용이 되기 위해 전력을 다해 폭포를 거슬러 뛰어오르는 숭어와 같은 모습.

그리고 반검을 뒤덮은 혈검광이 무광(無光)으로 변한 순간이다.

'빛이 소멸했다!'

단백경이 평생 처음으로 신형을 뒤로 날렸다. 절대경에 이른 무인만이 느낄 수 있는 위기의식의 발로였다.

촤촤촤촤악!

단백경의 소맷자락이 용권풍과도 같은 검기에 휘말려 나선 모양을 그리며 터져 나갔다. 검기가 권력을 파쇄하는 데 성공한 것이다.

그러나 단백경의 시의적절한 후퇴는 피해를 최소화시켰다. 용권풍은 어깨 부근에서 멈출 수밖에 없었고, 바로 단백경의 반격이 시작됐다.

우르르!

뇌성의 시작은 미약했다. 그러나 그 속에 담긴 힘은 심혼을 울려 회심의 일격이 실패로 돌아간 여만해에게 경각심을 일으켰다.

'무검일수유(無劍一須臾)를 피하다니!'

여만해는 일단 반검을 회수한 후 신형을 좌우로 분산시켰다. 단백경이 일으킨 권력의 타점을 회피한 후 다시 무검일수유를 펼칠 기회를 잡기 위함이다.

물론 이미 무검일수유를 경험한 바 있는 단백경이 이를 용납할 리 없다.

'움직임을 봉쇄해야 한다!'

단백경의 주먹이 여태까지와 달리 연달아 권력을 뿜어냈다. 권풍에 권풍을 더해 폭풍과 같이 여만해가 움직이는 모든 방위를 모조리 휩쓸어 버리는 전법을 택한 것이다.

그러자 당장 여만해의 움직임이 위축됐다. 번개같이 빠르게 전후좌우를 넘나들던 분신의 숫자가 눈에 띌 정도로 줄어들었다.

압도적인 힘 앞에 움직임이 봉쇄당한 상황!

'과거와 똑같다!'

여만해의 안색이 일순 누렇게 변했다.

움직임은 멈춤을 이기지 못 하는 법. 이대로 불승불패(不勝不敗)의 형세를 유지하다간 자신이 패할 가능성만 높아진다는 걸 알기 때문이다.

그러니 결국 내력이 고갈되기 전 승부를 걸밖에!

여만해의 움직임이 순간, 단백경과 같은 정적으로 변했다. 그뿐 아니라 그는 연신 뒤로 물러서던 것마저 포기했다.

힘 대 힘!

여태까지 그토록 피해왔던 단백경과의 힘 대결에 들어가기로 작정한 것이다.

"무검일수유를 막을 자는 아무도 없다!"

절규와 같은 외침과 함께 여만해의 반검이 다시 암흑과도 같은 무광을 띠었다. 그의 검기는 일순간 밤하늘의 달과 별빛 마저 가려 버렸다.

완벽에 가까운 어둠!

그러나 단백경은 순간, 유일하게 빛나는 하나의 점을 발견했다. 바로 여만해의 광기 어린 눈빛.

'충분하다!'

단백경의 양 주먹이 한데 모아졌다.

평생 단 한 번도 펼쳐 본 적 없는 뇌극령의 마지막 단계.

뇌극파천(雷極破天)!

단백경의 양 주먹이 각기 하늘과 땅을 가리킨 순간, 대지가 지진이라도 만난 듯 거대한 진동을 일으켰다. 여만해의 무검일수유가 그의 미간을 꿰뚫기 바로 직전에 일어난 번화였다.

콰콰쾅!

"허허, 천인참의 마왕이라 불리던 내가 마지막 순간 마음을 약하게 먹을 줄이야……."

바닥에 대자로 뻗은 여만해의 말이 떨어진 순간, 그 옆에 역시 몸을 뉘인 단백경이 쓸쓸한 미소를 입에 걸었다.

"여 선배의 무검일수유는 정말 대단했소이다."

"그러나 자네를 이기진 못했지."

"나 역시 여 선배를 이기진 못했지 않소이까?"

"그거야……."

잠시 말끝을 흐린 여만해의 입을 타고 가는 혈선이 흘러내렸다. 최후의 순간 무리하게 무검일수유를 되돌리느라 당한 내상이 심상치 않았던 것이다.

단백경 역시 눈살을 가볍게 찌푸리더니, 궁금증이 인 듯 물었다.

"그런데 어째서 여 선배가 최후의 순간 검을 돌린 건지 물어봐도 되겠소이까?"

"흥, 어려울 거 없지."

나직이 냉소를 터뜨린 여만해가 슬며시 목소리를 낮춰 말했다.

"나와 자네가 오늘 동시에 죽는다면 단천엽이란 맹랑한 녀석을 구하러 갈 사람이 한 명도 남지 않을 게 아니겠나."

"천… 엽을 말씀하시는 겁니까?"

"그래, 그 녀석은 지금 강남무림 전체의 추격을 받고 있는 중이야. 그러니 녀석을 구하려면 최소한 천하 전체와 싸움이 붙어도 쉽게 지지 않을 만한 사람이 필요하지 않겠는가."

"그렇지만 여 선배와 천엽은……."

"나도 이젠 늙었어. 후인을 생각하지 않을 수 없게 된 거야. 하지만 곰곰이 생각해 봤더니, 여태까지 내 진전을 이은 건 녀석이 유일하더군."

"그렇군요."

"그래, 사람이 늙으니 이렇게 추레해지는군."

더 이상 단백경과 나눌 말이 없었으리라. 잠시 진기를 몸 안에 돌려 본 여만해가 자리를 박차고 벌떡 신형을 일으켰다.

"여 선배, 어디로 가시려는 겁니까?"

"자네에게 천엽 녀석의 생사를 맡겼으니, 이젠 발길 닿는 대로 천하를 떠돌아볼까 하네. 어차피 이젠 강남에도 돌아갈 수 없게 됐으니까."

스윽.

역시 자리를 털고 일어선 단백경이 처음과 같이 포권하며 소리쳤다.

"여 선배와 다시 만나게 될 날을 기다리겠소이다!"

"흥. 나는 이제 하향세이고 자네는 여전히 상승세야. 어찌 내가 질 줄 뻔히 알면서 자네를 찾겠는가?"

"하하, 그래도 기다리겠습니다."

"기다리던가 말던가."

그 말을 끝으로 여만해가 바람과 같이 신형을 날렸다. 더 이상 단백경과 함께 있고 싶지 않다는 듯.

멀어지는 여만해의 뒷모습을 침묵으로 전송한 단백경의 입가에 가벼운 한숨이 걸렸다.

"천하 전체와 싸우더라도 쉽게 지지 않을 사람이라? 과연 내게 그럴 만한 능력이 있는 것인가?"

사천(四川)의 명산인 아미산(蛾眉山)에 접해 있는 악산(樂山)의 깊은 산중.

쾅쾅쾅쾅!

도끼질 소리가 요란하더니 족히 이삼백 년 정도의 수령이 넘어 보이는 거목이 요란한 신음 소리를 토하며 넘어갔다. 고작해야 백 년을 사는 게 전부인 사람의 손에 의해서.

뿌지직.

우르르르.

거목이 쓰러지며 밑에 깔리게 된 작은 소목들의 파편이 칼날처럼 변해 천지사방으로 튀어 올랐다. 방향도 종잡을 수 없는 데다 숫자 역시 만만찮은 형편.

그러나 나무를 쓰러뜨린 천권 화굉요는 재빨리 몸을 피하는 대신 오히려 나무 파편 속으로 신형을 날렸다.

그야말로 미친 짓!

해서 나무 파편들이 화굉요의 전신을 산적 꿰듯 뚫어버리려는 찰나, 환상에 가까운 곡예가 펼쳐졌다.

화살보다 빠르고 맹렬하며 다양한 모양을 한 나무 파편 사이를 화굉요는 어렵지 않게 휘저었고, 우연찮게 파고드는 몇 개는 그의 손발이 처리했다.

실로 눈으로 보고 확인하지 않고선 믿을 수 없는 모습.

그와 같은 일을 대수롭지 않게 끝낸 화굉요가 거목이 쓰러진 바로 앞에 내려섰다. 이미 주변은 초토화가 됐는데, 그의 이마엔 땀 한 방울 맺혀 있지 않았다.

'흠, 비로소 비권 천류영의 최후 단계를 뛰어넘은 것인가?

화굉요는 내심 중얼거리곤 허리를 가볍게 폈다. 오늘까지 무려 오백 개가 넘는 거목을 쓰러뜨렸는데, 덕분에 내상은 완전히 치료됐고 비권 천류영 역시 완전무결(完全無缺)하게 연마하는 데 성공했다.

믿을 수 없는 성취.

스스로도 자신이 대견했으리라!

가볍게 어깨를 으쓱해 보인 화굉요가 잘게 부러진 나무를 주워서 금세 나무 한 짐을 만들었다. 수련을 끝냈으니 이젠 생계를 생각할 때였다.

산더미처럼 나무를 해 초옥으로 돌아온 화굉요를 맞은 건 과거 미인화라 불리던 만금주였다. 그녀는 방금 전까지 설거지와 집 안 청소를 하던 손을 앞치마에 슥슥 문지르고 화굉요에게 달려들었다.

"화 가가, 오늘도 고생 많으셨어요!"

"……."

만금주는 화굉요의 품에 안겨 폭포수처럼 입술을 부벼댔다. 수련 기간 중 초췌해진 화굉요의 얼굴은 어느새 텁석부리가 되어 있었는데도 그녀는 전혀 개의치 않았다. 애정은 세상의 어떤 장애나 장벽도 뛰어넘을 수 있음을 보여주는 모습이었다.

그러자 만금주를 품에 안고 잠시 쩔쩔매는 표정이 됐던 화굉요의 얼굴에 흐뭇한 기색이 떠올랐다. 태어나 지금까지 무공과 술에 절어 살아왔던 그의 인생 중 요즘처럼 행복했던 때가 없었다는 생각이 들었다.

그때 화굉요의 얼굴에 입술 부비기를 끝낸 만금주가 한차례 눈을 깜빡거리곤 말했다.

"시장하시죠?"

"사랑스런 금주가 맛 좋은 닭 다리로 보일 지경이야."

"닭 다리?"

"응."

퍽!

화굉요의 배를 발로 걷어차고 물러선 만금주가 살짝 토라진 표정으로 말했다.

"닭 다리가 뭐예요, 닭 다리가! 적어도……."

"적어도?"

"적어도 봉황 다리쯤은 되어야 하지 않겠어요?"

한쪽 눈을 찡긋해 보인 만금주가 애교있게 미소 지으며 초옥 쪽으로 달려갔다. 화굉요가 배가 고프단 말을 들었으니 한시라도 빨리 밥상을 차려야만 하는 것이다.

히죽.

만금주의 뒷모습을 웃음 띤 얼굴로 바라본 화굉요가 나뭇짐을 한 켠에 내려놓고 허리를 한차례 두들겼다.

무공을 연마할 때와 일을 할 때 사용하는 근육은 사뭇 달랐다. 그 같은 무공고수라 해도 하루 종일 도끼질을 하고 나뭇짐을 나르다 보면 허리가 뻐근해지는 건 어쩔 수 없었다.

그때 허리를 쭉 펴 보이던 화굉요의 눈 깊숙한 곳에서 가느다란 섬광이 일었다. 그가 암천의 눈을 피해 사천으로 도망 온 후 처음으로 이방인이 모습을 드러냈기 때문이다.

"드디어 때가 된 것이오?"

화굉요가 모옥 안에 들인 장백신군에게 질문하자 바로 대답이 돌아왔다.

"그렇소이다."

"일자와 대상은?"

"화 대협, 그전에 한 가지 물어도 되겠소이까?"

화굉요가 가볍게 눈살을 찌푸렸다.

"어차피 내 목숨은 문상께서 살려준 것이오. 그때 당시 한차례 명령을 받들겠다 했는데, 또 무슨 물어볼 게 있다는 뜻이오?"

"노부가 묻고 싶은 건 이번 임무의 대상에 관한 것이오."

"그렇다면야……."

화굉요가 고개를 끄덕이자 장백신군이 입을 뗐다.

"이번 임무의 대상은 문상의 아드님이오."

"천엽이?"

"그렇소이다. 화 대협은 그를 전장에서 구해내기만 하면 되는 것이오. 하지만……."

잠시 말끝을 흐린 장백신군의 얼굴에 가벼운 그늘이 스쳐 지나갔다.

"화 대협은 이번에 절대 싸움에 끼어들어선 안 되오."

"천엽이의 싸움이 끝날 때까지 그냥 지켜보고만 있으란 뜻이오?"

"그렇소이다. 그래 주실 수 있겠소이까?"

"그건……."

"이건 모두 문상께서 내린 명이십니다. 그리고 만약 단 공자가 이길 수 없는 상대라면 화 대협 역시 상대가 될 수 없을 것이오."

"그 역시 문상께서 한 말씀입니까?"

"그렇소이다."

"그렇다면 틀림없겠구려."

화굉요가 씁쓸한 미소와 함께 한차례 고개를 끄덕였다. 마음속에 인 의혹에도 불구하고 침묵을 선택한 것이다.

그 점이 장백신군에겐 무척 고마웠다. 그가 화굉요에게 전한 한상월의 명령은 그 자신조차 납득키 어려운 것이었기 때문이다.

'그러나 대주께서 내리신 명이다! 그저 따를밖에…….'

장백신군이 자리에서 일어서 모옥을 빠져나가려다 문득 화굉요에게 시선을 돌렸다.

"화 대협, 대공의 성취를 축하하외다."

"그 역시 문상께서?"

"천하에 그분께서 모르는 일은 아무것도 없다는 걸 잘 아시지 않소이까?"

그 말을 끝으로 장백신군이 모옥을 빠져나갔다. 그러자 방문 밖에서 초조한 기색으로 서성이고 있던 만금주가 얼른 고개를 숙여 보였다.

"가십니까."

"자네한테는 미안하게 됐네."

만금주에게 한차례 처연한 눈빛을 던진 장백신군이 바람같이 신형을 날렸다. 마음속 한 켠이 아파와 더 이상 이곳에 머물 수 없었기 때문이다.

행로난(行路難)

행로난(行路難),

단천엽은 애초 세웠던 계획을 전면 수정해야만 했다.

처음 계획대로라면 강남 탈출을 가로막는 가장 큰 장애물은 남궁세가여야만 했다. 가장 가까운 곳에 위치할뿐더러 이번 살행과 가장 관계가 깊은 곳이기 때문이다.

해서 탈출 계획의 중점을 단천엽과 최필 등은 강서성에서 바로 강북을 향하는 게 아니라 옆의 호남을 거치는 우회로로 잡고 있었다. 최대한 남궁세가의 주력과의 정면충돌을 피하기 위해서였다.

하지만 남궁세가 전체가 갑자기 멸망한 이래 단천엽 일행은 사방팔방에서 몰려드는 강남무림인 전체를 피해 다녀야만 했다. 그들도 모르는 새 남궁세가 멸망의 주범으로 낙인찍혀 버렸기 때문이다.

"천사대제! 잠시만 빈도의 말에 귀 기울이지 말아주십시오!"

바닥에 털썩 주저앉자마자 천사대제를 찾은 최필의 입에서 평소의 몇 배는 넘을 듯한 욕설이 터져 나왔다. 강서성을 빠져나가지도 못한 채 벌써 닷새나 쉬지 못하고 도주 중이었으나 그의 입만은 여전히 기력이 왕성해 보였다.

평소 같으면 당장 최필의 말에 변죽을 맞추던가 말싸움을 벌였을 장염무가 고개를 절레절레 흔들었다. 신강제일살성이라 불리던 그조차 지난 닷새간의 도주는 힘이 겨웠다. 잠시나마 쉴 수 있게 된 이상 최필과의 말싸움으로 기력을 낭비하긴 싫었다.

그러나 뭔가 심심한 기분이 들었으리라.

고개를 몇 차례 갸웃해 보인 최필이 장염무 쪽을 바라보곤 입가에 야릇한 미소를 담았다.

"왜? 역시 아랫도리가 부실해서 기력이 달리냐?"

장염무의 눈에서 일순 불길이 치솟았다.

"이 빌어먹을 사이비 도사 녀석아! 어르신께서 잠시 상념에 빠져 계시는 것을 보고 어찌 그리 못되게 주둥이를 놀린단 말이냐!"

"그래, 나는 분명 빌어먹을 사이비 도사다."

"알긴 아는군."

"그렇지만 네 녀석은 이미 불꽃이 싸그리 꺼져 버려 갈 날만 받아놓은 쭈그렁탱이잖아. 그보다야 아직 새벽만 되면 사타구니 사이가 벌떡거리는 빈도가 백 배 낫다고 할 수 있지."

"네 이놈을!"

결국 장염무가 벌떡 일어섰다. 이번만큼은 자신의 기력이 다해 쓰러지는 한이 있더라도 최필의 오살 맞을 주둥이를 뭉개 버리겠다는 강한 의지를 가지고.

하나 그가 막 최필에게 달려들려 할 때다. 평소와 달리 두 늙은이의 끝없는 싸움을 말리지 않고 있던 아난이 벌떡 자리에서 일어섰다.

움찔!

갑자기 겁이 덜컥 난 장염무가 험상궂은 인상을 억지로 펴 보이며 손을 휘저었다.

"아난 소저, 노부는 딱히 저 빌어먹을 사이비 도사 녀석하고 싸우려는 게 아니라……."

"멍청한 놈!"

최필이 딴죽을 걸자 장염무의 시선이 자연스레 그쪽을 향했다.

"뭐야!"

"그렇게 오랫동안 함께하고도 아난 소저의 성정을 모르니 멍청하다는 게다."

"아난 소저의 성정?"

최필이 손가락을 들어 아난의 초점 잃은 시선이 향하는 방향을 가리켰다.

"저길 봐라!"

"……."

최필의 말이 떨어지기가 무서웠다. 일행이 휴식을 취하는 사이 주변을 정찰하고 돌아온 단천엽 쪽으로 아난이 바람같이 달려갔다.

"천엽! 천엽!"

단천엽이 아난을 품에 안고 그녀의 머리를 한차례 쓰다듬어 줬다.

"그동안 얌전히 있었겠지?"

"응. 아난은 천엽 말대로 얌전히 있었어."

"착하다, 아난."

다시 단천엽이 머리를 쓰다듬어 주자 아난의 얼굴에 천진난만한 함박웃음이 피어났다. 그동안의 고된 도주는 그녀에겐 아무런 영향을 미치지 못한 듯 보였다.

단천엽이 천천히 아난을 품에서 떼어놓자 최필이 얼른 종종걸음으로 다가왔다.

"어떤가?"

단천엽이 슬며시 고개를 저어 보였다.

"좋지 않습니다."

"역시 호남 쪽 관도는 완전히 막힌 건가?"

"예."

"제갈세가 녀석들이 꽤나 빠르게 움직였군."

"호북에 가주인 통천명 제갈현빈이 나가 있기에 조금 방비가 느슨하리라 봤습니다만……."

최필이 눈살을 가볍게 찌푸리며 염소수염을 쓰다듬었다.

"남궁세가가 멸망하고 강서성이 발칵 뒤집혔어. 반검맹의 군사라 불리는 통천명이 발빠르게 손을 쓰지 않았다면 오히려 그게 이상한 일이겠지. 차라리 이럴 바엔……."

"설마 바로 구강(九江)을 도하해서 호북으로 가자는 뜻은 아니겠지?"

얼른 끼어든 건 장염무였다.

최필이 언제 그와 아웅다웅했냐는 듯 침착한 표정으로 시선을 던졌다.

"그럼 다른 뾰족한 수라도 있느냐?"

"뾰족한 수가 있었으면 벌써 노부가 앞장섰을 것이다."

“그러면서 무슨…….”

“하지만 강을 타고 가는 건 절대 안 된다.”

단천엽이 물었다.

“그건 어째서지요?”

장염무가 답했다.

“우리 중 수공(水功)에 능한 자는 아무도 없소이다. 만약 길목에서 적을 만난다면 어찌 상대해 볼 수 있겠지만, 물에서라면 꼼짝없이 수장되는 것밖에 도리가 없는 것이오.”

“그건 맞는 말입니다만, 호남 방면이 완벽하게 차단된 이상 우리는 결단을 내려야 할 시점입니다. 처음의 계획과 달리 남궁세가가 멸망한 이상 바로 호북으로 향하는 것도 한 방법이니까요.”

“그렇지만 그건…….”

여전히 장염무가 반대 의사를 보이자 최필이 나섰다.

“이미 우리는 너무 오랫동안 강서성에 발이 묶여 있었다. 이대로 빠져나가지 못한 채 쫓기기만 해서는 사면초가(四面楚歌)에 몰린 항우 꼴밖에 안 된다.”

“누가 항우란 말이냐? 설마 사이비 도사 네 녀석 스스로 얼굴에 금칠을 하고 싶은 건 아닐 테지?”

“거, 따시지 말고!”

목소리를 높여 장염무에게 통박을 준 최필이 말을 이었다.

“게다가 한 가지 문제가 더 있다.”

“또 무슨 문제?”

“강남무림의 향후 패권!”

“뭐?”

장염무가 눈살을 가볍게 찌푸린 순간 단천엽의 눈 깊은 곳에서 가벼운 이채가 스쳐 갔다. 최필이 꺼낸 문제는 그 역시 며칠 전부터 염두해 두고 있던 것이었기 때문이다.

최필이 단천엽의 안색을 슬쩍 보고 미미하게 고개를 끄덕였다.

"역시 자네도 알고 있었구만."

"예, 대충은."

"그럼 해결 방법도 강구해 뒀을 것 같은데?"

단천엽은 최필을 새삼스레 바라봤다. 항시 쓸데없는 일에 간섭이나 하고 토라지기 잘하는 늙은이였으나 가끔 요점을 정확히 꿰뚫는 능력은 대단했다.

'화 노사의 친구이니만큼 당연한 일이겠지.'

내심 고개를 끄덕인 단천엽이 내심을 털어놨다.

"아마 지금쯤 호남에서 제갈세가가 움직이기 시작한 것 이상으로 안휘의 언가, 강소의 모용세가, 산동의 팽가 역시 세력을 모아 강서성으로 집결하고 있을 겁니다."

"그럴 테지. 남궁세가 멸망의 원인을 밝혀낸 후 원흉을 제거하는 자가 다음 반검맹의 중심이 될 테니까."

"그렇습니다. 그래서 저는 이제부터 최대한 살생을 금하려던 당초의 목적을 버리기로 했습니다."

"설마?"

"예, 이제부터 저는 일행을 두 패로 나누어서 한쪽은 추격대를 암습하여 발을 묶고, 다른 한쪽은 구강을 통해 호북으로 도주하는 양동 작전을 펼칠까 합니다."

"하지만 그건……."

“추격대를 암습하고 교란하는 임무는 제가 맡을 겁니다.”

단천엽이 자신의 말을 자르자 최필이 무언가 더 말하려다 입을 닫았다. 일단 어떤 일이든 결정하면 절대 계획을 변경하는 일이 없는 단천엽의 성격을 알기 때문이다.

그러자 장염무가 얼굴을 가볍게 일그러뜨린 채 말했다.

“자네가 절세의 무공을 지닌 건 잘 알고 있네. 하지만 어찌 홀로 반검맹 전체와 상대할 수 있단 말인가! 노부가 자네와 함께하겠네!”

“그건⋯⋯.”

단천엽을 대신해 최필이 장염무에게 호통 쳤다.

“이 녀석아! 네 주제나 알고 말해라!”

“뭐야!”

“괜스레 객기 부리며 따라나섰다가 발목이나 끌지 말고, 여기선 그냥 조용히 입을 다물고 있으란 말이다!”

“이이⋯⋯.”

장염무가 발작을 일으키려다 결국 입을 다물었다. 그 역시 일시 충동적으로 나섰기는 하나 단천엽에게 짐이 되지 않는다곤 자신할 수 없었기 때문이다.

단천엽이 장염무와 최필을 향해 담담히 웃어 보였다.

“선배님들의 마음만은 감사히 받겠습니다. 하지만 이번 일은 저 혼자 하는 편이 나을 것 같습니다.”

“아, 알겠네.”

결국 장염무가 고개를 끄덕여 보이자 최필이 단천엽에게 다가가 어깨를 한차례 두드렸다.

“빈도가 못난 탓에 도움을 줄 수 없어 미안하네. 그동안 도망 다니느라 가지고 있던 부적을 모조리 다 써버려서……."

"도사님께는 큰 도움을 받았습니다."

"그렇지 않아."

평소와 달리 고개를 저어 보인 최필이 문득 시선을 아무 생각 없어 보이는 아난 쪽에 던졌다.

"그런데 아난 소저는 어떻게 할 텐가?"

"선배님들이 고생해 주셔야 할 것 같습니다."

"아난 소저는 자네만 제어할 수 있네."

"그녀의 무력이 선배님들에겐 큰 도움이 될 겁니다."

"그렇군."

최필이 고개를 끄덕이곤 입가에 한숨을 매달았다. 결국 자신과 장염무는 단천엽과 아난의 짐밖엔 되지 않는다는 사실을 깨달았기 때문이다.

그사이 바닥에 주저앉아 흙장난을 하고 있는 아난에게 다가간 단천엽이 그녀 앞에 쪼그려 앉았다.

"아난, 뭐 하고 있어?"

아난이 단천엽 쪽을 바라보며 하얀 치열을 드러냈다.

"아난, 개미하고 놀고 있어."

과연 흙장난하고 있는 것처럼 보였던 아난의 손가락 사이로 몇 마리의 개미가 바삐 움직이고 있었다. 그녀는 개미들이 열심히 오고 가는 길목에 놓인 큼지막한 돌멩이와 나뭇가지를 치워주고 있었던 것이다.

단천엽이 아난의 머리를 살짝 쓰다듬어 줬다.

"아난은 마음도 착하구나."

"헤헤, 아난 마음 착해."

“그래. 그래서 말인데, 이번에 아난이 내 부탁을 꼭 좀 들어줬으면 좋겠는데…….”

아난의 몽롱하던 눈에 강한 기운이 일어났다.

“아난, 천엽을 위해서라면 뭐든지 할 거야!”

“고맙다.”

다시 단천엽이 아난의 머리를 쓰다듬어 줬다. 그러자 아난의 눈이 무언가를 강렬히 갈구하는 빛을 띠었다. 여태까지와는 다른 반응.

단천엽이 잠시 움찔한 기색을 보이자 아난이 눈을 한차례 깜빡여 보이곤 말했다.

“아난은 천엽이 정말 좋아.”

“응.”

“항상 천엽하고 함께 있고 싶어.”

“응.”

“천엽하곤 다신 떨어지기 싫어.”

“…….”

단천엽은 일순 가슴 한복판에서 찡한 감정이 치솟는 걸 느꼈다. 서로 마음이 통해 장래를 약속하기까지 한 모어언과 함께 할 때와 비슷하면서도 조금 다른 감정을 아난에게 느낀 것이다.

사락.

아난의 교구를 살짝 끌어당겨 안은 단천엽이 그녀의 귓가에 부드러운 목소리로 속삭였다.

“나도 아난이 좋다.”

“응.”

“나도 아난하고 항상 함께 있고 싶다.”

“응.”

“하지만 우린 잠시 떨어져야 해.”

“…….”

아난은 평소처럼 떼를 쓰지 않았다. 그냥 말없이 단천엽의 어깨춤을 눈물로 촉촉이 적실 따름이었다. 그녀는 단천엽과 강남행을 함께하는 동안 조금쯤 성장한 것이다.

한참의 침묵 끝에 단천엽이 말했다.

“그렇지만 아난, 나는 반드시 널 만나기 위해 찾아갈 거야. 네가 어디에 있든지간에.”

“으응…….”

“약속할 테니까…….”

단천엽의 말이 떨어진 순간 아난이 참고 있던 울음을 조용히 터뜨렸다. 최필과 장염무가 멀찍이 떨어져 시선을 하늘에 고정시킨 채 괜스레 눈가를 소매로 훔치는 사이.

행로난(行路難) 2

　모용세가의 최정예라 불리는 흑풍대(黑風隊)를 이끌고 강서성에 들어선 추일검 모용경은 잠시 말머리를 멈추고 감상에 젖어들었다.

　나이 일곱 살, 처음 검을 손에 쥐고 야망을 가슴속에 품은 날.

　생각해 보면, 꽤나 짧은 것 같으면서도 긴 삼십여 년의 세월이 흘러 비로소 그는 강남의 중심이라 불리는 강서성에 들어섰다. 한때 결코 뛰어넘을 수 없을 것 같은 거대한 벽으로 자리잡았던 남궁세가의 안마당으로.

　'생각했던 것만큼 어렵진 않았다.'

　모용경의 입가로 가느다란 미소가 떠올랐다.

　다른 사지보다 앞서 움직인 모용세가의 흑풍대를 강서성의 군소문파들 중 어느 누구도 감히 막아서려 하지 않았다. 그들 역시 강서성에서 남궁세가가 없어진 이상 새로운 질서가 짜여지리란 걸 직감적으로 알고 있었던 것이리라.

그때 모용경의 옆으로 흑풍대주이자 숙부인 경혼마검(驚魂魔劍) 모용진성이 말 머리를 돌려 다가들었다.

푸르륵.

말 울음소리에 상념을 끊은 모용경이 모용진성을 바라봤다.

"강서성은 어때 보입니까?"

"어차피 다 같은 강남이다."

"역시 숙부님이십니다. 남궁세가의 땅인 강서성에 흑풍대를 몰고 들어왔는데도 전혀 감회가 없어 보이십니다."

"감회 따윈 과거에 모두 잃어버렸다. 본 가의 흑풍대주가 되기 위해선 감정 자체를 끊어버려야 하니까."

"예."

작게 대답한 모용경이 화제를 바꿨다.

"아직 흉수는 강서성을 빠져나가지 못했습니다."

"남궁세가를 제외한 사지 전체가 강서성을 중심으로 천라지망을 펼쳤다. 어찌 그들이 감히 강서성을 벗어날 수 있겠느냐!"

"그렇지만 그들은 반드시 저희 모용세가가 잡아야만 합니다."

"그러기 위해 흑풍대가 왔다."

"믿겠습니다."

모용경의 말이 떨어진 순간, 모용진성의 눈 깊은 곳에서 날카로운 기운이 번뜩였다. 한번 검을 뽑으면 반드시 상대의 목숨줄을 끊는다는 경혼마검이 지금 살기등등해 있는 것이다.

'하. 무섭군, 무서워. 나조차 이리 두려운데, 숙부님의 먹잇감이 된 자들이 느끼는 공포는 어떠할까?

내심 고개를 가로저은 모용경이 다시 강서성의 강역(彊域)을 바라보며 감회에 젖어들었다. 모용세가에서 가장 냉철한 성격이라 불리는 그이나 오늘만큼은 잠시 사춘기 소년과 같이 가슴이 떨리는 기분을 만끽하고 싶었다.

단천엽은 일행과 헤어진 후 의도적으로 자취를 남기며 이동했다. 추격자들의 시선을 자신 쪽으로 집중시키기 위함이었다.

그의 노력은 바로 효과를 봤다.

그동안 갈피를 찾지 못하는 듯 지지부진한 추격을 보이던 군소문파들의 포위망이 점차 체계적으로 전개됐다. 이제 슬슬 움직일 때가 된 것이다.

'우두머리만을 노린다!'

바로 그날 밤부터 단천엽은 복면으로 얼굴을 가린 채 밤 기운을 빌어 포위망을 이룬 군소문파들을 차례차례 습격했다. 포위망의 중추라 할 수 있는 우두머리만을 노린 그의 습격은 급작스러울뿐더러 빠르기가 섬전 같았다.

치고 빠지기!

병법 중 가장 간단하면서도 효과적인 방법이었다.

단천엽은 군소문파에 절정고수가 없는 점을 이용해 밤이면 밤마다 포위망을 뒤흔들었다. 여태까지 넓게 포위망을 전개한 채 사냥감을 몰듯 좁혀오던 군소문파들을 오히려 악몽으로 몰아넣기 시작한 것이다.

단천엽의 선택은 옳았다. 그가 단호하게 손을 쓰기 시작한 지 보름이 넘어갈 무렵, 강서성 군소문파로 이뤄졌던 포위망은 자중지란과 각 문파 간의 연계가 무너져 지리멸렬하기 시작했다. 일차 포위망이 깨지는 순간이었다.

그러나 단천엽은 이때부터 오히려 신경을 바짝 긴장시켰다. 일차 포위망이 무너질 무렵 입수한 모용세가와 흑풍대에 대한 소문 때문이었다.

'아무리 남궁세가가 멸망했다곤 하나 이렇게 빨리 강서성으로 진군할 줄이야! 모용세가에는 뛰어난 군사가 있다!'

단천엽은 잠시 망설인 끝에 일행과 합류하는 걸 잠시 보류하기로 했다. 여태까지 상대했던 적들과는 수준 자체가 다른 모용세가의 흑풍대를 일행과 조우하게 만들 순 없었다.

'일단 적의 역량을 시험해 본다!'

내심 중얼거린 단천엽이 바람같이 신형을 날렸다.

안의(安義).

흑풍대는 노도와 같이 질주한 일 주야 만에 강서성의 중심에 도착했다. 물론 그 사이 자잘한 군소문파와의 신경전과 알력이 있었으나 무림은 검이 말하는 법이었다.

흑풍대주 모용진성이 살벌한 안광을 뿌리며 검에 손을 대는 순간, 모든 문제는 일사천리로 해결됐다. 검을 뽑는 게 곧 상대방의 죽음이란 등식을 모용진성은 세우고 있었다. 그런 그가 인상을 쓰는데 죽기 위해 달려들 세력이나 인물은 현재의 강서성엔 존재하지 않았다.

그렇게 안의에 이른 흑풍대는 선발대와 척후, 그동안 강서성에 풀어놨던 밀정들의 의견을 취합했다. 단천엽과 그의 뒤를 쫓는 군소문파들의 역량과 이동 경로를 파악하고 앞으로의 대비책을 세우기 위함이었다.

촤라락!

안의에 위치한 송가도문(宋家刀門)이란 소문파를 강탈한 모용경은 그동안 입수한 정보를 취합하다 눈살을 가볍게 찌푸렸다. 뭔가 이상한 점을 발견했기 때문이다.

"이렇게 마구 분탕질을 쳐대다니! 단천엽이란 녀석은 바보인가?"

모용경은 곧바로 고개를 가로저었다. 그 같은 바보에게 강서성 전체가 발칵 뒤집혔다는 건 있을 수 없는 일이었다. 그렇다면 모용경에게 입수된 정보들은 뭔가 다른 걸 웅변하고 있다고 볼 수 있었다.

톡톡.

책상을 손가락으로 두들기며 모용경은 이마를 손으로 짚었다. 단천엽이 바보가 아니란 확신을 가지고 여태까지 입수된 정보를 조합하다 보니 머리가 살짝 아파왔다.

그때 정적만이 감돌고 있던 방문이 작은 소음과 함께 열렸다.

"응……."

정신을 온통 단천엽과 그의 이해할 수 없는 행동에 쏟고 있었기 때문이리라.

주변 경계를 게을리 한 탓에 방문이 열리고서야 인기척을 느낀 모용경의 얼굴에 안도의 기색이 떠올랐다. 방안에 들어선 이는 모용진성이었다.

"늦게까지 고생이 많구나."

모용진성을 확인한 순간 얼른 자리에서 일어선 모용경의 입가에 담담한 미소가 떠올랐다.

"이와 같은 고생이라면 언제든 환영입니다."

“그래, 뭐 알아낸 거라도 있더냐?”

모용진성이 자리에 앉자 천천히 그 앞에 자리잡은 모용경이 잠시 생각을 정리한 후 입을 열었다.

“단천엽이란 자의 능력은 상당합니다. 적어도 본신의 무력만으로 본다면 절정고수라 할 수 있을 것 같습니다.”

“그 밖엔?”

“그는… 천재가 아니면 바보입니다.”

모용진성은 ‘어째서?’ 라 묻지 않았다. 다만 고개를 한차례 끄덕여 보였을 뿐이다. 굳이 입을 열 필요성을 느끼지 못했기 때문이다.

모용경이 설명했다.

“얼마 전까지 강서성의 군소문파들은 단천엽을 비롯한 강북 살수들의 도주 경로를 전혀 예상치 못했습니다. 그래서 남궁세가가 위치한 옥화산 부근을 최대한 넓게 에워싼 채 천라지망을 펼쳤을 뿐입니다.”

“그 선택은 나쁘지 않다.”

“예, 덕분에 단천엽은 모습을 드러낼 수밖에 없었습니다.”

“천라지망에 걸려든 게 아니라 스스로 모습을 드러냈다고 말하는 것이냐?”

모용진성의 질문은 요점을 찌르는 것이었다.

내심 미미하게 고개를 끄덕인 모용경이 설명을 계속했다.

“만약 제가 단천엽과 같은 상황이었다면, 적어도 보름간은 더 흔적을 감출 수 있었을 겁니다.”

“단천엽은 네가 아니다.”

“그렇습니다. 그러니 그는 좀 더 오랫동안 천라지망을 피해 다닐 수 있었을 겁니다.”

"너는 너무 자신을 과소평가하는구나."

"정확히 파악했다고 생각합니다."

"흠."

모용진성이 손가락을 턱에 가져다 댔다. 그가 단천엽에게 흥미를 느끼기 시작했음을 직감한 모용경이 말했다.

"그자는 이대로는 결코 천라지망을 뚫을 수 없다는 판단을 내리고, 오히려 반격에 나선 것 같습니다."

"벌써 다섯 명이나 되는 군소문파의 문주들이 중상을 입었다는 말은 들었다."

"예."

"그렇다면 그는 벌써 천라지망을 뚫지 않았겠느냐?"

"그건 아닌 것 같습니다."

"음, 너는 단천엽이란 자가 동료를 버리지 않았을 거라 생각하는 것이냐?"

"저 역시 의외입니다만, 그 밖엔 단천엽이란 자의 이상한 행동을 설명할 길이 없습니다."

모용진성의 입가에 차가운 미소가 떠올랐다.

"그렇다면 생각보다 쉽게 일을 끝낼 수 있겠군."

"그렇습니다."

"알았다. 너의 사냥 계획을 기대해 보겠다."

"믿으셔도 좋습니다."

모용경의 얼굴에 떠오른 자신감 어린 표정을 잠시 바라보던 모용진성이 자리에서 일어섰다. 가문의 미래라 불리는 조카가 자신하는 일이니 특별한 지시 따윈 필요없다는 판단이었다.

‘강서성에 진출하자마자 소문파 하나를 거덜내다니, 정말 대단한 기세군!’

단천엽은 송가도문의 담장을 넘은 후 삼엄한 경계를 피해 어둠 속으로 스며들었다. 용문의 수련 중 은신술은 기본 중의 기본으로 그가 마음먹고 숨자 흑풍대의 무사들은 눈뜬장님이나 다름없었다.

밤이 깊도록 그림자 속에 머물고 있던 단천엽은 번을 도는 무사들의 간격을 파악하자마자 움직이기 시작했다. 그의 목표는 흑풍대를 이끄는 양대 축이라 불리는 모용경과 모용진성이었다.

‘오늘 중으로 두 사람을 모두 처리해야만 한다!’

단천엽의 신형은 어둠 중에 귀영처럼 움직였다. 천하의 어떤 살수가 온다 해도 이보다 더 은밀하고 기쾌하진 못할 정도였다.

그렇게 송가도문의 대청에 이른 순간, 단천엽의 신형이 비조처럼 처마 위로 뛰어올랐다. 마침 모용경과 헤어져 밖으로 나서는 모용진성의 모습을 발견한 것이다.

슉!

만약 쥐 죽은 듯 고요한 밤중이 아니었다면 기척조차 느낄 수 없을 정도의 소음이었다. 그러나 어둠 중에 모습을 드러낸 인물은 모용진성이었고 주변은 고요 속에 잠들어 있었다.

‘침입자?’

모용진성의 눈 깊숙한 곳에서 서늘한 살기가 떠올랐다. 사람을 죽이기 위해 검을 빼 들기 직전의 모습이다.

그는 짐짓 모른 척 대청에서 밖으로 나섰다.

흐릿한 달빛이 그의 주변으로 그림자를 만들어냈다.

‘소음이나 지형으로 봐서 지붕 위다!’

내심 생각을 정리한 모용진성은 천천히 걸음을 내딛다 벼락같이 검을 빼 들었다.

스팟!

검은 그저 빼 들린 것만으로 끝난 게 아니었다.

둥실!

모용진성이 신형을 띄워 올린 순간, 그의 검이 달빛을 뇌전같이 갈랐다.

모용세가 비전의 양대검법 중 하나인 월음심검(月陰心劍)!

스파앗!

달빛처럼 휘어진 검기가 대청 지붕 전체를 휘감았다. 상대조차 확인하지 않고 펼쳐진 살검.

단천엽 역시 모용진성이 대청에서 내려선 순간, 일이 잘못됐음을 직감했다. 미약하나 심혼을 얼릴 정도로 섬뜩한 살기를 모용진성에게서 간파했기 때문이다.

‘지독한 음검(陰劍)!’

단천엽의 쌍수에서 무형무극검이 연달아 튕겨져 나갔다. 모용진성의 월음심검을 막기 위해서였다.

그러자 공중에서 얽혀든 두 가지 검기 사이로 살기가 치솟아올랐다. 음검 중 대종(大宗)인 월음심검과 무형무극검의 특성상 섬기가 종횡하는 동안 아무런 소음도 일지 않았으나 교전의 치열함은 상상을 불허할 지경이었다.

‘절정고수다!’

‘무서운 고수다!’

순식간에 십여 합을 겨루고 각기 대청 처마와 지붕 위에 내려선 단천엽과 모용진성은 잠시 서로를 노려봤다. 상대가 결코 만만치 않다고 느꼈기 때문이다.

"복면을 한 걸 보면 살수 같은데, 무공은 정대한 것이 전혀 사기(邪氣)가 느껴지지 않으니 어찌 된 것이지?"

"당신은 소리를 질러 사람을 부르는 게 좋을 것이오."

"하!"

가벼운 실소와 함께 모용진성의 얼굴로 푸른 살기가 일어났다. 평생을 통해 그와 일 대 일 대결을 벌여 살아난 사람은 극소수에 불과했다. 당연히 그를 앞에 두고 이처럼 기세를 올린 사람 역시 없었다.

'건방진 녀석!'

모용진성의 검이 푸른 반월형의 검강을 만들어냈다. 드디어 월음심검의 최고 초식인 비월(飛月)을 발휘하기로 마음먹은 것이다.

'사람을 불렀다면 쉬웠을 것을……'

눈앞에서 점점 더 짙은 푸른빛을 발하기 시작한 월음심검을 바라보며 단천엽이 눈빛을 차갑게 가라앉혔다.

　스팟!

　반월의 검강이 가슴으로 파고든 순간, 단천엽의 신형이 앞으로 주욱 늘어났다. 순간적으로 무형무극검을 거둬들이고 비권 천류영의 파검식 벽파를 펼쳐 낸 것이다.

　푸른빛 반월검강 사이를 꿰뚫은 푸른 그림자.

　귀영과 같이 모용진성의 코앞까지 이른 단천엽의 쌍수가 전후좌우로 움직였다. 그러자 어느새 거둬들였던 무형무극검은 다시 그물망 같은 검기를 종횡시켰다. 벽파에 놀란 모용진성의 전신 사혈을 노린 채.

　'위험하다!'

　모용진성의 신형이 거짓말처럼 뒤로 누웠다.

　철판교.

　그러나 보통의 치졸한 철판교가 아니라 목숨을 구할뿐더러 반격까지 염두해 둔 철판교였다.

파파팍!

등을 바닥에 닿을 정도로 눕힌 모용진성의 다리가 단천엽의 하복부를 노렸다. 수없이 많은 실전을 통해 단련된 감각이 아니고선 할 수 없는 반격.

순간 검기를 회전시켜 모용진성의 목젖을 끊으려던 단천엽의 신형이 한줄기 바람처럼 뒤로 물러섰다. 비권 천류영으로 단련된 신체가 위험을 느끼자 자연스레 반응을 보인 것이다.

'역시 위험한 자!'

단천엽은 뒤로 물러서기가 무섭게 다시 신형을 일으켜 세우는 모용진성에게 달려들었다. 그의 눈 깊숙한 곳에서 광포한 야수의 울부짖음이 터져 나왔다.

야수감각도 개방!

다시 펼쳐진 벽파는 처음과 비교를 불허할 정도였다.

정확히 세 배의 빠르기.

파슷!

모용진성은 푸른빛 악마의 숨결을 느낀 것과 동시 온몸을 가늘게 떨어야만 했다. 이미 야수가 그의 목젖을 물어뜯고 지나갔기 때문이다.

'어, 어떻게……?'

단천엽의 눈 깊숙한 곳에서 일렁이는 야수와 시선을 마주친 모용진성의 눈에서 빠르게 정기가 소멸했다.

휘청!

크게 신형을 흔들어 보인 모용진성의 몸이 힘없이 처마 아래로 추락했다. 남궁세가에 이어 강남무림을 장악하려던 모용세가의 야망과 더불어.

“숙부님!”

모용경은 갑자기 소란스러워진 대청 밖으로 나서다 눈을 크게 치켜떴다. 그가 존경하고 있던 모용진성이 바닥에 추락한 모습을 목도한 것이다.

휘익.

모용경은 신형을 날린 것과 동시 품에 항시 품고 다니던 폭죽을 터뜨렸다.

슈우우— 펑!

폭죽이 터진 것과 동시, 송가도문 주변에 포진하고 있던 흑풍대 전체가 잠에서 깨어났다. 휴식이 종말을 고한 것이다.

그때 모용경에 의해 들쳐 올려진 모용진성의 입에서 핏물이 튀어 올랐다.

“컥!”

“숙부님, 정신 차리십시오!”

모용경은 말만 내뱉은 게 아니다. 재빨리 품 안에서 꺼낸 구급약을 모용진성의 입에 집어넣고 전력으로 내력을 일으켜 단전과 명문혈을 동시에 짚었다. 어떻해서든 숙부인 모용진성을 구하기 위함이었다.

일각의 시간이 숨가쁘게 지나갔다. 모용경의 노력이 효과를 봤는지, 이미 경락이 가닥가닥 끊어진 모용진성의 감겨 있던 눈이 가는 경련을 일으켰다. 잠시나마 숨결이 돌아온 것이다.

“겨, 경아냐?”

아마도 이미 시력을 잃은 것이리라. 눈앞의 자신을 알아보지 못하는 모용진성의 부름에 모용경의 눈이 뿌옇게 흐려졌다.

"예, 경아 여기 있습니다. 숙부님을 해한 흉수를 말해 주십시오!"

"경아……."

"예."

"보, 복수할 생각하지 말고 본 가로 돌아가도록 해라."

모용경의 눈에서 불꽃이 일었다.

"그럴 수는 없습니다!"

"그, 그래야만 한다. 그렇지 않으면……."

일순 힘겹게 말을 잇던 모용진성의 동공이 크게 확대됐다. 인간이라 부를 수 없던 단천엽의 마지막 움직임을 다시 떠올린 것이다.

"야, 야수!"

"숙부님! 숙부님!"

"컥!"

모용경이 재빨리 내력을 더욱 북돋아 모용진성의 체내로 밀어 넣었으나 때늦은 대처였다. 잠시 확대됐던 동공을 부르르 떨어 보인 모용진성의 숨결이 사라졌다. 피맺힌 신음과 함께.

"우아악! 숙부님!"

모용경이 모용진성을 품에 안고 하늘을 향해 울부짖었다. 상처 입은 짐승과 같이.

파파팟!

단천엽은 한 마리 야수가 되어 앞을 가로막으며 달려드는 흑풍대 무사들을 무참히 참살했다. 오늘 이곳을 빠져나가기 위해선 여태까지처럼 손속에 사정을 둘 수 없음을 알고 있었기 때문이다.

그에 따라 송가도문 주변은 아비규환의 혈로(血路)가 만들어졌다. 단천엽의 손속이 잔혹한 탓도 있으나 주인을 잃은 흑풍대 무사들의 무자비한 돌격의 영향이 컸다. 그들은 아예 목숨을 내놓고 단천엽에게 달려들었다.

한 명이 베이면 두 명이 달려들었고, 두 명이 베이면 네 명이 결사적으로 덤벼들었다. 그들의 목표는 단천엽의 참살이 아니었다. 후발 부대가 올 때까지 단천엽을 붙들고 늘어지는 것이었다. 그래서 악착같았다.

그러나 단천엽은 일반적인 무사가 아니라 병법을 아는 병법자였다. 야수가 된 상황에서도 무사들의 의도를 직감적으로 눈치챈 그의 움직임이 변했다. 굳이 무사들을 참살하는 대신 다양한 움직임으로 그들의 병진을 분산시킨 뒤 각개격파에 들어간 것이다.

"크악!"

"커억!"

푸른 악마로 변한 단천엽에 의해 악착같이 달려들던 흑풍대 일 개 분대가 삽시간에 전멸당했다. 병진에 의존하지 않은 그들에게 단천엽의 일격을 막을 능력은 애초에 존재하지 않았다.

그때 모용경이 다급히 수습한 흑풍대 본대가 노도와 같이 송가도문에서 출발했다. 짧은 시간 들려온 비명성 만으로도 모용경은 단천엽의 도주로를 정확히 짚어냈다.

두두두두!

귓전을 울리는 말발굽 소리에 단천엽의 움직임이 더욱 빨라졌다. 그는 뒤도 돌아보지 않고 달아나는 편을 택했다. 평지에서 기마대군을 맞아 싸운다는 건 제아무리 천하제일의 고수라 해도 있을 수 없는 일이었기 때문이다.

'치고 빠지기는 이제 막 시작됐을 뿐이다!'

야천을 비조처럼 가르며 단천엽은 눈을 차갑게 가라앉혔다. 이기기 위한, 살아남기 위한 싸움에 몸을 내던진 이상 비정해져야 했다. 그렇지 않고선 아난과의 약속은 결코 지킬 수 없는 것이다.

모용경은 몰살당한 흑풍대 삼번 분대를 살피고 눈살을 가볍게 찌푸렸다. 최초 추격과 방어가 실패한 원인을 깨달았기 때문이다.

'숙부님의 말씀대로 적은 강하다! 적어도 무력으로만 따지면 아버님과 동수, 아니, 그 이상일 수도…….'

모용경은 잠시 떠오른 기분 나쁜 상념을 얼른 머리 속에서 지웠다. 장차 강남무림의 지존이 되어야 할 부친 모용덕과 한낱 살수를 동일선상에 놓고 비교한다는 건 그의 자존심이 허락지 않았다.

그러나 그의 눈앞에 펼쳐진 삼번 분대의 참상이 전하는 바는 자명했다. 마음 같아선 지금이라도 송가도문으로 돌아가 숙부 모용진성의 시신을 수습하고 싶었으나 오늘 흉수를 놓친다면 다신 기회가 없을지도 몰랐다.

'숙부님, 죄송합니다!'

재빨리 신호를 보내 삼번 분대의 시신을 수습하고 있던 흑풍대 본대를 재집결시킨 모용경이 큰 목소리로 소리쳤다.

"아직 살수는 이곳을 벗어나지 못했다!"

"우우!"

"우리는 흑풍대주님의 원한을 갚아야 한다!"

"우우!"

모용경이 먼저 말 머리를 앞으로 하고 박차를 가하자 살기만장한 흑풍대가 그 뒤를 따르기 시작했다. 길고 지루한 한밤의 추격전이 시작된 것이다.

'반드시 잡을 것이다!'

연신 말의 박차를 가하며 모용경은 어금니를 지그시 깨물었다.

단천엽은 도주 중간중간 바닥에 귀를 대고 추격하는 흑풍대와의 거리를 쟀다. 멀리서 지축이 울리는 소리만으로도 그는 대충 거리를 짐작할 수 있었다.

한참을 치달려 이미 송가도문의 영역을 벗어난 지 오래였다. 더욱 발끝에 힘을 담으면 흑풍대를 떼어놓는 것도 그리 어려울 바는 아니나 그에겐 다른 목적이 있었다.

'적당한 거리다! 이 정도면 추격을 포기하지도 못하고, 따라잡힐 염려도 적다!'

단천엽의 목적은 앞으로 강남 탈출 시 가장 큰 장애물이 될 흑풍대를 완전히 무력화시키는 것이었다.

그러기 위해서 흑풍대주인 모용진성을 죽였고 도주 중간중간 흔적을 남겼다. 그 결실이 눈앞에 보이자 단천엽은 미미하게 고개를 끄덕였다.

살인은 싫었다.

손에 피를 묻히는 것 역시 마찬가지다.

하나 무공을 연마하며 애초에 가졌던 마음, 소중한 사람들을 지키겠다는 목표를 위해서라면 단천엽은 언제든 수라(修羅)가 될 각오를 하고 이번 살수행에 나섰다. 이미 결정을 한 이상 후회나 망설임 따윈 사치에 불과했다.

"나는 그저 앞으로 나아갈 뿐이다!"

단천엽이 다시 대지를 박차고 신형을 뽑아 올렸다. 귓가로 은은한 흑풍대의 말발굽 소리가 들려오기 시작했으니 이젠 움직여야 할 때였다.

모용진성이 살해되고 열흘이 빠르게 지나갔다.

처음 모용경의 예상과 달리 흑풍대는 여전히 단천엽의 뒤를 추격하고 있었다. 첫날밤이 지난 뒤로도 단천엽의 흔적을 놓치지 않았기 때문이다.

매우 드문 경우!

모용경은 처음엔 행운이라 생각했다. 중간에 비가 쏟아지거나 큰바람이 불었다면 단천엽의 행적은 깡그리 사라져 흔적도 남지 않았으리라.

그러나 이틀째가 지나며 모용경은 자신의 생각이 무척 순진했다는 걸 자인해야만 했다. 아무리 말의 박차를 가하고 날랜 선발대를 내보냈어도 도망자인 단천엽과 추격자인 흑풍대의 간격은 조금도 좁혀지지 않았다. 마치 하늘의 누군가가 사람을 희롱하기 위해 몰래 내려와 거대한 자를 휘둘러 둘 사이의 거리를 매번 재는 것 같았다.

물론 그럴 리가 없다.

있을 수 없는 상상이다.

그렇다면 생각해 볼 수 있는 경우의 수는 단 한 가지밖에 없었다.

'녀석은 흑풍대와 날 일부러 추격하게 만들고 있다! 하지만 어째서?

모용경의 궁금증은 얼마 뒤 끔찍한 방법으로 풀렸다. 동이 틀 무렵부터 해가 질 때까지 죽어라 단천엽을 추격하던 흑풍대의 야영지가 연달아 습격을 당하기 시작한 것이다. 바로 오늘 밤과 같이.

"크악!"
"으악!"
철저하게 암습에 대비하고 있던 흑풍대의 야영지 사이를 누비는 푸른색 그림자, 단천엽의 쌍수에서 검기가 쏟아질 때마다 흑풍대 무사들은 연달아 비명을 지르며 쓰러졌다.
지난 며칠간과 마찬가지의 기상천외한 습격.
연달아 날아든 불화살에 경각심을 일으켰던 흑풍대는 느닷없이 밀려든 황소 떼의 침범에 완전히 뒤집혔다. 갑자기 달려든 황소들의 꼬리에는 불이 붙어 있었다. 황소들의 발광은 당연했다. 자연 미쳐 날뛰는 황소 떼를 막는 데만도 흑풍대는 힘겨웠다. 그런데 그 틈을 타 또다시 단천엽이 야영지 사이로 뛰어 들었다.
단천엽은 여태까지와 마찬가지로 홀로 떨어진 무사들만을 집중적으로 노렸다. 대여섯 명씩 모여 있는 무사들 사이에 갇힐 경우 발이 묶여 흑풍대 전체를 상대하는 상황에 빠질 수 있기 때문이다.
물론 며칠씩이나 계속된 그의 이와 같은 전법에 대한 대비책은 이미 모용경에 의해 강구되어 있었다. 습격이 있을 시 흑풍대의 진 무사들은 각자 맡은 방위로 달려가 거대한 방어진을 구성하게 되어 있었던 것이다.
하지만 사람이 하는 일이었다. 몇 단계로 나눠진 단천엽의 충격과 공포 작전에 일시 혼란된 흑풍대 무사들은 또다시 암습의 희생양이 되어야만 했다.

단천엽은 연달아 십여 명을 쓰러뜨리고 모용경의 진세가 어느 정도 모양새를 갖출 즈음 뒤도 돌아보지 않고 달아났다. 여태까지와 마찬가지로.

"이 녀석! 이 녀석!"

모용경이 검을 빼 들고 단천엽을 쫓으려다 수하들에게 막히자 피를 토하며 소리쳤다. 가슴속의 울화가 화병으로 변해 냉철하다 알려진 그를 발광하게 만들었다.

그런 모용경의 광태를 바라보는 흑풍대 무사들의 얼굴에 암울한 기색이 떠올랐다.

행로난(行路難)이라 했던가?

그들 앞에 남겨진 길이 그렇단 생각이 들었다. 이미 임시로 흑풍대주가 된 모용경은 이성을 잃어버린 데 반해 적은 강하고 교활하며 냉철했다. 싸움의 결과는 이미 결정난 것이나 다름없는 것이다. 모용경은 결코 인정하지 않을 테지만.

제66장

마성혈류하

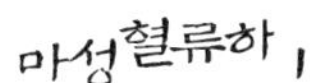

금마부.

과거 천하가 좁다며 날뛰던 거마효웅들을 잡아 가두던 감옥을 문상 한상월이 다른 용도로 전환한 곳이다.

전날 뼈마디가 굳어 말을 안 듣던 마두들을 모조리 학살한 탓이리라.

현재 금마부 안에 남은 마두들은 대부분 천하맹과 문상 한상월에게 절대 충성을 맹세한 자들이었다. 오랜 연금 생활로 인해 흉포한 기세나 천하를 오시하던 기상은 씻은 듯 사라진 것이다.

그렇다 하나 마두의 본성이 어디 가지 않는다.

금마부를 채운 수백 마두들이 뿜어내는 마기는 보통이 아니었다. 웬만큼 정기가 출중하거나 동류의 마기를 지니지 않은 자들은 금마부의 입구에서 이미 숨이 막히고 속이 울렁울렁한 질식 상태를 경험하곤 했다.

　깊은 밤, 금마부 안으로 들어서는 왜소한 체구의 인영이 있었다. 문득 떠오른 달빛에 비춘 바 폐병이라도 앓는 듯 창백한 인상에 눈썹은 보이지 않는 중년인이다.

　십이마성의 대형인 천마성(天魔星) 야율목진.

　그 이름을 아는 자 머리를 바닥에 처박고 경배하지 않을 수 없는 절대자에게선 터럭만큼의 패도도 느껴지지 않는다. 그뿐 아니라 그는 지금 당장 숨결이 멎는다 해도 이상할 게 없을 정도로 생기를 발산하지 못했다. 천하에 공포란 이름으로 군림했던 절대자이나 세월 앞에선 그 위명을 내세울 수 없는 것이다.

　'허허허, 과연 이 안에 나 야율목진에게 새로운 생명을 전해줄 정도의 마기가 있을 것인가?

　야율목진은 몇 개나 되는 기관을 통과해 금마부의 깊숙한 내부로 걸어 들어갔다. 전혀 힘이 느껴지지 않는 걸음과 달리 그의 움직임은 경쾌하여 유령이 움직이는 듯했다. 이미 그는 죽음을 각오하고 원정을 폭발시킨 지 오래였기 때문이다.

　그렇게 금마부 내부의 커다란 회랑으로 이르는 마지막 문을 통과했을 때다. 절반쯤 죽음에 발을 내딛은 듯한 표정을 짓고 있던 야율목진의 창백한 안색에 슬며시 화색이 떠올랐다.

　"마기가 이토록 충만해 있구나!"

　야율목진의 뇌까림이 회랑 전체를 울렸다. 그러자 주변에 아무렇게나 나뒹굴며 놀고 있던 마두들의 시선이 일제히 야율목진 쪽을 향했다.

　마신(魔神)이 눈앞에 나타난 줄도 모른 채 그들은 재밌다는 기색을 한 채 낄낄거렸다.

"크헤헤, 오랜만에 신입이 들어왔구나!"

"그럼 오늘은 신고식을 화끈하게 펼치는 건가?"

"에잉, 그런데 어디서 뭘 하던 녀석인지 모르겠지만 표정이 너무 음침한걸?"

"왜, 취향에 안 맞나? 그럼 내게 넘겨주게!"

"흥, 그럴 순 없지!"

왁자지껄한 소동 중에 마두들 중에서 앞으로 나선 건 우두머리 격인 흑백쌍검귀 중 형 쪽인 흑검마귀 갈진홍이었다.

"문상께 오늘 신입이 들어온다는 말은 들은 바 없는데?"

야율목진의 얇은 입술이 슬쩍 치켜 올라갔다.

"어린아이치곤 상당한 마기를 쌓았구나."

"응?"

갈진홍이 눈살을 찌푸린 건 어떤 위기의식을 느껴서가 아니라 단지 야율목진의 말에 반응을 보인 것에 불과했다. 그러나 그게 그가 살아생전 마지막으로 내뱉은 말이 됐다.

우드득!

수백의 마두들 중 어느 누구도 야율목진이 움직이는 걸 확인한 자는 없었다. 단지 환상처럼 꺾인 갈진홍의 목으로 야율목진의 이가 파고드는 장면을 멍하니 지켜봤을 따름이다.

"우와악!"

가장 먼저 사태를 파악한 건 흑백쌍검귀 중 동생인 백검귀살 갈진염이었다.

그는 삽시간에 정기와 마기를 빨린 채 쪼그라들기 시작한 형을 구하기 위해 검을 빼 든 채 달려들었다. 그의 평생 가장 자신하던 귀검만리

혈(鬼劍萬里血)을 펼친 채.

그러나 어느새 갈진홍의 시체를 바닥에 집어 던진 야율목진이 손을 뻗친 순간, 갈진염의 귀검만리혈은 산산조각났다. 물론 그 뒤는 형과 똑같은 운명이 갈진염을 기다리고 있었다.

"으으으!"

박살난 검을 든 채 야율목진에게 딸려 들어간 갈진염의 온몸에서 정기와 마기가 순식간에 소멸했다. 그의 목에서 입을 떼고 소매로 입가를 훔친 야율목진의 흐리멍덩하던 눈 주변으로 혈기가 모여들었다.

"운이 좋구나. 처음 걸려든 녀석들이 이처럼 출중한 마기를 지니고 있었으니!"

"괴, 괴물!"

우두머리인 흑백쌍검귀를 순식간에 해치운 야율목진의 모습에 마두들이 일제히 얼어붙었다. 압도적인 야율목진의 무력과 인간 같지 않은 살기에 도저히 덤벼들 엄두가 나지 않았기 때문이다.

그러나 그것도 잠시, 야율목진이 다시 가장 가까운 곳에 있던 마두 하나를 잡아당기자 얼어붙었던 강바닥이 쩍쩍 갈라졌다. 얼음 밑을 흐르던 분노란 여울이 압도적인 공포에 떠밀려 수면 위로 솟구쳐 오른 것이다.

"우릴 다 죽일 작정이다!"

"모두 덤벼라!"

"우리 쪽이 유리하다!"

어떻게 해서라도 야율목진이 뿜어내는 공포에서 벗어나고 싶었으리라.

마두들은 자신들이 무슨 말을 내뱉는지도 이해하지 못한 채 마구 떠들며 병장기를 휘두르고 마구 장력을 발출했다. 금마부 전체가 마기와 살기로 폭발할 듯 가득 찼다.

순간 야율목진의 왜소하던 몸이 장대하게 변했다.

탈태환골(脫胎換骨)?

야율목진은 양손을 활짝 펼친 채 마두들을 향해 몸을 던졌다. 피의 폭풍과 더불어.

"대주 금마부가……."

귀비 유설영은 달빛 아래 뒷짐을 지고 선 한상월의 뒤에 부복한 채 입을 열다 말끝을 흐렸다. 이미 한상월이 오늘 벌어진 금마부의 멸망에 대해 알고 있으리란 생각이 들었기 때문이다.

한상월이 그녀의 내심을 읽은 듯 담담하게 말했다.

"금마부는 만들어진 소임을 다했다."

"그렇군요."

"그래."

문득 뭐라 더 말을 보태려던 유설영의 맑은 얼굴이 가볍게 흐려졌다. 달빛 아래 비춘 한상월의 얼굴에 꽤나 외로워 보인다는 생각이 들어서였다.

침묵을 택한 유설영에게 한상월이 말했다.

"내가 산혹하다 생각하나?"

"그렇지 않습니다."

"뭔가 한마디 더 하고 싶은 말이 있을 텐데?"

"천비는 그저 대주의 뒤를 따를 뿐입니다, 이미 대주께서 결정한 길을."

"그러니 더 이상 다른 말을 보태는 건 아무런 의미가 없다는 뜻인가?"

“예.”

“어차피 내가 듣지 않을 테니까?”

“…….”

유설영은 대답하지 않았다. 그러나 그녀의 침묵은 오히려 더욱 강한 긍정이나 다름없었다.

그 점을 한상월이 모를 리 없다. 그는 단지 침묵을 침묵으로 받아들임으로써 유설영의 뜻을 묵살했다. 그 역시 지금 와 자신이 다른 누구의 말을 들으리라곤 생각할 수 없었기 때문이다.

그때 한상월이 서 있는 곳으로 맹렬한 혈운이 몰려왔다. 그러자 일시 크게 놀란 유설영이 부복했던 자세를 풀고 한상월의 앞을 가로막아 섰다.

한상월이 입가에 흐릿한 미소를 띤 채 말했다.

“염려할 것 없다, 약속했던 자가 도착했을 뿐이니.”

“약속했던 자라시면?”

여전히 경계를 늦추지 않은 유설영이 묻자 한상월 대신 어느새 지척까지 도착한 혈운 속에서 야율목진이 대답했다.

“나다.”

“감히!”

유설영이 혈운에 휘감긴 야율목진의 진면목을 꿰뚫어보기 위해 귀안을 펼치다 얼른 고개를 옆으로 돌렸다. 순간적으로 파고든 마광(魔光)에 눈알이 타는 듯한 고통을 느꼈기 때문이다.

한상월이 슬며시 유설영을 옆으로 돌려세우곤 야율목진이 속한 혈운을 향해 포권했다.

“위대한 십이마성의 대형 천마성을 뵙게 된 걸 영광으로 생각하는 바이오."

'천마성!'

일순 유설영은 심중에서 치솟는 살기를 억제하느라 가녀린 어깨를 떨어야만 했다. 과거 동방제일문이었던 현문을 피바다로 만들었던 이가 바로 천마성 야율목진이였던 것이다.

그녀의 살기를 야율목진이 눈치채지 못할 리 없다.

힐끔.

유설영 쪽에 시선을 던진 야율목진이 입가에 흐릿한 미소를 만들어 냈다.

"흐흐, 과거 나와 동생들이 쓸어버렸던 무림 세력이나 왕국들과 관련된 계집인가 보구나."

한상월이 무심히 말했다.

"그녀는 현문의 호법이오."

"현문?"

"그렇소."

한상월의 짤막한 대답에 야율목진이 미미하게 고개를 끄덕였다.

"현문의 후예라면 내게 살기를 뿜어내는 것도 무리는 아니지. 그 당시 고작해야 문주와 최고 고수만을 골라 주살했던 다른 문파와 달리 현문은 내 손에 의해 멸망에 가까운 피해를 입었으니까."

"……."

한상월이 묻지도 않았는데 야율목진이 친절하게 이유를 설명했다.

"현문은 당시 동방제일문으로 삼한과 더불어 푸른 늑대의 천하 정복 계획에 가장 큰 장애물이었기에 어쩔 수 없는 일이었지. 그리고 나도 그 당시엔 혈기가 넘치던 때라서 생각보다 저항이 거세길래 아예 쓸어

버려야겠다는 생각이 들더군."

"그렇군요."

한상월은 고개를 끄덕이며 입가에 미소를 담았다. 오히려 말을 꺼낸 야율목진이 머쓱해질 정도로 자연스러운 대응이었다.

그러자 야율목진이 한상월을 탐색하듯 바라보다 천천히 몸을 휘감고 있던 혈운을 거둬들였다.

스으으.

혈운이 걷히자 모습을 드러낸 야율목진의 모습은 장대한 체격과 흐릿하게 베어 나오는 혈향을 제외하곤 평범했다. 어디에서도 천하를 공포에 떨게 만들었던 십이마성의 대형 같은 징후는 찾아볼래야 볼 수 없었다.

'하지만 아직 눈동자만큼은 바꾸지 못했군.'

슬머시 야율목진의 검은자밖엔 보이지 않는 흑암(黑暗)의 눈을 주목한 한상월이 다시 포권을 해 보이곤 말했다.

"대공을 이루신 걸 축하드립니다."

"대공?"

야율목진이 피식 웃었다.

"자네 덕분에 간신히 죽음만은 면하게 됐으나, 아직 걷어들인 마기를 내 몸 안에 정제하는 작업이 필요하다."

"천마성이 빠진다 해도 중원에 다시 마성혈류하를 일으키기엔 충분하리라 생각합니다."

"그렇겠지. 중원의 쓰레기들을 처리하는 데는 내 동생들 중 한 명만 나서도 충분할 테니."

"그럼 됐지 않습니까?"

“그래, 자네의 요구 조건을 들어주는 데는 전혀 문제가 없어. 하지만 나는 갑자기 한 가지 의문이 들더란 말이지.”

“의문이라시면?”

“내 동생들이 마성혈류하를 일으킨 이후의 일!”

“대답을 원하십니까?”

“그래.”

“만약 제가 거부한다면?”

야율목진의 눈동자 깊숙한 곳에서 작은 불꽃이 넘실거렸다.

“자네는 감히 그러지 못할 거야.”

“…….”

한상월의 옷자락이 거센 광풍에 휘말린 듯 격한 떨림을 보였다. 야율목진이 가볍게 일으킨 살기에 자연마저 거센 진저리를 일으킨 것이다.

‘역시 천하제일의 마왕이란 건가?’

한상월은 심혼이 갉아 먹히는 듯한 고통을 참고서 입가에 미소를 만들어냈다.

“이렇게까지 사람을 압박하니, 말하지 않을 도리가 없군요.”

“역시 인물이군.”

야율목진의 말과 함께 한상월을 습격했던 고통이 씻은 듯 사라졌다. 이미 야율목진의 무학경지가 심즉통(心卽通)에 이르렀음을 보여주는 한 수였다.

한상월이 내심 가볍게 호흡을 고른 후 말했다.

“현 무림 중에 다시 마성혈류하가 일어난다면, 각자 자신들의 지역에서 패주 역할을 하고 있던 무림 세력들은 한데 모일 수밖에 없게 됩니다.”

"그건 어째서 그렇지?"

"살아남기 위해서입니다. 그동안은 어떻게든 천하를 집어삼키기 위해 힘을 키웠고, 때문에 남에게 머리를 숙이지 않아도 됐지만, 우두머리를 잃게 되면 모든 게 달라집니다. 대폭 축소된 세력을 가지고는 패주의 지위를 유지하기가 힘들어지고 다른 세력의 침범 역시 신경 쓰지 않을 수 없기 때문입니다. 그러니……."

"그러니 그 기회를 잡아 천하무림을 집어삼키겠다?"

"운이 좋다면."

"자네 정도 되는 인물이 운 따윌 기대하진 않을 성싶은데?"

"그저 열심히 노력할 뿐입니다."

한상월의 마지막 대답이 마음에 든 것일까?

야율목진은 잠시 한상월의 흔들림없는 얼굴을 빤히 바라보다 하늘을 향해 대소를 터뜨렸다. 그의 평생에 몇 번 본 적이 없는 큰 웃음이었다.

"크하하하!"

잠시 후 웃음을 멈춘 야율목진의 흑암의 눈이 무심히 가라앉았다.

"삼 년이다! 내가 마기를 모조리 다스리기까지만 천하를 네게 맡긴다."

"충분합니다."

"그 자신감, 다음에 만날 때까지 간직하기를 기대하겠다."

그 말을 끝으로 야율목진이 다시 몸을 혈운으로 휘감았다.

휘오오!

광풍과 함께 야천으로 솟아오른 야율목진을 배웅하는 한상월의 눈 깊은 곳에서 차디찬 한기가 흘러넘쳤다.

마성혈류하 2

호북성 함령(咸寧).

새벽 무렵, 금난주는 익숙한 푸드덕거리는 소리에 고개를 들어올렸다. 필시 천하맹 총단을 떠나며 사문인 아미로 날려 보냈던 섬영이란 생각이 든 것이다.

'역시!'

금난주의 눈 깊은 곳에 가벼운 이채가 떠올랐다. 솔개인 섬영은 여느 전서구와 달리 영물이라 할 수 있는 녀석이었다. 스스로 주인인 금난주를 찾아온 게 그리 이상한 일만은 아니었다.

하지만 시기가 좋지 않았다. 용문에 몸을 담은 동안 빈번하게 아미와 서신을 주고받았으나 천하맹과 반검맹 간의 무림대전이 벌어진 이후로는 자제하고 있었다. 혹시라도 오비이락(烏飛梨落)의 의심을 받을 것을 염려했기 때문이다.

그러한 염려는 금난주보다는 아미의 사부와 사숙들이 먼저 했다. 자연히 서신 왕래를 중단한 것도 그쪽이었다. 그런데 전쟁터에 참전한 금난주에게 섬영을 보냈으니 좋은 일은 아닐 터였다. 어쩌면 매우 안 좋은 일일지도 몰랐다.

"섬영!"

하늘을 큰 원을 그리며 돌고 있는 섬영에게 크게 소리친 금난주가 얼른 자신의 팔을 내밀었다. 평소와 달리 팔뚝을 보호하는 가죽 보호대가 없었으나 그런 걸 생각할 게재가 아니었다.

카악!

섬영이 금난주를 발견하곤 큰 울음과 함께 밑으로 떨어져 내렸다. 섬영의 날카로운 발톱이 활짝 벌려졌다.

'윽!'

막 섬영이 팔뚝에 내려앉으려는 찰나, 미리 눈을 감고 얼굴을 일그러뜨렸던 금난주가 살짝 실눈을 떴다. 섬영의 펄럭거리는 소리는 들리는데, 팔뚝에 아픔이 느껴지지 않았기 때문이다.

"안 소협?"

금난주가 눈을 동그랗게 뜨고 바라보자 섬영의 발톱에 팔뚝을 내준 채 어깨를 부르르 떨고 있던 안환이 억지로 웃어 보였다. 주인인 금난주가 아닌 이상한 사내가 팔뚝을 내밀자 섬영은 있는 힘껏 발톱에 힘을 줬던 것이다.

"여어!"

금난주의 입가로 일시 부드러운 미소가 떠올랐다. 안환의 이런 티가 나지 않는 행동은 한두 번이 아니었다. 가랑비에 옷 젖는다고 그에 대한 고마움이 점차 쌓이지 않을 수 없었다.

그러나 금난주는 안환의 바보 같은 웃음을 보고 얼른 입가에 걸렸던 미소를 지웠다. 대신 새침한 표정이 그녀의 얼굴에 떠올랐다.

"누가 안 소협에게 이런 일을 하라고 했어요!"

안환이 대거리하는 대신 급하게 소리쳤다.

"그보단 어서 이 녀석 발에 묶인 서신부터……."

"쳇!"

금난주는 얼른 섬영의 다리에 매달린 전통을 떼어냈다. 그리고 섬영의 머리를 몇 차례 토닥여 줬다.

"반가워, 섬영. 여전히 늠름하구나."

카아!

섬영이 날개를 퍼덕이며 안환의 팔뚝을 꽉 조인 다리에 더욱 힘을 줬다. 딴에는 반갑다는 표현을 하는 것이었으나 안환의 얼굴은 일순 흙빛으로 변했다.

'이 빌어먹을 솔개 녀석!'

그때 안환의 안색을 힐끔 바라본 금난주가 섬영의 턱을 한차례 간질이며 말했다.

"섬영, 그만 식사하러 가봐."

카아!

섬영이 다시 한차례 다리에 힘을 주곤 하늘로 날아올랐다. 다시 금난주가 부를 때까지 사냥을 하기 위해.

"끄으으!"

안환은 결국 비명을 지르며 피 범벅이 된 팔뚝을 몇 번이나 흔들어 댔다. 호북과 강서성이 만나는 길목인 적벽(赤壁)을 바로 앞에 둔 함령에 이르기까지 벌어진 몇 차례의 전투에서 칼질을 당했을 때도 보이지 않은 호들갑스런 모습이었다.

"엄살은."

안환을 한심스럽다는 듯 바라보던 금난주가 재빨리 소맷자락을 찢었다.

부욱.

"팔 좀 이리 내밀어봐요."

"금 소저?"

"무공을 익혔다는 사람이 순간적으로 진기를 움직여서 팔을 경화시키는 방법도 모르다니."

피투성이가 된 팔을 단단히 조여 매며 금난주가 종알거리자 안환이 성한 손으로 뒤통수를 긁적였다.

"그게, 너무 다급해서……."

"뭐가 그리 다급했는데요?"

"그 솔개란 놈 때문에 금 소저의 팔뚝이 다칠 것 같아서……."

연속적으로 말을 끝맺지 못한 안환을 금난주가 잠시 뚫어져라 바라보다 입술을 가볍게 내밀었다. 그녀 나름대로 귀엽다고 자평하고 있는 표정이었다.

"뭐, 어쨌든 고마워요. 별로 도움은 안 됐지만."

"하하하, 뭘 이런 걸 가지고. 언제든 필요한 일이 있으면……."

"됐구요!"

"아니, 그래도……."

"안 소협은 자기 자신이나 걱정하시는 편이 좋겠어요."

더 이상 상처난 부위가 없는지 안환의 팔뚝 부위를 꼼꼼히 살핀 금난주가 마지막으로 매듭을 단단히 조여 맸다. 평소 덜렁거리는 듯 보이던 모습과는 사뭇 다른 섬세함이었다.

그런 금난주를 멍청하게 바라보던 안환이 문득 생각난 듯 말했다.

"그럼 전 이만 물러나 보겠습니다."

"그래 주시면 고맙지요."

"그럼."

안환이 금난주에게 한차례 고개를 끄덕여 보이곤 재빨리 돌아서서 내심 주먹을 불끈 쥐어 보였다. 오늘도 한 건 했다는 뿌듯함이 그의 가슴을 뛰게 만들었다.

안환은 금난주가 안 보이는 곳까지 곧장 걸어가 털썩 주저앉았다가 벌떡 신형을 일으켜 세웠다. 궁금한 마음에 전통에서 서신을 빼내자마자 펼쳐 든 금난주가 갑자기 왁 하고 울음을 터뜨렸기 때문이다.

"금 소저!"

안환이 재빨리 신형을 날려 뛰어오자 금난주가 손으로 얼굴을 가린 채 소리쳤다.

"저리 가요!"

"저, 저기……."

"저리 가란 말예요!"

"예."

안환은 비실거리며 뒤로 물러났다. 평소 어떤 일이 있더라도 얼굴에서 웃음을 잃지 않던 금난주가 울며 소리치는데, 마음 한구석이 선뜻했다.

그러는 동안 금난주의 울음소리를 듣고 주변에 퍼져서 휴식을 취하고 있던 패왕기동대가 모여들었다. 그들 중 모어언을 발견한 금난주가 바람같이 달려들었다.

"어언 언니!"

"난주야, 무슨 일이니!"

"흐흑, 사부님이… 사부님이……."

"그래, 그래."

모어언이 몇 차례 등을 토닥여 주자 금난주가 눈물로 범벅이 된 얼굴을 들며 울먹였다.

"우와앙, 사부님이 돌아가셨대요!"

"그럴 수가!"

놀란 사람은 모어언뿐이 아니었다. 금난주가 아미신창의 제자이고 그녀의 사부가 아미제일의 고수이며 구산 삼대고수 중 한 명인 심수사태임을 아는 모든 사람들의 놀라 안색을 딱딱하게 굳혔다.

세상에 누가 있어 구산 삼대고수를 죽일 수 있는가!

"설마, 노환으로……?"

모어언이 자신조차 믿을 수 없는 가정을 말하자 금난주가 얼른 고개를 흔들었다.

"본 파에서 이번에 돌아가신 분은 사부님만이 아니에요."

"그럼?"

"사부님과 구대장로님들이 모조리 다……."

"이, 이런……."

모어언은 사태의 심각함이 자신의 예상을 훨씬 뛰어넘었다 생각했다. 느닷없이 아미에 불어닥친 혈풍은 이제 전설이나 신화로 치부되던 끔찍한 일을 되새기게 만들었기 때문이다.

"설마 다시 십이마성들이 나타나 마성혈류하를 일으켰다는 건가……."

금기의 단어를 내뱉은 사람은 안색이 창백하게 변한 안환이었다. 구산 중 하나인 아미와 그의 사문인 청성은 같은 사천에 위치해 있었다. 구산 중에서도 강대한 세력을 자랑하던 아미가 혈겁을 당했다면 청성은 주춧돌 하나 남지 않았으리란 생각이 들었다.

"제기랄, 어떻게 이런 일이!"

안환이 머리를 양손으로 거머쥔 채 바닥에 주저앉자 공포와 저주라 불리던 십이마성에 대한 공포가 급속도로 패왕기동대 전체로 전염됐다.

절망의 주체가 어떤 일이 있더라도 중심을 잃지 않고 분위기를 밝게 하던 금난주와 안환이었고, 패왕기동대 안에는 마성혈류하에 영향을 받지 않을 사문을 가진 이가 아무도 없었기 때문이다.

그때 재빨리 정신을 차린 모어언이 목소리를 높였다.

"아직 결정된 건 아무것도 없어요!"

"어언 언니, 그치만……."

금난주가 여전히 칭얼거리자 모어언이 그녀를 품에서 떼어냈다. 패왕기동대 전체의 사기를 더 이상 떨어뜨려선 앞으로 작전을 수행할 수 없다는 판단이었다.

모어언의 얼굴에 강인한 표정이 떠올랐다.

"여기는 전장이고, 우리 패왕기동대는 작전을 수행 중이에요. 비록 돌발적인 변수가 나타났다곤 하나 우리는 계속 강남을 향해 나아가야 합니다."

"그렇지만 진짜 십이마성이 다시 나타나 마성혈류하를 일으키기 시작했다면, 우리들 모두의 사문이 중대한 위험에 빠졌다고 볼 수 있습니

다. 이곳에 과연 사문의 위협을 외면할 수 있는 사람들이 몇 명이나 있
을까요?”

목소리를 높인 이는 연아상이었다.

그녀 역시 사문에 대한 은혜를 많이 받은 터라 금난주의 울부짖음을
들은 직후 줄곧 봉황문이 걱정됐다. 마성혈류하의 광풍이 사문인 봉황
문만 빗겨 지나가리란 생각은 전혀 들지 않았기 때문이다.

그러자 곳곳에서 연아상의 말에 찬동하는 목소리가 흘러나왔다. 연
아상의 말대로 대장인 단천엽과의 의리도 중요하지만 사문의 위협을
모른 척할 순 없는 것이다.

그때 패왕기동대와 떨어져 홀로 주변 경계를 서고 있던 기소천이 빠
른 걸음으로 다가왔다. 그의 손에는 이미 한광을 내뿜는 도가 빼 들려
있었다.

“누가 감히 군령을 어기고 작전 지역에서 이탈하려 하는가!”

스팟!

공기를 가른 도에서 일어난 살기에 패왕기동대의 웅성거림이 잦아
들었다. 몇 차례의 전투에서 기소천이 보여준 인간이길 포기한 살기와
무위가 만든 결과였다.

모어언이 냉랭한 살기에 젖은 기소천을 바라보며 내심 한숨을 토해
냈다.

‘기 공자 덕분에 일단 사태가 진정되긴 했지만 계속 억누르기만 할
순 없다. 나조차 아버님과 창천검문이 걱정되거늘…….’

모어언은 내심 한숨을 토하고 자신에게 모여진 시선들과 정면으로
부딪쳤다.

“아직 결정된 건 아무것도 없어요. 전장의 한가운데서 동요를 보여

선 안 된다는 뜻이에요. 그리고 설사 십이마성이 다시 준동했다손 치
더라도 우리가 지금 할 수 있는 일은 아무것도 없다는 걸 알아야 해
요."

"그렇다고 손만 놓고 있는다는 것도……."

"손을 놓을 생각은 없어요!"

반론을 단칼에 자른 모어언이 아름다운 눈빛에 의지를 담아 말했다.

"일단 패왕기동대는 계속 작전을 수행합니다. 그리고 모든 일은 대
장님을 강남에서 무사히 구출해 낸 뒤 다시 거론할 겁니다. 대장님이
없는 패왕기동대로는 아무것도 할 수 없으니까요."

"……."

"다른 할 말 있나요?"

의례적인 질문이었다. 기소천의 손에 들린 도와 모어언을 번갈아 바
라본 이들 중 다시 반론을 제기한 이는 아무도 없었다. 전장은 때론 잔
혹했다.

그 시각 이후, 문파의 중심을 이룬 수뇌부 전체가 참살당하거나 문
인들이 몰살당한 무림 세력이 연일 속출했다.

아미신창의 경우 장문인인 심수 사태를 비롯한 장로들과 다른 문인
들 간의 무공 격차가 커 오히려 피해가 적었으나 특별한 절정고수가
없는 문파들은 아예 떼도살을 당했다. 전설대로 마성혈류하는 문파 지
체의 힘을 완전히 소진시키는 데 그 목적이 있었기 때문이다.

사천의 아미신창과 청성 분파.

운남(雲南)의 점창사일(點蒼斜日).

청해(靑海)의 곤륜비선.

감숙(甘肅)의 공동천도.

하남의 파불소림.

섬서의 화산검파, 종남선파.

호북의 무당천도.

세력이나 구성 인원은 다르나 중원무림의 역사와 함께해 온 구산 전체가 뒤흔들렸고, 그 다음은 강남의 반검맹의 중심인 오지였다.

반검맹을 따로 강남오패연합이라 명명해 부르던 오지는 가장 먼저 무너진 남궁세가의 뒤를 이어 모용세가, 언가, 제갈세가, 팽가의 순으로 된서리를 맞았다.

여태까지의 역사와는 정반대되는 상황.

강남에서 단 한차례도 마성혈류하의 광풍을 맞지 않았던 오지가 흔들리자 강남무림 전체에 지진이 일어났다. 이제 더 이상 천하맹과 땅따먹기나 하고 있을 수 없는 상황이 된 것이다. 제삼차 마성혈류하는 이제 막 시작됐을 뿐임에도.

마성혈류하 3

강서성 성자(星子).

아난 일행과 합류하기로 한 구강에서 얼마 떨어지지 않은 성자에 도착한 단천엽의 얼굴은 다소 말라 있었다. 거의 이십 일이 넘는 동안 모용경이 이끄는 흑풍대와 쫓고 쫓기는 숨바꼭질을 벌이는 동안 생긴 피로 때문이다.

하지만 볼에 살이 빠진 만큼 단천엽의 눈빛은 생생하게 살아서 반짝였고, 온몸의 근육들은 당장에라도 폭발할 듯 꿈틀거렸다. 전체적으로 변한 인상만큼이나 강인해지고 단련됐다고 봐야 할 것이다.

단천엽은 주변이 한눈에 내려다보이는 구릉 위에 서 있었다. 아직 추격을 포기하지 않은 흑풍대의 움직임을 살피기 위함이다.

그런데 멀리서 흙먼지를 일으키고 있는 흑풍대의 이동 경로가 이상했다. 갑자기 추격을 포기하더니 일제히 말 머리를 돌리기 시작했다.

회군이 분명했다.

눈살을 찌푸린 채 그 모습을 지켜보던 단천엽의 눈 깊은 곳에서 가벼운 이채가 떠올랐다.

'생각했던 것보다 어려운 상대였다. 열 번도 넘는 습격을 무위로 돌아가게 만들었을 만큼. 한데 어째서 갑자기……?'

단천엽은 자신이 모르는 일이 흑풍대에서 벌어졌다고 생각했다. 그렇지 않고선 느닷없는 그들의 회군을 납득할 수 없었다. 그가 경험한 모용경은 지옥 끝까지라도 추격을 포기하지 않을 사람이었다.

"으득!"

모용경은 말 머리를 돌린 중에도 시선을 단천엽이 바람을 맞으며 서 있는 구릉 쪽으로 던졌다. 그가 지난 이십여 일간 흑풍대 전체 인원의 삼분지 일을 잃어가며 세웠던 계획은 아직 시행조차 해보지 못했다. 분한 마음이 없다면 거짓말일 터였다.

하지만 돌아가야 했다. 말 머리를 돌려야 했다. 천년만년 강남무림에 군림할 것 같았던 부친 모용덕이 갑작스레 세상을 떴기 때문이다.

'어떻게 이런 일이 벌어질 수 있는가, 어떻게!'

모용경은 미칠 것만 같았다. 숙부 모용진성에 이어 부친인 모용덕까지 죽은 이상 모용세가의 강남 정복 계획은 한낱 일장춘몽으로 변했을 따름이었다. 이제는 터전인 강소성의 패주를 지키는 것만 해도 힘겨울 터였다.

히히힝!

모용경의 참담한 기분을 알기라도 하는 것일까?

말의 구슬픈 울음에 모용경은 애간장이 녹는 것 같았다. 호호탕탕 모용세가의 최정예인 흑풍대를 몰고 강서성으로 왔으나 남은 건 단천엽의 습격으로 피폐해진 패잔병뿐이었다. 여전히 흑풍대의 남은 전력은 뛰어나다 할 수 있지만, 더 이상 무적이라 자부할 순 없게 된 것이다.

그때 모용진성의 오른팔이라 불리던 흑풍대 부대주 청랑쾌검(靑狼快劍) 모용수가 모용경 쪽으로 다가왔다.

푸륵.

말로 하여금 투레질하게 한 모용수가 말했다.

"경제, 마음을 단단히 먹어야 하네."

"알고 있습니다."

"자네가 경동할까 봐 처음에 말하진 않았으나……."

모용경의 공허하던 눈에 빛이 돌아왔다. 그는 평소처럼 예리해진 시선을 사촌 형인 모용수에게 던졌다.

"제가 모르는 다른 얘기가 있다는 뜻입니까?"

모용수가 모용경의 되살아난 눈빛을 살피고 천천히 고개를 끄덕였다.

"그렇다네."

"말씀하십시오."

모용경은 내심 인 불쾌감을 억누른 채 물었다. 앞으로 부친이 없는 모용세가를 장악하려면 주변의 인심을 얻는 게 필수였기 때문이다.

모용수가 주변을 슬며시 살피고 목소리를 낮췄다.

"가수께서는 급사하신 게 아니라 피살당하신 거네."

"그게 무슨……."

"쉿!"

손가락을 손에 대 모용경에게 주의를 준 모용수가 설명을 계속했다.

"가주께서는 피살당하기 전날 몰래 세가를 빠져나가셨다가 다음날 피살된 채로 발견되셨네. 본래 당장에 세가 주변에 천라지망을 펼쳐야 옳을 것이나……."

"천라지망조차 펼치지 않았단 말씀입니까!"

"천라지망을 펼칠 사람이 없었네."

"그건 또……."

모용경은 말을 중간에 멈췄다. 얼마 전 벌어졌던 남궁세가의 혈겁이 떠올랐기 때문이다.

"설마 저희 모용세가 역시 남궁세가와 같은 꼴을 당한 겁니까?"

"그 정도는 아니라고 하네만……."

"피해가 어느 정도입니까?"

나직이 한숨을 토한 모용수가 말했다.

"후우, 가문의 원로 중 대부분이 변을 당한 것 같네."

"어르신들이 모두 살해당했단 말입니까?"

"간신히 민재 숙부님은 무사하시지만, 평생 글공부만 하신 분이니 어찌 대국을 주관할 수 있었겠는가."

"그런……!"

"경제, 그러니 우리 모용세가의 향후 운명은 이제 자네의 양어깨에 달린 걸세. 앞으론 조심 또 조심해야 하네."

"……."

모용경은 더 이상 모용수를 탓할 마음이 들지 않았다. 부친이 급사했다는 것만으로도 망연자실했던 그에겐 강남 전체를 장악하려 했던 가문의 몰락이 쉽사리 피부에 와 닿지 않았다. 마치 꿈속의 일인 것만 같았다.

하지만 현실은 냉엄한 법이다. 잠시 멍청해졌던 모용경은 자신의 뺨을 손으로 몇 번이나 후려쳤다. 처음 말 머리를 돌렸을 때완 달리 이제 그의 일거수일투족은 바로 가문의 생사존망과 직결됐다. 더 이상 한낱 감정 따위에 휘둘려선 안 되는 것이다.

'이렇게 되면, 진성 숙부님께서 흉수의 손에 돌아가신 게 차라리 나에겐 행운이 됐다고 볼 수 있다. 아버님과 여러 어르신들이 없는 세가의 가주 자리를 다툴 상대가 줄었으니.'

잠시 염두를 굴리던 모용경의 입에서 가느다란 실소가 튀어나왔다. 세가 자체가 멸망 직전에 놓였는데 가주 자리 따위나 연연하는 자기 자신이 한심했기 때문이다.

"큭!"

모용수가 놀라 말했다.

"자네 왜 그러나?"

모용경이 씁쓸한 표정으로 고개를 저어 보이곤 말에 박차를 가했다. 애꿎은 말에게 화풀이를 하는 게 아니라 그만큼 마음이 다급했기 때문이다.

그가 앞서 나가자 모용수의 인솔을 받은 흑풍대 전체가 속도를 높였다. 이제 그들의 앞에 선 모용경은 일개 흑풍대의 임시 대주가 아니라 모용세가 전체의 가주가 될 사람이었다.

"세가로 돌아간다!"

"우우!"

앞서 나가는 모용경의 주변으로 새로운 바람이 일었다.

사락.

정갈하게 정리된 보고서를 넘기던 섬세한 손가락이 잠시 멈칫했다. 보고서 위로 붉은 핏방울이 떨어져 내렸기 때문이다.

똑.

'하! 천하의 제갈현빈이 코피를 다 흘리다니!'

제갈현빈은 고개를 뒤로 젖히는 대신 인중을 손가락으로 몇 차례 만지작거렸다. 그러자 코피는 곧 흐름을 멈췄다. 거짓말같이. 그러나 근본적인 문제가 해결된 건 아니다.

제갈현빈은 잠시 피곤한 목을 몇 차례 주물럭거렸다. 벌써 그가 잠을 자지 못한지 한 달이 다 되어간다. 그 기간 중에 처리한 문건이 수백 개.

그런 제갈현빈의 노력이 있기에 호북 진출 반검맹 세력들의 강남 복귀는 거의 끝나가고 있었다. 특별히 천하맹의 호북출정군 측에서도 별다른 움직임이 없기에 피해를 최소화할 수 있다고 생각했다.

하지만 십수 일 전, 느닷없이 터진 마성혈류하는 제갈현빈을 다시 무리하게 만들었다. 그는 강남 퇴각뿐 아니라 제갈세가를 비롯한 오지 전체의 피해를 파악해야 했고, 당장 필요한 미봉책과 더불어 향후 강남 무림의 밑그림마저 같이 그려야 했다.

잠을 잘 시간이 있을 리 없다.

지금도 몇 차례 뒷목을 두들기는 것으로 고단한 몸을 잠시 다독인 제갈현빈의 시선은 다시 핏물로 더럽혀진 보고서로 향했다. 기다렸다는 듯 머리 한구석이 바늘로 찌르는 듯 지끈거려 왔다.

그때 고요 속에 잠겨 있던 내실의 밖에서 고하는 목소리가 들려왔다.

"급보입니다."

"급보?"

제갈현빈은 미간을 자신도 모르게 찌푸렸다. 여태까지 터진 일만으로 그는 거의 한계에 도달해 있었다. 또다시 급보가 날아들어서는 몸이 버티질 못한다.

하지만 일순 제갈현빈의 눈 깊은 곳에서 현기가 번뜩였다. 문득 뇌리를 스치는 생각이 있었다.

"천하맹에서 온 것이냐?"

"예."

"들이라."

제갈현빈의 말이 떨어진 순간, 얼굴에 검상이 난 냉막한 표정의 중년인이 내실로 들어섰다. 그는 허리를 숙인 채 걸어 들어와 수중의 서신을 제갈현빈에게 바치고 뒷걸음질쳤다.

제갈현빈이 조용히 그를 불러 세웠다.

"검로(劍老)."

"예."

검로라 불린 중년인이 움직임을 멈춘 채 허리를 조아렸다.

제갈현빈이 그의 얼굴을 바라보며 눈가에 작은 주름을 만들었다.

"내가 바로 세가로 돌아가지 않은 걸 아직도 원망하고 있는가?"

"어찌 노복이 감히!"

"아니, 자네에겐 그럴 자격이 충분해."

"……."

침묵을 선택한 검로에게 제갈현빈이 말했다.

"석년(昔年), 아버님께서 돌아가신 후 크게 가세가 기운 제갈세가를 지탱해 준 건 자네와 여리 원로들이네. 그 점 나는 한 번도 잊은 적이 없네. 늘 고마워하고 있어. 하지만 이번에 벌어진 삼차 마성혈류하는 본 제갈세가뿐 아니라 강남무림 전체의 운명, 아니, 어쩌면 천하무림 전체의 커다란 전환점이 될 사건이라네. 단지 지역의 패권을 지키기 위해 지금 모든 걸 버리고 가문으로 복귀할 순 없는 일이야."

"예."

“그 점 이해해 주길 바라네.”

제갈현빈에게 크게 허리를 굽혀 보인 검로가 말했다.

“노복은 언제나 가주님의 명을 따를 뿐입니다. 죽음까지라도 함께 가겠으니 가주께서는 염려하지 마십시오.”

“고맙네.”

제갈현빈의 말이 떨어진 순간 검로가 다시 허리를 굽혀 보이곤 천천히 내실에서 물러났다. 이제부터 주인인 제갈현빈에겐 홀로 있을 시간이 필요하리란 판단이었다.

‘검로…….’

잠시 검로가 있던 텅 빈 공간을 주시하고 있던 제갈현빈이 천하맹에서 날아온 급전을 천천히 펼쳐 들었다. 제삼차 마성혈류하가 일어났을 때 잠시 머리 속에 떠올렸던 자신의 예상이 맞는지 확인하려는 의도였다.

사락.

잠시의 시간이 흘렀다. 그리 길지 않은 시간이나 제갈현빈 같은 천재에겐 충분했다. 펼쳐 든 급전의 내용을 충분히 파악하기에.

‘역시…….’

급전을 단숨에 구겨 버린 제갈현빈의 눈이 영롱하게 빛났다. 평소 보이던 현기의 몇 배를 일시에 폭발시킨 것이다. 게다가 그조차 모자랐던가.

다시 그의 코를 타고 멈췄던 코피가 흘러내렸다.

똑. 똑.

제갈현빈은 코피를 닦을 생각도 잊고 눈을 아무것도 없는 북쪽으로 고정시켰다. 마치 급전을 보낸 현 천하맹의 일인자, 문상 한상월이 그곳에 있기라도 한 듯이.

피의 강은 흐르고

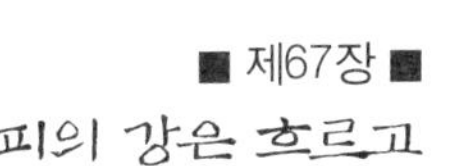

구강의 물빛은 푸르렀다.

끈질기게 뒤쫓던 모용세가의 흑풍대가 회군한 뒤에도 열흘 동안 주변을 정리한 단천엽은 구강에 도착해서야 걸음을 멈췄다. 숨가빴던 한 달여가 지나 드디어 아난 등과 약속한 장소에 도착한 것이다.

'날씨가 좋으니 아이들이 물장구를 치고 있군.'

단천엽은 멀리 강변을 바라보다 입가에 담담한 미소를 담았다. 몇 명의 아이들이 앝은 강가에서 물장구 치는 모습을 보자 팽팽하게 긴장됐던 마음 한구석이 느슨하게 풀리는 걸 느꼈다.

그는 어린 시절부터 산속을 온통 휘젓고 돌아다니며 노는 걸 즐겼는데, 천하맹 총단에 도착한 이후부턴 오직 무공 수련의 나날을 보냈다. 갑자기 동심의 세계를 지켜보자니 자신도 모르게 어려지는 기분이었다.

"이제 열아홉밖에 되지 않았는데……."

자신이 너무 나이든 노인 같다는 생각에 단천엽은 다시 미소를 지었다. 이번에는 조금 겸연쩍은 감정이 담겨 있었다.

그때 단천엽의 눈이 가볍게 커졌다. 물장구치던 아이들이 갑자기 울음을 터뜨리며 물에서 달아나기 시작한 것과 동시였다.

"아난은 물귀신이다, 물귀신!"

"우아앙!"

"다 잡아먹을 거다!"

물속에서 몇 명이나 되는 아이들의 다리를 잡아당겨 달아나게 만든 아난이 미처 달아나지 못한 한 꼬맹이를 뒤에서 끌어안았다. 물론 거의 혼비백산해 있던 꼬맹이는 너무 놀란 나머지 안색이 창백하게 질렸다.

울음에 막힌 목에서 꺽꺽거리는 소리가 새어 나왔다.

아난이 꼬맹이의 귓불을 이로 살짝 깨물었다.

"그러게 왜 그렇게 재밌게 노는 거야! 아난은 천엽이 없어서 이렇게 마음이 괴로운데!"

"딸꾹! 딸꾹!"

꼬맹이는 그저 딸꾹질을 하며 질려 있을 뿐, 아난 쪽을 돌아보지도 못했다. 필시 물귀신이 자신을 잡아먹으려는 거라 생각할 따름이었다.

그 모습을 재밌다는 듯 바라보던 아난의 얼굴이 일시 시무룩하게 변했다. 물귀신 놀이도 더 이상 재미가 없다는 생각이 든 것이다.

"뒤도 돌아보지 못하는 바보!"

아난이 꼬맹이를 툭 하고 밀었다. 그러자 양손을 허우적거리다 물속

에 코를 박을 뻔했던 꼬맹이가 뒤도 돌아보지 않고 물 밖으로 달려나
갔다. 뒤를 돌아보면 소금 기둥이라도 되는 줄 아는지 녀석은 한 번도
고개를 돌리지 않았다.

그렇게 물장구치던 꼬맹이들을 모조리 쫓아내 버린 아난이 손으로
수면을 몇 차례 때렸다. 물에 흠뻑 젖어 머리가 해초처럼 얼굴을 덮은
그녀의 얼굴로 한 가닥 고독이 흘러내렸다. 단천엽과 헤어진 한 달여
간 그녀가 겪은 상사의 고통이 만들어놓은 파편이었다.

그때 급하게 달려가다 바닥에 엎어진 꼬맹이를 안아서 일으켜 준 단
천엽이 빠른 걸음으로 강가에 도착했다.

"아난!"

단천엽의 목소리는 들릴락 말락 했다. 곁에서 귀를 쫑긋 세우고 잔
뜩 긴장하고 있지 않았다면 알아듣기도 힘들 정도였다. 그러나 아난에
겐 그걸로 충분했다.

파팟!

순간적으로 수면을 박차고 물 밖으로 뛰어나온 아난이 단천엽 쪽으
로 바람처럼 달려들었다.

뭉클!

물에 젖어 몸매가 그대로 드러난 아난을 안은 채 단천엽은 슬쩍 안
색을 붉혔다. 잠시 헤어졌다 만난 아난의 몸매는 완전히 성숙해져서
여태까지처럼 귀여운 여동생같이 대할 순 없었다.

잠시 아난을 품에 안은 채 양손을 어디다 둬야 할지 몰라 쩔쩔매던
단천엽이 천천히 그녀의 등을 어루만졌다. 열렬하면서도 꾸밈없는 아
난을 상대로 세속의 규율이나 예법을 따진다는 건 우습다는 생각이 든
것이다.

"천엽, 어째서 이렇게 늦은 거야!"

한참 만에 단천엽의 가슴에서 고개를 든 아난의 눈은 촉촉하게 젖어 있었다. 여태까지처럼 천진난만하다기보다는 사랑에 빠진 여인과 같은 눈빛이고 얼굴이었다.

'아난……'

단천엽은 갑자기 혀가 굳는 느낌이었다. 아난이 갑자기 너무 예쁘단 생각이 들었기 때문이다.

손을 들어 아난의 얼굴을 가린 머리를 쓸어 뒤로 넘겨준 단천엽이 입가에 부드러운 미소를 담았다.

"미안."

아난의 눈에서 구슬 같은 눈물이 쏟아져 내렸다.

"아난은… 아난은……."

"……."

"천엽을 매일매일 기다리고 또 기다렸어!"

"정말 미안해."

단천엽은 아난을 부드럽게 안아줬다. 여태까지와는 조금 달라진 마음을 가지고.

그렇게 한참이 지났을 때다. 두 사람의 선남선녀의 뒤편으로 장사치와 산적 같은 행색을 한 최필과 장염무가 모습을 드러냈다.

그들은 아난이 물놀이를 하는 동안 구강 일대를 돌고 온 참이었다. 혹시라도 강서 무림인들의 천라지망이 이곳까지 미쳤는지를 알아보기 위함이다.

평소처럼 별로 대수롭지 않은 이유를 들어 티격태격 싸우고 있던 두 사람은 강가로 난 소로에서 걸음을 멈췄다. 그리고 너나 할 것 없이 그

자리에 쪼그려 앉았다. 사실 최필이 앉자 장염무는 무심코 따라 앉았을 따름이다.

"흠."

한 손으로 턱을 괴고 단천엽과 아난의 해후를 바라보는 최필의 어깨를 장염무가 슬그머니 건드렸다.

"이봐."

최필이 노골적으로 귀찮다는 시선을 던졌다.

"왜?"

장염무가 그답지 않게 다소 조심스런 표정으로 말했다.

"단 공자가 돌아왔는데 왜 이런 곳에 앉아 있는 거냐? 혹시 주변에 강남 떨거지들이 은신해 있는 흔적이라도 발견한 거냐?"

"아니다."

"그럼 왜?"

최필의 얼굴에 한심하다는 표정이 떠올랐다.

"그러니까 네 녀석이 고자 소릴 듣는 거다!"

"이 사이비 도사 새끼가!"

"시끄럽고! 빈도의 말이나 귓구멍 닦고 들어라!"

"끄응."

장염무가 못마땅한 표정을 던지자 최필이 마치 어린애를 가르치듯 설명했다.

"그동안 아난 소저가 얼마나 일각이 여삼추처럼 천엽을 기다렸냐? 보는 우리가 애가 탈 정도였지 않느냐."

"그건 그렇지."

"그러니 천엽 녀석과 아난 소저가 만났으니, 우리 같은 늙은이들은 슬쩍 뒤로 빠져줘야 하질 않겠느냐."

"그건 또 어째서냐?"

"으이구, 이런 답답한 천생!"

속이 터진다는 듯 가슴을 몇 차례 주먹으로 때린 최필이 목소리를 슬며시 낮췄다.

"그래야 천엽과 아난 소저가 동방화촉을 밝힐 수 있을 거 아니겠 냐!"

"도, 동방화촉? 두 사람이 지금 혼인을 올린다는 게냐?"

픽!

자신도 모르게 목소리를 높이는 장염무의 입을 최필이 주먹으로 때렸다. 그리고 고개를 옆으로 돌려 버렸다. 더 이상 얘기를 나누지 않겠다는 듯.

얼굴을 얻어맞고 노기를 일으키려던 장염무가 그런 최필의 모습을 보고 뒤통수를 긁적였다. 뭔가 자신이 잘못한 것 같긴 한데 그게 뭔지 알 수 없었기 때문이다.

'노인네들, 다 들립니다!'

아난을 안은 채 내심 나직이 한숨을 토해낸 단천엽이 슬며시 흘러가는 강물을 바라봤다. 이제 눈앞에 보이는 구강을 건너 조금만 길을 재촉하면 강서성을 벗어날 수 있었다. 드디어 지긋지긋한 강남행에 종지부를 찍게 되는 것이다.

"그런데 어째서 이렇게 가슴이 답답한가."

단천엽의 중얼거림을 들은 아난이 눈물 젖은 눈을 깜빡거렸다.

"천엽, 가슴이 답답해?"

"응?"

"천엽, 어디 아픈 거야?"

잔뜩 울상을 짓고 자신의 가슴을 손으로 매만지는 아난을 향해 단천엽이 담담히 미소 지었다.

"방금 전까지 아팠는데 아난 덕분에 다 나았다."

"정말?"

"그래, 아난이 웃어만 주면 나는 하나도 아프지 않아."

"에헤헤!"

쑥스런 얼굴을 한 채 아난이 웃음 지었다. 여느 중원의 여인들과 달리 박 속 같은 이를 하나 남김없이 드러내면서.

"구강까지 오는 동안 몇 차례 소문파들의 검문을 받았지만 미미한 정도였다네. 한 달 전까지 빡세게 검문하고 조여오던 것과는 완전히 달라진 모습이었어."

헤어진 뒤의 일을 최필에게 보고받던 단천엽의 눈살이 가볍게 찌푸려졌다. 얼마 전 성자에서 갑자기 추격을 포기한 모용세가의 흑풍대가 뇌리를 스쳤기 때문이다.

'역시 강남무림 전체에 큰 문제가 발생한 게 분명하다. 설마 십이마성의 방문을 받은 게 남궁세가뿐이 아니었단 말인가?'

단천엽의 심각해진 얼굴을 유심히 바라보던 최필이 넌지시 물었다.

"자네는 뭔가 아는 게 있는 얼굴이군."

"마성혈류하……."

"마성혈류하!"

최필이 놀라 소리치자 옆에 앉아 귀를 세우고 있던 장염무의 눈에서 마광이 폭출했다.

"그 찢어 죽일 십이마성이 또다시 준동했단 말인가!"

최필이 얼른 장염무에게 진정하라는 손짓을 해댔다. 강남행 동안 그가 갑자기 흥분해서 일을 그르친 게 한두 번이 아니었기 때문이다.

그러나 장염무는 다른 때와 달리 쉬이 흥분을 자제하지 못했다. 그의 사문이며 신강제일마문(新疆第一魔門)이라 불리는 혈천마문(血天魔門) 역시 과거 마성혈류하 때 피의 폭풍을 경험한 바가 있어서였다.

눈치로 그런 사정을 대충 짐작한 최필이 엄한 표정으로 말했다.

"마성혈류하때 십이마성에게 피해를 보지 않은 무림문파가 몇이나 있더냐? 지금 중요한 건 그런 과거의 문제가 아니라 현재이니라!"

"하지만 다시 마성혈류하가 벌어졌다고 하질 않았느냐! 그렇다면 더이상 저주받을 십이마성들의 문제는 과거가 아니라 지금 당장 코앞에 닥친 현안인 것이다!"

"이 녀석, 아직 확실치도 않는 일을 가지고……."

단천엽이 조용한 목소리로 최필의 말을 끊었다.

"십이마성이 준동한 건 확실합니다."

장염무에게서 시선을 거둔 최필이 단천엽을 절망적으로 바라봤다.

"진짜 그 악마들이 다시 움직이기 시작했단 말인가!"

"예. 남궁세가는 십이마성 중 한 명인 묵검성의 손에 멸망했습니다."

"그렇다곤 해도 십이마성 전체가 다 움직이기 시작했다곤……."

"저도 묵검성 단독으로 벌인 일이길 빌었습니다만, 갑자기 변한 강서성의 정세와 천라지망으로 볼 때 최소한 다수의 십이마성이 일제히 움직였다고박엔 볼 수 없을 것 같습니다."

"천사대제!"

최필이 한동안 찾지 않던 종규를 부르며 눈을 감자 장염무가 연신 이를 갈며 중얼거렸다.

"이럴 때 그 암천의 소공자 녀석이 있었다면 좋았을 것을. 정보가 너무 부족해."

단천엽의 얼굴에 씁쓸한 기색이 떠올랐다.

"이 선배의 일은 더 이상 재론하지 마십시오. 그분은 단지 자신의 길을 찾아 떠났을 뿐이니까요."

"그렇지만 일이 이렇게 돼서야 불안해서 어떻게 강북으로 가겠는가!"

"설사 눈앞에 지옥이 펼쳐져 있다 해도 강북에는 갑니다."

"그러나……."

"선배님들 중 천하맹으로의 귀환에 반대하시는 분들은 각자의 길을 찾아 떠나서도 상관없습니다."

최필이 염소수염을 바르르 떨었다.

"그게 무슨 말인가! 여기까지 함께 왔는데, 설마 우리가 자네를 버리고 떠나리라 보는 것인가!"

"그렇네. 내가 한 말은 그저 조심하자는 뜻이었을 뿐 다른 마음은 눈곱만큼도 없네. 어찌 우리가 자네를 버릴 것이며 문상을 배반하겠는가!"

"그게 맞는 말이야!"

거의 최초라 할 수 있는 최필과 장염무의 의견 일치였다. 그리고 그 사실을 두 사람도 문득 눈치채고 서로의 얼굴을 바라봤다. 그들 자신조차 놀라워하고 있었던 것이다.

단천엽이 두 사람을 향해 미미하게 고개를 끄덕이곤 말했다.

"그렇다면 더 이상 출발을 미룰 필요가 없지 않겠습니까?"

"지금 당장 출발하자는 건가?"

"예."

"조금 시간을 갖고 살피는 것도 나쁘진 않을 것 같네만?"

단천엽이 고개를 저어 거부 의사를 분명히 하고 말했다.

"저를 기다리는 사람들이 있습니다. 그들을 기다리게 해선 안 되지요."

"그, 그런가……."

"예, 그렇습니다."

단천엽이 쭈그려 앉았던 자리에서 신형을 일으키곤 강가 쪽으로 걸어갔다. 조약돌을 가지고 한참 소꿉놀이에 빠져 있는 아난을 부르기 위해서였다.

피의 강은 흐르고 2

호북성 양양.

유겸호는 평소처럼 전진 배치된 군진을 돌아보고 막사로 돌아오던 중 서늘한 눈매에 작은 그늘을 담았다. 언제든 강남으로 밀고 갈 수 있도록 의성(宜城)에 전진 배치되어 있던 흑건질풍대원 몇 명이 눈에 띄었기 때문이다.

"유 대장님!"

"유 대장님!"

안면이 있는 흑건질풍대원들이 얼른 군례를 갖춰 보였다. 그러자 그들에게 한차례 고개를 끄덕여 보인 유겸호가 그중 선임을 골라 물었다.

"곽 대장이 왔는가?"

"반 시진 정도 전에 도착해 유 대장님 막사에 드셨습니다."

"알았다."

유겸호는 짧게 말하고 막사 쪽으로 걸음을 옮겼다. 천하맹 최고의 기동력을 의성에 집결하고 있는 곽채량이 직접 양양까지 왔다면 뭔가 큰 문제가 발생한 것이란 판단이었다.

펄럭.
막사 안으로 들어선 유겸호의 눈살이 가볍게 찌푸려졌다. 자신의 의자에 앉은 곽채량이 다리를 책상 위에 턱하니 올려놓은 채 꺼덕거리고 있었기 때문이다.
"할 일도 되게 없나 보군."
유겸호의 날이 선 말에 곽채량이 눈을 떴다. 그러나 그는 책상에 걸친 다리를 내려놓을 생각이 없는 듯 눈을 몇 차례 끔뻑거릴 뿐이었다.
"내가 할 일이 없는 게 아니라 유겸호 네 녀석이 쓸데없는 짓을 하고 돌아다니는 거다."
유겸호가 회의용 탁자에서 의자를 하나 빼 앉고는 냉오한 시선을 곽채량에게 던졌다.
"그게 무슨 소리지?"
"말 그대로의 소리지 무슨 소리는 무슨 소리냐. 나는 네 녀석처럼 복잡하게 세상을 사는 사람이 아니잖느냐."
"그렇긴 하지."
유겸호가 바로 고개를 끄덕이며 동조하자 곽채량의 얼굴을 가로지른 검상이 크게 꿈틀거렸다.
"무상을 몰래 만났다고?"
"총사령을 어째서 내가 몰래 만나겠느냐!"
"어쨌든 만나긴 만난 거로군."

“긴히 보고할 사항이 있었다.”

유겸호의 말이 떨어진 순간, 여전히 책상을 점거하고 있던 곽채량의 다리가 강하게 굴러졌다.

쾅!

“날 속일 생각 따윈 하지 말아라!”

유겸호가 무심히 말했다.

“그 책상 값은 네 녀석 봉록에서 깔 테니 그리 알아라.”

“이 녀석이⋯⋯!”

곽채량이 결국 의자를 떨치고 일어서자 유겸호 역시 자리에서 일어섰다. 그는 씨근거리는 곽채량을 일별도 하지 않고 막사 한 켠에 마련된 관물대로 걸어가 숨겨놨던 술병 하나를 꺼내 들었다.

“흠, 결국은 오늘인가?”

홀로 중얼거리는 유겸호를 향해 곽채량이 퉁명스레 소리쳤다.

“술병을 꺼냈으면 당장 가져올 것이지, 무슨 잔소리가 그리 많은 거냐!”

“잠시 아깝다는 생각이 들어서.”

유겸호가 술병을 들고 다가서자 곽채량의 눈 깊은 곳에서 작은 불꽃이 스쳐 지나갔다.

쪼르륵.

술은 잔에 따라지지자마자 곽채량의 입 안으로 사라졌다. 술병의 마개를 여는 순간 막사 전체에 감돌기 시작한 주향의 유혹을 참기 힘들었기 때문이다.

“좋은 술이군, 좋은 술이야!”

　그는 첫잔을 제외하곤 더 이상 권하지 않은 유겸호의 손에서 술병을 빼앗아 연달아 몇 잔이나 술을 마셨다. 그 좋은 술을 친우인 유겸호에게 한잔 마셔보란 소리도 없이 혼자만 쭉쭉 마셔댔다.

　그 모습을 묵묵히 지켜보고 있던 유겸호의 무심한 눈매가 가볍게 떨렸다.

　"그 술은 독하다네."

　"술이 독해야지, 독하지 않은 술을 마실 바엔 차라리 물을 마실 테다."

　"아마 자네 생각보다 훨씬 더 독할 거야."

　문득 다시 빈 잔에 술을 따르려던 곽채량의 손끝이 떨렸다. 절정고수인 그로선 보기 드문 경우.

　갑자기 심부로부터 치솟아오른 취기를 억지로 참으며 곽채량이 유겸호를 바라봤다.

　"진짜 이 술 독하… 군."

　"천일취(千日醉)라네."

　"천… 일취?"

　"술 중의 술. 주정 그 자체를 원액으로 만든 술로 천하의 어떤 고수라 할지라도 마시기만 하면 적어도 열흘 이상은 취하고 말지."

　"과연……."

　곽채량은 억지로 신형을 일으키려다 옆으로 쓰러지려는 몸을 간신히 탁자 끝을 붙잡아 고정시켰다. 그는 이미 대취한 상태였다.

　그러나 여전히 쓰러지기를 거부하고 있는 곽채량을 향해 유겸호가 쓸쓸한 표정으로 말했다.

　"이미 천하맹은 문상의 손에 넘어갔다네. 이젠 더 이상 문상파니 맹주파니를 따지는 것도 우스운 일이지."

"그……."

"물론 자네는 대쪽같은 사람이니 여전히 모 맹주를 따르겠다고 말할 테지. 하지만 모 맹주가 이미 천하맹에서 축출됐다면 어찌하겠는가?"

"……."

잠시 대답이 없는 곽채량을 바라본 유겸호가 고개를 끄덕였다.

"필시 자네는 타고난 무골이니 무상을 새로운 주인으로 삼으려 할 거야. 문상은 자네 같은 사람하곤 진짜 맞지 않는 분이니까."

"여, 역시 문… 상을 따르겠다는 거냐?"

"사실 나 역시 외골수인 사람이거든."

"바, 바보 같은 놈……."

우당탕!

곽채량이 끝내 취기를 견디지 못하고 바닥에 쓰러져 내렸다. 앞으로 적어도 열흘 이상은 깨어나지 못할 잠 속에 빠져든 것이다.

'채량, 자네의 말이 맞을지도 모르겠지. 하지만 나 유겸호, 스스로 내린 결정에 후회는 없다!

곽채량을 묵묵히 바라보던 유겸호가 목소리를 높여 명령했다.

"곽 대장을 뫼셔라!"

"존명!"

막사 밖에서 대기하고 있던 백건영웅대원 둘이 얼른 안으로 들어섰다. 오늘의 일은 미리부터 계획되어 있었던 것이다.

막사 밖으로 떠메어져 나가는 곽채량의 너른 등을 바라보며 유겸호는 슬그머니 눈을 감았다.

'무상, 부디 문상께 대항하려 하지 마시오. 채량에 이어 무상에게 마

저 칼을 내밀고 싶진 않소이다.'

유겸호의 마음은 이미 노하구의 단백경에게로 달려가고 있었다.

사흘 후.

노하구 본진에 도착한 유겸호는 바로 단백경이 있는 사령막사로 향했다. 간단한 무장을 한 그의 얼굴에는 한줄기 긴장감이 감돌고 있었다. 어쩌면 오늘 천하맹 최강의 무인과 일대 결전을 벌여야 할지도 모르기 때문이다.

'어떻게 해서든 전면전은 막아야 한다!'

하나밖에 남지 않은 주먹에 힘을 주며 유겸호는 사령막사에 들어섰다. 그러자 이미 유겸호가 온다는 소식을 듣고 기다리고 있던 단백경이 자리에서 일어서 고개를 가볍게 끄덕여 보였다.

"유 대장, 어서 오시오."

유겸호가 얼른 군례를 취하며 고개를 숙여 보였다.

"늦었습니다."

"별말을. 유 대장은 정확히 제시간에 왔소이다."

단백경이 자리를 손으로 가리키자 유겸호가 천천히 걸어가 앉았다. 허리를 펴고 앉은 그의 전신에 긴장감이 감돌고 있었다. 어떻게 보든 평소와는 다른 모습.

그 모습이 우스웠으리라.

입가에 옅은 미소를 띤 단백경이 자리에서 일어서 유겸호 쪽으로 걸어갔다.

뚜벅. 뚜벅.

"나는 유 대장의 의견을 거부하기로 결정했소."

“그건…….”

“그러니 유 대장은 더 이상 긴장한 얼굴로 날 바라볼 필요가 없소.”

‘무상은 이미 모든 걸 다 파악하고 있었구나!’

내심 탄식을 토해낸 유겸호가 눈빛을 바꿨다.

도전적으로.

“모두 아시는 것 같으니, 바로 말씀드리겠습니다.”

뚜벅. 뚜벅.

“그래 주면 고맙겠소.”

유겸호는 단백경의 천천히 막사 안을 돌고 있는 발자국 소리가 귀에 거슬렸다. 하지만 그에게 걸음을 멈추라 말하는 것도 우습다.

유겸호가 말했다.

“현재 이곳 노하구 본진은 양양에 주둔하고 있던 백건영웅대와 의성의 흑건질풍대의 전력 팔 할이 집결되어 있습니다.”

“그건 모두 날 상대하기 위해서겠군?”

“그렇습니다.”

“명령을 내린 사람은 문상이실 테고?”

“그건…….”

말끝을 흐린 유겸호가 결심한 듯 말을 이었다.

“문상께서 내린 명령은 단지 무상의 진의를 확인하라는 것뿐이었습니다. 그 후 모든 계획은 하나에서 열까지 제가 짠 것입니다.”

“역시 지난번의 그 말은 내 의중을 떠보기 위함이었구려?”

“그렇습니다.”

단백경이 천천히 고개를 끄덕였다.

“하긴 문상께서 선택한 사람이 배반을 획책할 리가 없는 것이겠지……."

"무상, 지금이라도 노하구의 모든 병권을 제게 일임하신다면 아무런 문제가 없을 겁니다!"

"그런 식으로 문상에 대한 나의 진심을 보이라?"

"그렇습니다! 무상께서 오랫동안 문상의 오른팔 노릇을 하셨다는 건 천하맹 전체가 알고 있습니다. 그러니……."

"미안하지만, 그건 안 되겠소."

단백경의 말이 떨어진 순간 유겸호는 피가 싸늘하게 식는 걸 느꼈다. 내심 우려했던 일이 현실로 다가왔다는 생각이 들었기 때문이다.

'어찌하지? 어찌해?'

그는 노하구로 오기 전 대략 십여 가지가 넘는 방법을 강구한 바 있다. 모두 절대고수인 단백경을 비롯한 노하구 본진 전체를 효과적으로 제압하는 방법이었다.

하지만 절대적인 존재에게 대항한다는 건 말로 형언하기 힘든 압박감을 주는 법이다. 갑자기 단백경을 상대해야 한다는 생각을 떠올린 순간 그는 정신이 아득해져 옴을 느꼈다. 우군이었을 때의 단백경은 천신과 다름없었으나 적이라 생각하자 온몸에 소름이 돋을 정도로 두려웠다.

그때 단백경이 유겸호의 정신적인 공황을 한마디로 진정시켜 줬다.

"나는 문상께 대항할 생각이 전혀 없소."

'아!'

내심 가쁜 숨을 몰아쉰 유겸호의 시선이 단백경을 향했다.

"그렇다면?"

단백경이 유겸호의 시선을 외면한 채 문득 화제를 바꿨다.

"마성혈류하가 벌어졌다고 들었소."

"그렇다고 하더군요. 하지만 본 천하맹의 피해는 극미하다고 알고 있습니다."

"그렇소. 하지만 나는 한 사람의 무인으로서 이를 좌시하고 싶지 않소."

"설마, 무상께서는……."

단백경의 입꼬리가 가볍게 치켜 올라갔다.

"나는 십이마성에게 도전할 것이오."

"그건……!"

"안 된다고는 하지 마시오."

다급히 소리치는 유겸호의 말을 한마디로 일축한 단백경이 마치 꿈꾸는 듯한 표정으로 말을 이었다.

"처음 무학에 입문하면서부터의 꿈이었소. 그리고 솔직히 내 생에 그런 일은 이뤄지지 않으리라 생각했소. 너무 오랜 시간이 흘렀으니까."

"……."

"하지만 그들이 다시 모습을 보인 이상 나는 더 이상 문상의 명을 받들며 지낼 수 없게 됐소. 내 용솟음치는 피가 거부하고 있는 것이오."

최종 통보였을 것이다. 말을 끝낸 것과 동시, 품에서 호북출정군 총사령의 신패를 끄집어낸 단백경이 유겸호를 향해 소리쳤다.

"호북출정군, 좌군 부사령, 유겸호는 총사령의 명을 받들라!"

유겸호가 벌떡 자리에서 일어서더니 바로 그 자리에 꿇어 엎드렸다.

"명을 받드옵니다!"

단백경이 총사령의 패를 한차례 만지작거리곤 소리쳤다.

"이 시간부로 나, 호북출정군 총사령 단백경은 좌군 부사령 유겸호
에게 전군의 통솔권을 넘기도록 한다!"

"조, 존명!"

다소 떨리는 음성으로 복명한 유겸호가 단백경이 내미는 총사령의
신패를 받아 들었다.

그가 세웠던 계획 중 최상의 결과를 얻은 셈이나 어깨가 여태까지완
비교가 되지 않을 정도로 무겁게 느껴졌다. 이제부터 그의 양어깨에
천하맹 전체 전력의 육 할에 달하는 호북출정군 전원의 목숨이 얹혀지
게 됐으니 어쩌면 당연한 일.

"무상?"

문득 고개를 든 유겸호의 시선이 가볍게 떨렸다. 어느새 단백경의
모습이 흔적도 없이 사라진 것이다. 한마디 작별의 인사조차 없이.

피의 강은 흐르고 3

패왕기동대가 빠른 행군으로 호북성과 강서성의 접경 지역인 통산(通
山)을 눈앞에 뒀을 때다. 척후로 나선 안환은 통산 부근까지 진출해 정
찰을 하던 중 기이한 광경을 확인하고 눈살을 찌푸렸다.

까악! 깍!

통산 부근의 까마귀 떼란 까마귀 떼는 모조리 몰려든 것인가?

안환은 하늘을 온통 새카맣게 뒤덮은 까마귀 떼의 모습에 가볍게 진
저리를 쳤다. 천하맹에 투신하기 전 청성산에서 오랫동안 생활해 온
그이나 이만큼이나 많은 까마귀 떼를 보기는 처음이다.

'도대체 무슨 일이 벌어졌기에…….'

안환은 이대로 발길을 돌리고 싶은 마음을 억지로 참고 통산 쪽으로
빠르게 신형을 날렸다. 평소 대충대충 일을 처리하는 듯 보이나 안환
은 자신의 임무를 소홀히 하는 사람이 아니었다.

“이, 이게……!”

통산 부근에서 안환을 기다리고 있는 것은 그의 상상을 초월하는 광경이었다. 아니, 아예 상상 자체를 깨부쉈다. 가슴 깊숙한 곳으로부터 치솟아오른 욕지기와 더불어.

주검, 주검들…….

통산 전체의 까마귀 떼를 불러 모은 건 수없이 많이 널브러져 있는 사람의 시체들이었다. 대충 훑어봐도 수백 구가 넘을 듯한 숫자.

몰살!

순간적으로 뇌리를 때린 단어에 치미는 욕지기를 간신히 억누른 안환이 얼른 자신의 임무에 들어갔다. 한순간에 몰살당한 게 분명한 시체의 정체와 원인 파악에 들어간 것이다.

척후를 끝내고 복귀한 안환의 보고를 들은 모어언은 고운 아미에 수심을 담았다. 전해진 사실이 지나칠 정도로 놀라웠기 때문이다.

그녀의 내심을 읽은 듯 금난주가 안환에게 입술을 삐죽거리며 말했다.

“정말 오패무적단이 확실한 거예요?”

사실 불필요한 질문이었다. 안환의 성격이나 능력을 금난주만큼 잘 알고 있는 사람은 드물었기 때문이다. 그럼에도 그녀가 그런 질문을 던진 건 사람들에게 숨 쉴 여유를 주기 위함이었다.

‘일단 뭐라도 다른 말을 해봐요!’

‘뭘 더 어떻게?’

‘뭐든지요!’

금난주와 몇 차례 눈빛을 교환한 안환이 주변의 딱딱하게 경직된 분위기를 살피고 한차례 헛기침을 토해냈다.

"험, 일단 오패무적단이 확실한 건 분명한 사실입니다. 그들도 우리처럼 통산을 통해 강서성으로 퇴각하려다가 모종의 일을 만나 전군이 전멸한 것 같습니다."

문득 모어언이 의문을 제기했다.

"전군이 전멸했는지는 모르는 일 아닌가요?"

안환이 뒤통수를 긁적이며 대답했다.

"제가 알기로 강남의 오패무적단은 반검맹 내에서도 가장 자부심이 강한 오지 출신들로 이뤄졌다고 들었습니다. 그들같이 자부심 강한 자들이 적을 만나 뒤로 물러선다거나 죽은 동료의 시체를 놔둔 채 퇴각한다는 건 있을 수 없는 일이지요."

"그건 그렇군요. 하지만 세상에 어떤 세력이 감히 오패무적단을 전멸시킬 수 있단 말인가요?"

"그건 저도 잘……."

안환이 말끝을 흐리자 주변에 다시 무거운 침묵이 흘렀다. 전장에서 오패무적단과 직접 대결을 펼친 일이 있던 패왕기동대는 그들이 얼마나 막강한지 잘 알고 있었기 때문이다.

가장 먼저 침묵을 깬 건 기소천이었다.

"오패무적단이 몰살을 당한 건 놀라운 일입니다. 하지만 어쩌면 이건 우리에겐 차라리 잘된 일일지도 모릅니다."

"그건 또 무슨 소리죠?"

금난주가 눈을 동그랗게 뜨고 묻자 기소천이 인간미가 느껴지지 않는 차가운 미소를 입가에 매달았다.

"그들의 죽음을 우리의 앞을 가로막는 장벽 하나가 사라진 걸로 치면 된다는 뜻입니다."

"그런 말이 어디 있어요!"

"가혹하지만, 그게 전장의 현실입니다."

"그치만, 그런……."

금난주가 말끝을 흐렸으나 주변에선 기소천의 말을 수긍하는 사람이 몇 명 있었다. 오패무적단의 몰살이 결코 유쾌한 건 아니나 그들과 싸우지 않게 됐다는 건 나쁠 게 없다는 판단을 내렸기 때문이다.

'하지만 그렇게만 생각하기엔 지나칠 정도로 운이 좋다고 해야 할지…….'

모어언은 잠강변에서의 일전 이후 패왕기동대가 거의 전투를 경험하지 않았다는 사실을 주목했다. 필시 반검맹의 전면적인 회군이 이뤄지고 있는 상황이었음에도.

하지만 아미에서 급전이 날아온 후 패왕기동대 내부적으로 불안이 가중되고 있는 상황이었다. 자신이 흔들려선 안 된다며 내심 스스로를 채찍질한 모어언이 아름다운 눈빛에 의지를 담아 소리쳤다.

"일단 통산에 진입하는 걸 미루고 사태를 관망합니다!"

깊은 밤.

통산을 뒤덮었던 까마귀 떼의 모습도 보이지 않게 됐을 때다. 통산의 산기슭에 단창에 몸을 기댄 언찬연의 모습이 나타났다.

강남무림과 언가를 대표하던 절정고수.

창을 다루는 고수 중 감히 어느 누구도 그 앞에 이름을 내세울 수 없다고 알려진 언찬연의 모습은 비참했다. 한쪽 팔은 이미 잘려 나갔고,

걸친 붉은색 전포는 볼썽사납게 이곳저곳 찢어져 있었다. 필시 피딱지가 온몸을 휘감고 있을 터였다.

그러나 아직 언찬연의 눈은 빛을 잃지 않고 있었다. 휘하의 오패무적단 전체를 잃고 피눈물을 흘리며 도주까지 했지만 아직 그는 무인의 눈을 가지고 있는 것이다.

'상대는 다름 아닌 십이마성이다! 그 지옥에서 온 악마와 만나고도 살아남은 것만으로 나는 부하들을 희생시킨 일에 전혀 부끄러움을 느끼지 않는다!'

그렇다. 통천명 제갈현빈의 명을 받들어 단주인 반검경혼 여만해가 빠진 오패무적단을 이끌던 언찬연을 이 꼴로 만든 건 십이마성 중 한 명인 치마성 쿠챠였다.

그는 이틀 전 느닷없이 강남으로 퇴각하던 오패무적단을 습격해 단반 시진 만에 전멸시켰다. 반검맹 제일의 무력을 자랑하던 오패무적단은 그 한 사람을 막지 못했고, 언찬연은 부하들의 죽음을 발판 삼아 통산의 한구석에 몸을 숨길 수 있었다.

비겁의 극치!

무인으로선 절대 할 수 없는 일을 언찬연은 행했다. 이미 전설과 신화가 된 십이마성 앞에서 자존심을 내세운다는 건 있을 수 없다는 판단 하에 벌인 일이다.

그 결과 언찬연은 현재 살아 있었다. 팔이 잘린 탓에 앞으로 디시는 무적마창이란 별호로 불리지 못하게 됐지만, 그런 건 전혀 문제가 되지 않았다. 그의 머리 속에 담긴 무학을 터전까지 뿌리째 흔들린 언가에 전할 수만 있다면 모든 굴욕을 감내할 준비가 되어 있었기 때문이다.

'살아남겠다! 반드시 살아남아서 언가의 창법을 후세에 전할 것이

다! 그래서…….'

언찬연은 문득 상념을 머리에서 지웠다. 갑자기 과거 몇 차례 느낀 바 있는 오싹한 살기를 느꼈기 때문이다.

"설마……."

언찬연은 몸을 힘겹게 지탱하고 있던 단창을 들어 앞을 방어했다. 무인의 본능이 그리 시켰다.

엄밀한 창기를 일으키며 눈에 활화산 같은 신광을 담은 그의 시선이 주변을 휘젓다 돌처럼 딱딱하게 굳었다. 어느새 모습을 드러낸 회색 빛 사신을 확인했기 때문이다.

"오, 오랫동안 기, 기다렸다!"

"……!"

심장을 후벼 파는 듯한 치마성 쿠챠의 목소리를 처음으로 들은 언찬연의 전신이 와들거리며 떨렸다. 공포 때문이 아니다. 목숨처럼 아끼던 부하들마저 희생시키며 도망쳤던 게 수포로 돌아갔다는 절망감이 그를 그리 만들었다.

그런 언찬연을 향해 쿠챠의 얇은 입술이 회색 빛 미소를 만들어냈다.

"왜, 왜? 또 도, 도망가 보지 그, 그러나?"

"우와악!"

발악적으로 소리친 언찬연이 진원지기까지 폭발시키며 일으킨 창강과 함께 쿠챠에게 달려들었다. 자신을 위해 기꺼이 목숨을 바쳤던 부하들에게 용서를 빌며.

콰직!

일격에 언찬연의 머리를 수박처럼 박살 낸 쿠챠의 회색 빛 시선이 패왕기동대가 야영한 곳을 똑바로 향했다. 문득 회색 빛 눈이 한차례 깜빡이더니 반달 모양을 이뤘다. 슬슬 놀이를 끝낼 시간이 왔다는 생각이 든 것이다.

'응?

강서성을 벗어나 호북에 들어선 단천엽은 통산을 앞에 두고 야영하던 중 하늘에서 떨어지는 유성에 눈길을 빼앗겼다. 붉은빛을 흩뿌리며 순식간에 자신의 몸을 산화시키는 아름다움의 결정체.

단천엽의 다리를 베고 새우잠을 자고 있던 아난이 문득 눈을 떴다.

"천엽, 왜 그러는데?"

잠시 멍청한 표정이 됐던 단천엽이 아난의 머리를 다정하게 쓰다듬어 줬다.

"아무것도 아냐. 하늘에서 유성이 떨어져서……."

"유성?"

"응."

아난이 눈을 반짝였다.

"유성이 떨어지면 사람이 죽은 거라고 하던데, 누군가 죽은 거야?"

단천엽이 눈살을 가볍게 찌푸렸다.

"그런 말은 누구한테 들은 거야?"

"사이비 도사 할아버지."

'역시!

단천엽은 최필이 아난에게 쓸데없는 말을 했다고 생각했다. 그야 옛날이야기를 해준다는 생각으로 지껄였을지 모르나 과거 지독한 일을 당한 아난에게 죽음 따위를 가르쳐 주고 싶진 않았다.

잠시 속으로 생각을 정리한 단천엽이 입가에 부드러운 미소를 만들어냈다.

"아난, 유성은 사람이 죽어서 떨어지는 게 아냐."

"그럼 왜 떨어지는 거야?"

"유성이 떨어지는 건 사람들한테 소원을 빌게 하려는 거야."

"소원을?"

"응, 유성이 떨어질 때 소원을 빌면 이뤄지거든."

"아!"

아난이 단천엽의 무릎에서 머리를 일으키곤 하늘 이곳저곳을 연신 바라봤다. 유성이 떨어지는 걸 보기 위함이다.

픽.

자신도 모르게 미소 띤 단천엽이 아난에게 말했다.

"이미 유성은 떨어져서 안 보이는걸?"

"아! 아아아……."

아난은 당장에라도 울 것만 같은 얼굴로 단천엽을 바라봤다. 너무 마음이 속상했던 것이다.

단천엽이 손을 뻗어 아난의 눈가에 맺힌 눈물을 닦아줬다.

"아난의 소원은 내가 들어줄 테니까 유성을 찾을 필요는 없어."

"정말?"

"그럼."

단천엽이 고개를 끄덕이자 아난이 눈물 젖은 얼굴로 활짝 미소 지었다.

"그럼, 천엽은 이담에 아난을 색시로 맞아줄 거야?"

"색시?"

“응, 사이비 도사 할아버지가 여자가 남자를 좋아하면 그 사람의 색
시가 되야 한다고 그랬어.”

‘또 그런…….’

단천엽은 최필을 내심 욕하며 아난에게 곤란한 표정을 지어 보였다.

“그 소원 말고 다른 건 안 될까?”

“아앙!”

아난이 다시 울려고 하자 단천엽이 얼른 고개를 끄덕였다.

“그래, 그래, 나중에 내가 꼭 아난을 색시로 삼을게.”

“정말?”

“내가 거짓말하는 거 봤어?”

“아니.”

아난이 몇 번이나 고개를 가로젓더니 단천엽에게 냉큼 안겨왔다. 소
원을 말하고 나자 다시 졸음이 밀려들기 시작했던 것이다.

“아난은 천엽의 색시가 될 거야…….”

“그래.”

한차례 하품을 하고 눈을 감은 아난의 머리를 쓰다듬으며 천천히 고
개를 끄덕여 보인 단천엽의 시선이 다시 야천을 향했다. 아난에게 들
은 사람이 죽을 때 유성이 떨어진다는 말이 은근히 신경 쓰였기 때문
이다.

■ 제68장 ■
하늘이여! 땅이여!

번개같이 뻗어진 좌우의 합벽검(合壁劍)!

검기는 날카로웠고, 상대는 무방비 상태로 서 있었다. 마치 합벽검세에 죽고 싶기라도 한 것처럼.

'이겼다!'

'이겼다!'

칠무검의 둘째 단혼검(斷魂劍) 검무린과 다섯째 유운검(流雲劍) 강호경의 얼굴이 밝아졌다. 그들이 평생 펼친 것 중 가장 절묘한 합벽검이 이제 막 지옥의 악귀와 같은 지마성 쿠쟈의 몸을 산석 꿰듯 하기 식선이었기 때문이다.

그런데 순간 쿠쟈의 입가에 회색 빛 미소가 떠올랐다.

보는 이로 하여금 진저리치게 만드는 미소.

그리고 도대체 어떻게 된 건지 파악하기도 전에 검무린과 강호경의 검이 하늘로 날아올랐다. 주인의 호구를 찢어버린 채.

"크윽!"

"윽!"

검무린과 강호경은 상황 파악을 하지 못한 상태에서도 신형을 좌우로 바꿨다. 타고난 무에 대한 재능과 오랜 고련으로 다져진 위기 감각이 시키는 대로 움직인 것이다.

결론적으로 그들의 선택은 옳았다.

그들이 신형을 좌우로 이동한 순간 쿠챠의 회색 빛 수장이 대기를 난도질했다. 아무렇게나 휘두르는 수장에서 무지막지한 장풍이 쏟아져 나왔다.

검무린과 강호경으로선 절대 대항할 수 없는 위력!

순간적으로 시선을 교환한 검무린과 강호경이 재빨리 뒤로 물러났다. 뒤에 남은 파쇄검 사도진영과 합류하려는 생각이었다.

하지만 여태까지 쿠챠의 공격은 다분히 장난기가 담긴 것이었다. 자신의 공격을 두 차례나 무위로 돌린 두 사람을 그냥 뇌줄 리 만무했다.

파아아!

쿠챠의 수장이 기괴한 변화를 일으키며 회전한 순간, 연달아 권각을 펼치던 검무린과 강호경의 신형이 공중으로 떠올랐다. 이미 장풍에 격중당한 것이다.

"큭!"

검무린은 바닥에 쓰러진 채 피바다 속에 누운 강호경을 바라보고 자리에서 일어서려다 그대로 푹 고꾸라졌다. 전신의 뼈가 모조리 골절되고 근맥이 터져 버렸기 때문이다.

‘뒤는 나와 칠무검이 맡겠소이다!’

파쇄검 사도진영은 자신이 얼마 전 내뱉은 말을 떠올리며 뼈저리게 후회했다. 그의 눈앞에서 방금 전 친혈육과 같던 칠무검의 나머지 두 명이 피를 뿜으며 쓰러졌기 때문이다.

“이 괴물 녀석!”

사도진영은 이를 악물고 검을 쥔 손에 힘을 줬다. 그렇지 않으면 얼굴에서 일어난 경련 때문에 손끝이 떨려 검을 놓칠 것 같았다.

그때 회색 빛 눈을 번뜩인 쿠챠가 이미 목숨을 잃은 두 사람에게 흥미를 잃은 듯 홀로 남은 사도진영에게 다가왔다.

마치 유유히 산책이라도 하는 것 같은 발걸음.

하나 사도진영은 순간 자신이 돌이 된 것 같다고 여겼다. 쿠챠의 회색 빛 눈과 마주한 것만으로 온몸의 근육이 모조리 떨려왔다. 그리고 밖으로 드러난 살갗 모두가 뾰족한 바늘에 사정없이 쑤셔지는 것 같았다.

‘견뎌야 한다!’

사도진영은 자신의 눈앞에서 비참하게 죽은 검무린과 강호경을 생각하며 이를 악물었다. 그러자 분노가 쿠챠에 대한 공포를 먹어버린 것인가.

한순간 떨기를 멈추고 쿠챠의 회색 빛 눈에 맞선 사도진영의 몸 주변으로 폭풍 같은 검기가 일어났다.

성명절기인 파쇄삼절식(破碎三絶式)!

쿠챠의 회색 빛 눈이 희번덕거렸다. 사도진영의 필사적인 저항에서 오랫동안 잊고 있던 감흥을 발견한 것이다. 사냥감을 쫓아가 숨결을 끊어놓을 때의 짜릿함을.

‘흐흐, 여, 역시, 이 녀석들은 재, 재밌어!’

쿠챠의 신형이 갑자기 주욱 늘어나더니, 사도진영의 파쇄삼절식이 만들어낸 검기의 폭풍을 연달아 박살 냈다. 그의 수장에서 장력이 튀어나올 때마다 검기는 스러지고, 이지러졌으며, 여지없이 박살났다.

도저히 상대가 안 될 것 같은 싸움!

그러는 와중에도 사도진영은 가쁜 숨결을 참으며 번개같이 뒤로 물러섰다. 최후의 일격을 준비하기 위해서다. 그러다 쿠챠가 막 지척까지 이르렀을 때다.

사도진영이 순간, 한 가닥 검기 속에 자신의 몸을 감췄다.

신검합일(身劍合一)!

최후의 승부수였다.

스파앗!

하늘을 꿰뚫듯 일어난 검기를 따라 사도진영의 신형이 끝없이 솟아올랐다. 한순간 폭발하는 태양광에 몸을 던진 것 같은 모양새가 된 것이다.

그리고 낙하!

“죽어랏!”

평생의 절기로 쿠챠의 인당을 노리며 떨어져 내린 사도진영의 검신합일은 완벽했다. 목표인 쿠챠는 속수무책일 것만 같았다. 그러나 막 검기가 그의 인당을 꿰뚫으려는 찰나, 환상과 같이 뒤집힌 회색 빛 수장이 폭발적으로 커졌다. 검기 속으로 파고들었다. 마치 아무런 저항도 없는 물속을 가르고 들어가듯 파문 하나 일으키지 않고서.

콰직!

사도진영은 자루밖엔 남지 않은 검을 쥔 채로 연달아 다섯 걸음이나 뒤로 물러섰다. 그는 어떻게 자신의 신검합일이 깨진 것인지 이해하지 못했다. 그리고 가슴에 손바닥 모양의 구멍이 뚫린 것 역시.

"쿨럭!"

사도진영의 입에서 검붉은 핏물이 흘러내렸다. 마지막 숨결이 터져 나온 것이다.

"더, 덤벼… 라!"

"……."

여전히 자신을 노려보고 있는 사도진영의 눈에 담긴 불꽃을 향해 회색 빛 미소를 던진 쿠챠의 손이 가볍게 휘저어졌다.

콰쾅!

사도진영의 머리가 가루로 변해 날아갔다.

보름 전 노하구를 떠나온 단백경은 통산 인근에 이르러 눈살을 가볍게 찌푸렸다. 그 역시 하늘을 뒤덮은 까마귀 떼를 발견했기 때문이다.

'어찌 미물들이 저리 날뛰는가…….'

단백경은 걸음을 빨리해 까마귀 떼의 목표가 된 시산혈해 앞에 도착했다. 오랫동안 전투를 벌여온 터라 그는 한눈에 몰살당한 자들이 반검맹의 정예, 오패무적단임을 알아봤다.

꿈틀.

단백경의 수먹이 수변을 뛰어다니며 시체의 눈알을 열심히 파먹고 있던 까마귀 떼를 향해 휘저어졌다.

그리 크지 않은 움직임.

그러나 단백경의 주먹에서 일어난 권기는 삽시간에 수십 개로 갈라져 까마귀들을 휩쓸었다.

까악, 깍!

까마귀들이 권풍에 휩쓸려 하늘로 연신 날아올랐다. 적당히 힘이 조절된 단백경의 권풍은 까마귀들 중 단 한 마리도 죽이지 않고 쫓아내기만 했다.

"사람은 세상에 난 후 세상에서 자란 다른 것들을 먹고 마시며 자신을 살찌운다. 까마귀들이 죽은 시체를 파먹는 건 그런 점에서 당연하다. 하지만 나 단백경은 그런걸 인정할 수 없구나."

그랬다. 단백경이 권풍으로 까마귀 떼를 쫓아낸 건 여태까지 전력을 다해 싸워왔던 적인 오패무적단에 대한 존경을 표현한 것이었다.

중얼거림을 멈춘 단백경은 주변을 몇 차례 살피곤 가만히 공력을 운집했다가 벼락같이 바닥을 내려쳤다.

뇌극령이었다.

콰릉!

뇌극령의 위력은 무시무시했다. 삽시간에 바닥에 거의 일 장에 가까운 구덩이를 만들어 버렸다. 그런데 단백경은 거기서 멈추지 않고 몇 차례나 더 뇌극령을 펼쳤다. 땅을 파 오패무적단의 시체들을 매장하기 위함이었다.

단천엽은 제법 산이 험준한 통산을 바라보며 입가에 가볍게 미소를 담았다. 통산의 험준함이 강남을 벗어나 강북에 도착한 자신에 대한 환영 인사처럼 여겨졌기 때문이다.

'산은 이렇게 험하고 급한 맛이 있어야지!'

내심 고개를 끄덕이는 단천엽 옆으로 최필이 다가왔다. 그의 얼굴엔 평소답지 않게 불안한 기색이 가득했다.

“무슨 일이라도?”

단천엽의 물음에 최필이 통산 쪽을 힐끔 바라보고 눈살을 찌푸려 보였다.

“통산 부근에서 지기가 크게 흔들렸네.”

“지기가요?”

“그래, 아마 수백 명 이상이 죽었을 거야.”

단천엽은 문득 어젯밤 길게 꼬리를 끌며 떨어져 내렸던 유성을 떠올렸다.

‘역시 그건 사람의 죽음을 알리는 전조였던가!’

단천엽의 눈살이 자신도 모르게 찌푸려졌다. 이제 지긋지긋한 강남을 벗어나 강북에 들어섰는데 또다시 혈운이 근처에 도달해 있었다. 마음이 좋을 리 없었다.

“얼마나 된 것 같습니까?”

단천엽의 질문을 최필은 바로 알아들었다. 그의 염소수염이 가는 떨림을 보였다.

“많이 잡아봐야 이틀이 지나지 않았네.”

“이틀…….”

“게다가 중요한 점은 그런 혈겁을 일으킨 마기의 주인이 아직 이곳을 떠나지 않았다는 거네.”

“아직 죽이지 못한 사람이 남은 것입니까?”

“그게 첫 번째…….”

단천엽 역시 최필의 말을 바로 알아들었다.

“두 번째는 우리를 노리고 있는 깃이겠군요?”

“애석하게도…….”

최필이 고개를 끄덕이자 단천엽의 시선이 다시 통산 쪽으로 향했다. 마음이 움직이는 바가 있었기 때문이다.

'삽시간에 수백 명의 목숨을 앗아갈 만한 실력을 지닌 사람이 무림 중에 없는 건 아니지만, 그것이 마기라면 십이마성밖엔 없을 것이다.'

잠시 생각에 잠긴 단천엽에게 최필이 넌지시 말했다.

"굳이 우리가 통산을 넘어갈 필요는 없다고 보네. 좀 길을 돌더라도……."

"저는 피할 생각이 없습니다."

"그렇지만 위험을 알고 피하는 것도 나쁠 건 없지 않겠는가?"

단천엽은 최필을 바라봤다. 은근히 자부심이 강한 그가 이처럼 불안감을 드러내는 때란 그리 흔치 않기 때문이다.

최필이 비로소 내심을 털어났다.

"나는 이번 임무가 끝나면 사문으로 돌아갈 생각이라네."

"모산파로요?"

"그래."

단천엽의 얼굴에 담담한 미소가 떠올랐다.

"결국 모산부적술을 찾아내셨군요?"

"……."

최필은 대답 대신 흐뭇한 미소를 입가에 매달았다. 몇 번을 다시 생각해도 모산파에서 실전된 모산부적술을 찾아낸 건 그의 평생에 가장 멋진 일이었다.

문득 그의 뇌리로 모산부적술을 건네줬던 간다르의 노안이 잠시 스치듯 지나갔다. 물론 전혀 기억에 없는 얼굴이었다. 여태까지와 마찬가지로.

‘도대체 그 알 수 없는 얼굴은 내게 어떤 의미가 있는 건가?

알 수 없다는 생각에 최필이 내심 고개를 가로젓는데, 단천엽이 천천히 고개를 끄덕였다.

“최 도사님께서 그리 마음먹으셨다면, 정말 축하할 일입니다. 하지만 통산을 통과하지 않고 우회한다면 적어도 한 달은 늦게 됩니다.”

“알고 있네.”

“그러니 일단 통산 쪽을 먼저 정찰하기로 하겠습니다.”

최필의 미간이 꿈틀거렸다.

“이번에도 또 혼자 위험을 무릅쓰겠다는 건가!”

“그냥 정찰일 뿐입니다.”

그때 두 사람의 대화를 묵묵히 듣고만 있던 장염무가 갑자기 끼어들었다.

“또 단 공자 혼자 떠나면 아난 소저에게 우리가 죽소이다!”

“그건⋯⋯.”

최필이 역시 고개를 끄덕이며 말했다.

“암, 아난 소저에게 우리는 죽을 거야. 지난번에도 진짜 장난이 아니었으니까.”

“그렇소. 그러니 이번에도 단 공자 혼자 위험을 무릅쓸 생각은 않는 게 좋을 것이오.”

“당연하지! 오랜만에 고자 녀석이 바른말을 하는구니!”

“뭐야!”

“푸헤헤! 농담이다, 농담! 네 녀석이 비록 좀 짧긴 하지만 고자는 아니지!”

“이 사이비 녀석!”

결국 장염무가 최필에게 달려들었다. 오늘만은 끝장을 내겠다는 살기를 풀풀 쏟아내며.

'선배님들……'

삽시간에 주변을 난장판으로 만들어 버린 두 애늙은이들을 바라보며 단천엽은 입가에 부드러운 미소를 담았다. 멀리서 꽃을 꺾으러 갔던 아난이 팔짝거리며 뛰어오고 있었다. 얼굴 가득 봄꽃과 같이 천진난만한 미소를 한가득 머금고서.

"천엽, 꽃이 아난을 좋아해!"

단천엽이 아난을 향해 이를 드러내며 웃었다. 그녀의 미소에 마음 한구석에 쌓인 불안감이 씻은 듯 녹아내리고 있었다.

통산 위로 달이 떠올랐다.

밤의 장막의 세력이 위세를 떨치지 못하는 건 둥글고 환한 보름달이 떴기 때문이다.

"헉……."

죽도록 참고 있던 숨결을 입 밖으로 토해낸 안환이 얼른 손으로 입을 가렸다. 부근 바위에 몸을 기댄 채 앉아 있던 기소천의 손이 슬그머니 도파를 만지작거리고 있었다.

'지독한 놈! 한 식경 전부터 참고 있던 숨을 좀 내쉬었을 뿐인데…….'

기소천 쪽을 바라보며 내심 불만을 토로한 안환의 눈 주위가 파르르 떨렸다. 마음이 고통스러워서다.

얼마 전까지 십여 명이 남아 있던 패왕기동대의 현재 인원은 부대장 모어언, 금난주, 연아상, 기소천, 안환의 다섯 명이었다.

통산 인근에 도착하자마자 후발대로 패왕기동대에 합류했던 다섯 명이 죽고, 파쇄검 사도진영과 나머지 칠무검의 이인이 후방에 남은 덕분에 간신히 이곳 통산 중턱까지 도망칠 수 있었다. 처음 천하맹 총단을 출발할 때의 호호탕탕한 기세를 생각해 보면 비참한 현실이었다.

그러나 안환의 마음을 더욱 괴롭게 하는 건 자신이 나서야 할 때를 놓쳤다는 것이었다. 지옥의 악마 같은 치마성 쿠챠와 조우했을 때 그는 잠시 머뭇거렸다. 사문의 원수인 십이마성 중 한 명을 앞에 두고서도 공포로 몸을 벌벌 떨 뿐이었다. 평생 느껴보지 못한 감정이었다.

해서 죽기를 각오하고 쿠챠에게 달려들려던 모어언을 가로막은 건 기소천과 사도진영이었다. 그들은 일단 살아야 한다고 모어언을 설득했다. 단천엽의 이름을 들먹이며.

'그때 사도 선배는 얼마나 멋있었던가! 진짜 사나이대장부가 아닌가 말야! 쥐새끼처럼 군 나와는 달리.'

안환은 수치심을 참지 못하고 벌게진 얼굴을 양 무릎 사이에 끼워 넣었다. 벌써 눈 주변이 뜨뜻해진 게 눈물이라도 쏟아질 것 같았다.

안환은 얼른 고개를 치켜 올렸다. 비겁자 주제에 울보까지 되고 싶진 않았다. 그때 안환의 눈 깊은 곳에서 일순 가벼운 이채가 떠올랐다. 잠시 야천을 올려다보고 있던 기소천이 어깨를 다친 금난주를 치료하고 있는 모어언 쪽을 바라보고 있는 걸 발견한 때문이다.

'소천……'

안환은 지금이야말로 자신이 나서야 될 때라는 생각이 들었다. 이젠 뒤로 물러설 수 없었다.

“부대장, 제가 이곳에 남겠습니…….”

“아니, 이번엔 내 차례다.”

기소천은 갑자기 끼어들어 자신의 말을 끊은 안환을 감정이 느껴지지 않는 눈빛으로 바라봤다.

“상대는 십이마성입니다.”

“나도 알고 있다.”

안환은 스스로 말하고도 멋쩍은지 뒤통수를 긁적이곤 어깨를 한차례 으쓱해 보였다.

“그래, 상대는 십이마성이다. 그 대단한 오패무적단을 홀로 박살 낼 정도의 괴물이지.”

“예.”

“그런데 그런 괴물이 단숨에 우릴 따라잡지 않았다. 물론 사도 선배가 희생한 탓도 있겠지만, 오패무적단을 도륙한 걸로 볼 때 여태까지 우릴 따라잡지 못한 건 말이 안 된다. 하지만 따라잡지 못한 게 아니라 않은 거라면 문제는 달라질 테지. 소천, 너는 그 까닭이 뭐라고 생각하냐?”

“그건…….”

기소천이 일시 대답을 하지 못하자 안환이 입가에 슬며시 자조 섞인 미소를 담았다.

“녀석은 지금 우릴 사냥하듯 통산으로 몰면서 즐기고 있다.”

“그게 무슨……?”

“녀석은 사냥꾼, 우리는 잔뜩 겁에 질려 도망치는 사냥감이란 뜻이다.”

“…….”

순간 기소천의 눈 깊숙한 곳에서 섬뜩한 살기가 번뜩였다. 그가 전
투에 나서 적들을 살육하기 직전에 보이곤 하는 모습이었다.

자신의 눈앞에 있는 기소천도 충분한 괴물이라 내심 중얼거린 안환
이 말을 이었다.

"그러니 유유히 사냥을 즐기고 있는 녀석에게 소천 너같이 무서운
녀석이 나서면 일이 틀어지게 되는 거야. 그냥 평범한 나 정도가 적당
하지."

"안 대형의 말을 저는 잘 이해하지 못하겠습니다. 제가 알아듣게 설
명해 주십시오."

"그래요. 저 역시 안 대형의 말을 듣고 싶어요."

"맞아요!"

아마도 이상한 낌새를 챈 것이리라. 기소천뿐 아니라 쿠챠의 압도적
인 힘 앞에서 도주한 이래 계속 입을 다물고 있던 모어언과 금난주가
함께 다가와 질문을 던졌다. 그만큼 안환의 말이 중요하단 판단을 내
린 것이다.

안환이 다시 어깨를 으쓱해 보였다. 패왕기동대로 천하맹 총단을 나
선 이래 이처럼 주변의 관심이 자신에게 집중된 일이 없었기 때문이다.

'흠, 사도 선배, 이것도 꽤 괜찮은 기분이구려.'

내심 사도진영을 부르며 히죽 웃어 보인 안환이 주변을 둘러본 후
눈빛을 차갑게 가라앉혔다. 그리고 마치 커다란 음모라도 밝혀낸 사람
같은 표정을 한 채 말했다.

"나는 줄곧 고민해 왔소이다, 어째서 십이마성 같은 괴물이 우리 뒤
를 졸졸 따라다녔는지를. 아니, 우연찮게 우리를 발견한 후 별 이유 없
이 죽여야겠다고 마음먹었을 수도 있겠지만, 이렇게 사냥감 몰듯 강서

성의 길목인 통산까지 따라온 건 목적이 없고선 있을 수 없는 일이란 판단을 내린 것이오.”

“설마…….”

“그 괴물의 목적은 단천엽 대장님이군요!”

살짝 입술만을 떨어 보인 모어언과 달리 목소리를 높인 사람은 금난주였다. 그녀 역시 안환과 비슷한 고민을 했던 터라 금세 눈치를 챈 것이다.

안환이 그녀에게 천천히 고개를 끄덕이곤 말했다.

“금 소저의 말이 거의 맞을 것이오. 몰살시켜 봐야 별로 영양가가 없는 우리와 달리 대장은 십이마성에 버금가는 괴물인데다, 이번에 모종의 임무를 띠고 강남으로 갔으니까. 생각해 보면 충분히 가능성이 있는 얘기지요.”

“하지만 우린 아직 대장님이 어딨는지도 모르는데…….”

금난주는 입술을 내민 채 중얼거리다 자신도 모르게 놀라 입을 손으로 막았다. 갑자기 깨달은 바가 있었기 때문이다.

“맙소사!”

안환이 이번에도 고개를 끄덕여 보였다.

“그 맙소사가 맞을 거라 생각합니다.”

“아아…….”

어느새 부상으로 창백하던 안색이 도화 빛으로 물든 금난주를 바라보는 안환의 얼굴에 쓰디쓴 기색이 떠올랐다. 그녀가 안색을 붉힌 게 단천엽 때문임은 자명한 사실이었다.

'단 소제, 복도 많은 녀석!'

애꿎은 단천엽에게 욕설을 퍼부은 안환이 설명을 기다리고 있는 사람들에게 말했다.

"아마 대장은 지금 통산 주변에 도착해 있을 것이오."

"아!"

"단 대형이 이곳에!"

내심 품었던 예상을 안환이 확인시켜 주자 모어언이 놀라 입을 벌렸고, 냉막한 안색을 유지하고 있던 기소천 역시 잔뜩 흥분해 주먹을 불끈 쥐었다. 방금 전까지 죽음만을 기다리고 있었던 그들에게 단천엽이란 존재는 희망, 그 자체나 다름없었기 때문이다.

그 모습을 물끄러미 바라본 안환이 입가에 씁쓸한 미소를 담았다.

"그럼 이제 여러분들도 어째서 이번엔 내가 나서야 하는지에 대해 아셨겠지요?"

"안 대형……."

"소천, 나는 이미 마음을 결정했으니 말릴 생각은 말아라! 여기선 내가 나서는 게 옳아. 그렇지 않다면 먼저 간 사도 선배와 칠무검 선배들을 볼 낯이 없질 않겠느냐?"

사도진영과 칠무검이 언급되자 조금 들떠 있던 주변 분위기가 삽시간에 차갑게 식었다. 그들의 희생은 살아남은 자들 모두의 가슴을 억누르는 짐이자 상처였다.

잠시 안환을 정제된 뜨거움을 품은 눈빛으로 바라보던 기소천이 미미하게 고개를 끄덕였다.

"알겠습니다."

"고맙다."

안환이 기소천의 어깨를 한차례 때리고 쭈그려 앉았던 자세를 풀었다. 그리고 슬쩍 금난주 쪽에 시선을 던진 안환의 신형이 기쾌하게 야천으로 뛰어올랐다. 혹시라도 다시 자신을 붙잡는 사람이 생기면 곤란하다고 생각한 것이다.

"아!"

금난주가 멍하니 안환의 뒷모습을 좇다 탄식을 토해냈다. 그가 자신에게 한마디 말도 없이 떠날 줄은 몰랐기 때문이다. 문득 구슬 같은 눈물이 그녀의 고운 뺨 위로 툭툭 떨어져 내렸다. 스스로도 느끼지 못하는 새.

'난주 동생이 안 소협을……?'

모어언이 문득 금난주를 살피고 입가에 나직한 한숨을 걸었다. 하나 둘 떠나가는 사내들과 그들을 잡을 수 없는 자신의 무능함이 원망스러웠다.

그때 궁사답게 저격하기 용이한 높은 나무에 올라 주변을 경계하고 있던 연아상이 신형을 날려 뛰어내렸다.

"산 반대편에서 일단의 고수들이 이쪽으로 다가오고 있어요!"

"고수들?"

"예, 움직임으로 볼 때 절정고수급들이에요. 어떻게 할까요?"

"……."

모어언은 잠시 생각에 잠겼다 아름다운 눈에 강한 힘을 담았다. 여기에선 자신이 결정을 내려야만 하는 것이다.

'어차피 오늘 밤 내로 단 가가와 만나지 못한다면 패왕기동대는 끝장이다!'

내심 중얼거린 모어언이 금난주에게 소리쳤다.

"난주!"

"아, 예?"

금난주가 소매로 얼굴을 얼른 문질렀다. 그제야 자신이 울었다는 걸 눈치챈 것이다.

모어언이 말했다.

"아직 신호용 폭죽을 가지고 있겠지?"

"두 개 남았어요."

"그걸 사용한다!"

"예? 하지만……."

"안 소협을 구하려면 한시라도 빨리 대장님한테 우리의 위치를 알려야 해."

모어언의 말이 떨어진 순간, 금난주가 얼른 품에서 폭죽을 꺼냈다. 그녀는 아직 안환과 헤어질 준비가 되지 않은 것이다.

슈우, 펑!

통산의 밤하늘을 활짝 물들인 폭죽의 불꽃은 몇 가지 색채를 아로새기다 사라졌다. 적어도 통산에 위치한 사람이라면 누구라도 볼 수 있을 정도로 긴 꼬리를 그리며.

산의 중턱부터 다리가 아프다 칭얼거려 단천엽의 어깨에 무등을 타고 있던 아난이 하늘을 손가락질하며 소리쳤다.

"아, 유성이다, 유성!"

"……."

단천엽은 아난이 폭죽과 유성의 차이를 구별치 못하는 걸 보고 입가에 가벼운 미소를 담았다. 하지만 폭죽이 만들어낸 모양에 시선을 집중하던 그의 안색이 가볍게 굳었다. 다름 아닌 패왕기동대의 위급 신호임을 알아차렸기 때문이다.

‘어찌 이곳에 패왕기동대가……!’

잠시 염두를 굴리던 단천엽의 시선이 최필을 향했다.

“저건 패왕기동대의 위급 신호입니다.”

“패왕기동대? 자네가 용문에서 끌고 온 아이들을 말하는 건가?”

“그렇습니다.”

“음, 그렇다면…….”

단천엽은 최필이 무슨 생각을 했는지 쉽사리 알아챘다. 그 역시 그와 비슷한 생각을 하고 있었기 때문이다.

“아난을 잠시만 맡아주십시오.”

“천엽, 또 어디 가려고!”

“미안, 곧 돌아올게.”

“그치만…….”

단천엽은 평소처럼 아난의 말을 끝까지 들어주지 않았다. 경황이 없었기 때문이다. 그는 아난을 어깨에서 내리자마자 바람같이 신형을 날렸다. 폭죽이 솟아오른 야천 쪽을 향해.

통산 밤하늘을 밝힌 폭죽을 발견한 건 단천엽 일행뿐이 아니었다. 산기슭에서 밤을 보낼 생각을 하고 있던 단백경이나 치마성 쿠챠와 안환.

그리고 며칠 전부터 통산의 요처에 몸을 숨기고 있던 천권 화굉요 역시 볼 수 있었다.

"이런 멍청한 짓을!"

안환은 하늘을 올려다보며 얼굴을 와락 일그러뜨렸다. 속이 뒤틀려 왔다. 일부러 자신이 목숨을 건 의미가 사라졌다는 생각이 들었기 때문이다.

그때 일부러 은신술을 푼 채로 통산, 이곳저곳을 헤매고 다니던 안환의 노력을 가상히 생각했음인가. 쿠챠가 드디어 모습을 드러냈다.

‘드디어 나타났구나!’

안환은 잔뜩 긴장을 한 채 검을 빼 들었다. 전설의 십이마성과 맞서는 건 무인으로 태어난 자로서 가질 수 있는 최고의 행운이라 중얼거리며.

스릉!

미세한 소음과 함께 빠져나온 검신으로 파리한 검광이 맺혔다. 달빛이 비추인 것이다.

‘이런, 무광(無光) 처리도 안 해놨었잖아!’

안환은 자신의 어처구니없는 실수에 내심 한숨을 쉬었다. 용문에서 그렇게 오랫동안 암습과 은신술에 관한 수련을 쌓았음에도 가장 기초적인 사항조차 까먹고 지키지 못했다는 자괴감이 일었다.

그런 안환의 내심을 읽은 것일까?

회색 빛 눈을 살짝 가늘게 떠 보인 쿠챠의 입술이 꿈틀거렸다.

“저, 정말 이, 이상한 녀, 녀석들이구나.”

“……”

안환의 어깨가 흠칫 떨렸다. 그가 쿠챠의 심혼을 갉아먹는 듯한 목소리를 들은 건 이번이 처음이다.

쿠챠가 말을 이었다.

“어, 어째서 주, 죽음을 향해 걸어오는 것이냐?”

‘죽음을 향해 걸어간다… 라?’

안환은 고막이 찢어지는 것 같았다. 쿠챠의 목소리에 담긴 힘은 마음만을 공격하는 건 아니다.

그러나 이때 안환은 오히려 마음 한 켠이 진정되는 걸 느꼈다. 쿠챠가 자신을 비롯한 패왕기동대에 흥미를 느끼고 있다는 걸 깨닫자 조금쯤 여유가 생긴 것이다.

'십이마성 역시 사람에 불과하다!'

눈에 힘을 준 안환이 수중의 검을 들어 청성적하검의 기수식인 적하조양(赤霞朝陽)을 펼쳐 보이며 말했다.

"사람이란 건 태어나 한 번은 죽는 것이오!"

"그, 그래서?"

"그러니 자신이 원하는 삶을 사는 게 당연한 거요! 어차피 죽을 바엔 멋지게 죽어야 하는 것이고!"

"너, 너는 머, 멋지게 주, 죽고 싶은 것이냐?"

"아니오! 나는 똥 밭을 구르더라도 살고 싶소! 예쁜 마누라를 얻고, 토끼 같은 자식들을 낳은 뒤에 머리가 백발로 변할 때까지 살고 싶소!"

"그, 그렇다면 어, 어째서?"

"그렇지만 나는 사랑하는 사람들을 죽게 하고 싶진 않은 것이오! 결코 죽음이란 걸 모르는 당신 앞에 재미로 나선 게 아니란 말이오!"

안환의 마지막 말은 절규에 가까웠다. 자신의 내심을 있는 대로 토해냈기 때문이다.

그건 쿠챠 역시 알고 있었다.

스으.

적하조양을 단숨에 최절초인 적하만균(赤霞滿勻)으로 바꾼 안환의 검이 노을 같은 검기를 줄기줄기 뻗어냈다. 물론 목표는 쿠챠의 전신 사혈!

일시 시간을 역행한 듯 밤의 장막을 밀어젖히며 몰려들기 시작한 석양을 향해 쿠챠의 회색 빛 수장이 파고들었다. 앞을 가로막는 모든 것을 박살 내면서.

쾅!

안환의 몸이 허무하게 뒤로 날아갔다. 그가 죽을힘을 다해 펼친 적하만균은 쿠챠의 일수를 막아내는 것조차 힘겨웠다. 그만큼 그와 쿠챠 간에 힘의 차이는 여실했다.

그런데 쿠챠가 갑자기 바닥을 한차례 발로 딛더니, 재차 안환 쪽으로 파고들었다.

파아!

죽음조차 피해갈 수 없는 회색 빛 장영. 쿠챠의 손에서 환상처럼 일어난 회색 기류가 막 가슴을 때리려는 찰나, 안환의 신형이 공중에서 빙그르르 돌았다. 애초 그는 최초의 충돌 직전에 뒤로 신형을 날려 충격을 최대한 완화시킨 탓에 큰 피해를 입지 않았던 것이다.

'역시 이런 식으로 시간을 끄는 건 무리란 말인가!'

안환은 연달아 적하단섬(赤霞斷閃)을 펼치며 뒤로 신형을 날렸다. 어떻해서든 쿠챠와 정면 승부 따윈 펼치지 않겠다는 심산이었다. 조금이라도 더 시간을 끄는 게 그의 임무였고, 그것은 무공만으론 이루기 어려웠기 때문이다.

하지만 쿠챠같이 수백 년을 산 마성에게 그런 얕은 수가 매번 통용될 리 없다. 그의 신형은 조금도 망설이지 않고 적하단섬에 그대로 부딪쳐 왔다. 막무가내로.

지이잉!

안환은 손끝이 떨리는 순간, 검객답지 않게 검을 놨다. 어떻게 해서든 살아남아야 했다. 그때 그의 손을 떠난 검이 폭발을 일으켰다.

파차창!

물론 쿠챠는 비산하는 검편 따윈 아랑곳 않고 계속 안환을 노리고 파고들었다. 안환의 목적이나 특징 따윈 이미 그에게 모두 파악된 상황이었다.

'진짜 죽는 건가! 진짜 이대로!'

안환의 쌍수가 청성절호수를 미친 듯 펼쳐 냈다. 거의 자포자기한 상황임에도 그는 끝까지 최선을 다했다. 그러나 그것도 쿠챠가 일으킨 회색 빛 장력 앞에 허무하게 스러졌다. 완벽하게 무장 해제 된 것이다.

"제기… 랄!"

안환의 눈이 찢어질 듯 크게 뜨였다. 그의 입에서 핏물이 터져 나왔다. 이미 내장으로 쿠챠의 회색 기류가 침습해 들어오고 있었다.

그리고 결국 양팔을 늘어뜨린 안환의 가슴을 향해 쿠챠의 수장이 폭발적으로 부풀어 오르기 시작했을 때다. 입가에 흐릿한 미소를 띤 채 현 상황을 즐기고 있던 쿠챠의 신형이 유령처럼 뒤로 물러섰다. 마치 그 자리에서 흔적도 없이 소멸한 것처럼 한순간에.

콰릉!

눈앞에서 일어난 무시무시한 권력의 폭발에 휘말린 안환의 신형이 아무렇게나 바닥에 나뒹굴었다. 이미 쿠챠의 회색 기류에 심한 내상을 입은 터라 그에겐 조금도 방어 능력이 남아 있지 않았다.

"끄으……."

안환의 입에서 신음이 흘러나왔다. 아직 살아 있긴 하나 큰 중상을 입었음에 분명했다.

"이런."

뇌극령을 발휘해 쿠챠를 뒤로 물러서게 만든 단백경이 눈살을 가볍게 찌푸렸다.

그에게 얼른 다가가 상처를 살피고 싶으나 평생 본 바가 없는 마기를 뿌리고 있는 쿠챠에게서 시선을 뗄 순 없었다. 그와 쿠챠 같은 절대 고수 간의 싸움은 단 한순간의 방심이 승부 자체의 추를 기울게 만들 수 있기 때문이다.

"본인은 단백경이라 하오. 그대는 혹시 십이마성 중 한 분이 아니시오?"

단백경이 주먹을 들어 보이며 묻자 쿠챠의 회색 눈이 희번덕거렸다. 그 역시 강북의 뇌정경혼, 강남의 반검경혼이란 이름은 익히 들어본 바 있었다.

"네, 네가 요 근래 후, 후배들 중에 가, 가장 뛰, 뛰어나다 아, 알려진 뇌, 뇌정경혼 단백경이냐?"

"그렇소이다."

"호, 호호호……."

쿠챠는 언제 자신이 안환에게 연연했냐는 듯 단백경을 바라보며 웃어댔다. 단백경과 안환은 비교조차 되지 않는 게 당연했기 때문이다.

한참을 웃어댄 쿠챠의 회안에 검은 동공이 생겨났다.

"자, 장난을 치, 치던 중에 대어를 나, 낚았구나! 부, 북천마도와 싸웠을 때 이, 이상으로 내, 내게 즈, 즐거움을 주길 바란다."

'역시!'

북천마도가 무당제일도인 태우 도장이란 걸 알고 있는 단백경의 눈이 깊게 가라앉았다. 태우 도장의 실종이 눈앞의 마성과 관련있다는 걸 눈치챈 것이다.

"단 모의 주먹은 그리 만만치 않을 것이오!"

"그, 그럼 즈, 증명해 봐라!"

말을 끝낸 순간 쿠챠가 단백경에게 회색 빛 그림자를 뿌리며 파고들었다. 더 이상 기다리기 지루하다는 듯.

쾨쾅!

단백경의 주먹에서 처음부터 뇌극령의 두 번째 단계인 폭류가 터져 나왔다.

단천엽은 갑자기 날아든 봉황뇌격시를 가볍게 손가락으로 튕겨 버렸다. 과거, 춘투 때 손조차 대지 못하고 피하느라 급급했던 것과 비교하면 믿을 수 없는 모습이었다.

그런 단천엽을 향해 모어언을 비롯한 세 여인과 기소천이 종종걸음으로 다가들었다.

"단 가가!"

"대장님!"

"단 대형!"

단천엽은 미안한 표정을 지어 보이는 연아상에게 한차례 고개를 끄덕여 주고 시선을 모어언에게 던졌다.

"언매, 다른 대원들은?"

단천엽을 눈물 젖은 눈빛으로 바라보고 있던 모어언의 안색이 흐려졌다. 차마 자신에게 패왕기동대를 맡기고 떠났던 단천엽에게 현 상황을 말하기 힘들어서이다.

그녀 대신 금난주가 나직이 울먹이며 말했다.

"우리가 살아남은 사람의 전부예요!"

"그게 무슨?"

"흐흑, 모두 죽었단 말예요! 전부!"

"……!"

단천엽은 순간 가벼운 현기증을 느꼈다. 형제처럼 여기고 있던 사람들 중 상당수의 모습이 보이지 않는다는 걸 비로소 깨달았기 때문이다.

문득 기소천에게 시선을 던진 단천엽이 급히 물었다.

"안환 형은?"

기소천의 차가운 얼굴에 작은 어둠이 담겼다.

"안 대형은… 뒤에 남았습니다."

"그런가……."

"예, 안 대형은 단 대형께서 부근에 와 있다는 걸 알고 모두를 위해 스스로를 희생했습니다. 다른 선배들과 마찬가지로."

단천엽은 더 이상 들을 수 없다는 듯 눈을 지그시 감았다. 마음속으로 고통이 무겁게 내려앉았다. 그들의 죽음은 평생 낙인이 되어 가슴 한 켠에 머물 터였다.

그때 모어언이 단천엽에게 다가와 손을 잡았다. 따뜻한 느낌. 단순한 동작이나 그동안 참아왔던 그녀의 정념이 그대로 전해져 왔다.

'아직, 끝난 건 아무것도 없다!'

단천엽은 천천히 눈을 떴다.

그의 눈앞에 모어언이 있었다. 무언가 하고 싶은 말을 억지로 참고 있는 듯한 얼굴을 한 채로.

'보고 싶었어요!'

'나 역시!'

두 사람은 한동안 서로를 빨아들일 듯 바라봤다. 입을 떠난 순간부터 의미를 잃는 말 따윈 전혀 필요없었다. 이미 마음이 통했기 때문이다.

그러다 문득 모어언에게서 시선을 뗀 단천엽의 시선이 멀리 동쪽을 향했다. 무언가 그의 육감을 쭈뼛하게 만드는 느낌이 가슴속을 때려온 것과 동시였다.

'이건……!'

단천엽의 신형이 순간 동쪽을 향해 기쾌하게 움직였다. 육감이 전해 준 감각을 확인하기 위해서였다.

"단 가가!"

"단 대형!"

모어언과 기소천이 일제히 단천엽의 뒤를 따라 신형을 날렸다. 그들 역시 뭔가 큰일이 벌어졌음을 직감했기 때문이다.

쾅쾅!

단천엽은 흠칫 어깨를 떨었다. 꽤나 귀에 익숙한 폭음이 바로 단백경의 뇌극령에 의한 것임을 직감해서이다.

'외숙!'

단천엽의 신형이 순간적으로 주욱 늘어났다. 야수감각도를 개방한 그의 움직임은 이미 사람의 그것이 아니었다. 순식간에 수백 장의 거리가 단축됐다.

그리고 단천엽이 막 하나의 산 구비를 뛰어넘었을 때다.

퍼퍽!

단백경의 뇌극파천을 짓뭉개고도 모자라 가슴을 뚫어버린 쿠챠가 손에 맺힌 회색 빛 수강(手罡)을 천천히 거둬들였다. 마치 간단한 용변이라도 끝마친 것 같은 얼굴을 한 채.

"쿨… 럭!"

때맞춰 단백경의 입에서 피화살이 터져 나왔다. 단천엽으로선 처음

보는 모습.

순간적으로 야수감각도를 극성까지 일으킨 단천엽이 하얀 뇌전이 됐다. 단백경의 머리를 부수기 위해 손을 들어올린 쿠챠를 막기 위해서.

"외숙에게서 떨어져!"

"……."

단천엽 쪽을 힐끔 바라본 쿠챠의 입가로 징그러운 미소가 떠올랐다. 그리고 떨어져 내린 회색 빛 수장.

퍼석!

단백경의 머리가 박살났다.

■ 제69장 ■
제천무맹(帝天武盟)의 탄생

제천무맹(帝天武盟)의 탄생 1

"빨리요! 빨리요!"

단천엽이 급히 떠나고 얼마 지나지 않아 아난은 최필의 수염을 잡아 당기며 소리치기 시작했다. 평소에 비해 사뭇 정도가 심한 떼였다.

물론 옆에서 꼴좋다는 듯 비웃음을 던지고 있던 장염무 역시 무사할 순 없었다.

아난은 갑자기 발을 들더니, 장염무의 머리 역시 발가락으로 집어 잡아당겼다. 그의 웃음에 웬지 불공평하단 생각이 든 것이다.

어쨌든 두 늙은이들에겐 수난의 날이었다.

최필이 애지중지하는 수염을 사수하기 위해 낑낑대며 아난에게 사 정조로 외쳤다.

"아난 소저, 일단 이건 좀 놓고 얘기합시다!"

"그, 그게 좋겠소이다! 좋겠어!"

장염무 역시 찬동했다. 그러나 보통 두 늙은이가 의견 일치를 보는 드문 일이 벌어질 시 조금쯤 너그러워지던 아난은 단호하게 고개를 가로저었다. 그녀는 오히려 손과 발가락에 더욱 힘을 주며 소리쳤다.

"천엽한테 가요! 천엽한테 가요!"

"컥!"

결국 최필의 염소수염 중 절반이 뜯겨 나가는 불상사를 만났다. 그의 눈에서 피눈물이 흘렀다.

'어떻게 기른 수염이거늘!'

장염무가 그 모습을 보고 잠시 웃음 짓다 머리가 뜯겨질 듯 아파오자 얼른 소리쳤다.

"갑시다, 가요!"

아난이 발가락에 담긴 힘을 조금 뺐다.

"정말?"

장염무가 자신을 노려보는 최필을 향해 어색하게 웃어 보였다.

"사이비 도사야, 아무래도 단 공자가 걱정되지 않느냐?"

"그야 그렇긴 하다만……."

"그럼 결정된 거다!"

장염무가 바로 손바닥을 치며 결정을 내리자 아난의 새초롬한 시선이 최필을 쏘아봤다. 만약 반대를 할 시 최필의 조금 남은 수염 역시 무사하지 못할 상황.

최필이 재빨리 손가락을 꼽아보며, 단천엽이 향했을 만한 방위를 짚어봤다. 역시 대흉(大凶)이 떴다. 여태까지와 전혀 다름없었다. 하지만 그렇기에 더욱 가야만 한다는 생각이 들었다.

'허어, 이 또한 천사대제의 뜻일지니!'

내심 한숨을 푹 내쉰 최필이 천천히 고개를 끄덕이며 말했다.

"모두의 의견이 그렇다면야 어찌 빈도 혼자 대세를 거스를 수 있겠소이까."

"흐흠, 그러니까 사이비 도사는 끝까지 반대한다는 거로군."

"반대? 그런 거야?"

아난의 눈꼬리가 치켜 올라갔다. 최필의 나머지 수염이 모조리 뜯겨 버리길 바라는 장염무의 한마디가 부른 변화였다. 물론 최필이 당하고만 있을 리 만무하다.

얼른 두 손과 고개를 연달아 휘저어 자신의 진심을 아난에게 알린 최필이 열렬한 목소리로 말했다.

"빈도는 이미 아난 소저의 뜻에 따르기로 결정했다네! 어김없는 진실이야! 혹여 다른 생각이 있다면 고자 늙은이 녀석이 있는 것이겠지!"

"그게 무슨 말이냐, 사이비 도사야!"

"그렇지 않다면 어째서 사람의 말을 곡해시키는 것이냐, 이 콩알만밖엔 못한 녀석아!"

"이, 이 녀석이!"

장염무의 안색이 붉게 달아오르다 못해 시커멓게 변했다. 자신의 가장 아픈 곳을 찔렸기 때문이다.

그러나 아난이 다시 손과 발가락에 힘을 줬을 때다. 언제 서로를 잡아먹기 위해 덤벼들려 했냐는 듯 두 늙은이의 얼굴과 태도가 얌전해졌다. 힘의 세계는 냉정했다.

아난이 두 늙은이를 빤히 쳐다보며 훈계하듯 말했다.

"그럼 지금부터 천엽을 찾으러 가는 거다!"

"예예."

"아무렴 여부가 있겠소이까!"

아난의 얼굴에 비로소 천진한 미소가 돌아왔다.

화굉요는 귓전을 울리는 뇌극령의 폭발음에 불끈 주먹을 쥐었다. 평생의 대적 중 한 명이었던 단백경과의 대결전이 떠올랐기 때문이다.

해서 그는 한상월의 명령을 무시하고 빠르게 통산을 올랐다. 단백경이 연달아 뇌극령을 펼칠 정도의 상대가 누군지 궁금했고, 단천엽이 걱정돼서이다. 만약 단백경이 상대할 수 없는 괴물이 통산에 있다면 단천엽의 생사를 자신할 수 없다는 생각이 들었다.

그렇게 화굉요가 단백경과 쿠차의 대결전이 펼쳐지고 있던 장소에서 얼마 떨어지지 않은 곳까지 이르렀을 때다. 비권 천류영을 익힌 사람이 가지는 육감이 그의 발길을 멈추게 했다.

'이 알 수 없는 느낌은 뭐지?'

화굉요는 눈살을 찌푸리며 야천을 바라봤다. 그리고 순간 몸 전체를 가볍게 떨었다. 심혼을 뒤흔드는 듯한 살기와 함께 터져 나온 단천엽의 울부짖음을 들었기 때문이다.

"설마!"

화굉요의 얼굴에 격동이 떠올랐다.

울컥!

단백경의 머리가 산산조각이 나는 순간, 단천엽은 자칫 피를 토할 뻔했다. 야수감각도를 개방한 그에게 단백경의 죽음은 마치 천천히 돌아가는 주마등처럼 느리고 선명하게 다가왔기 때문이다.

그렇게 단천엽이 만들어낸 백색 뇌전은 잠시 움직임이 둔화됐다. 압

도적인 파괴력과 속도가 둔화됐다. 그리고 그것으로 쿠챠에겐 충분했
다.

스륵.

머리를 잃은 단백경이 외로 쓰러지는 것과 동시, 쿠챠의 신형이 미
련없이 그에게서 떨어졌다. 이미 그에게 단백경은 용도 폐기된 장난감
에 다름 아니었다.

파슷!

그 순간 쿠챠의 회색 빛 머리가 흩날렸다. 거의 육안으로 구별이 되
지 않는 움직임에도 불구하고 공간을 뛰어넘듯 파고든 단천엽의 일격
을 완벽하게 피할 순 없었다.

그 점이 쿠챠를 기쁘게 했다.

'새, 새로운 자, 장난감이다!'

쿠챠는 머리를 휘날리며 대뜸 단천엽을 향해 회색 기류를 뿜어냈다.
단백경조차 피해낼 수 없었던 압도적인 힘을 담아서.

파아아!

그러나 물론 단천엽은 단백경이 아니다. 정면 승부에 집착하던 단백
경과 달리 쿠챠가 최초 일격을 피한 것과 동시였다. 신형을 공중에서
몇 차례나 회전시킨 그는 손쉽게 면전으로 파고든 회색 기류를 피해냈
다.

싸움에 나선 야수의 본능!

잠시 멈칫했던 백색 뇌전이 연달아 쿠챠를 노리며 작렬했다. 그러자
쿠챠의 회색 기류 역시 그에 따라 속도가 올라갔다. 여태까지와 달리
연환장을 펼치기 시작한 것이다.

파파파파팟!

백색 뇌전과 회색 기류는 연달아 공중에서 부딪쳤다. 일시 단천엽과 쿠챠의 주변에서 콩을 볶는 듯한 소음과 강렬한 기의 회오리가 일어났다.

광풍!

일시 두 사람의 기세는 호각지세였다. 어떤 사람도 뒤로 물러서지 않았고, 기세에서 뒤로 밀리지 않았다. 쿠챠로선 평생 경험한 바가 없는 일.

갑자기 동자만이 검던 쿠챠의 눈 전체가 검은색으로 물들었다. 여태 까지완 다른 변화였다.

뭉클!

쿠챠의 수장을 떠돌던 회색 기류 역시 검게 변했다.

'위험하다!'

순간적으로 쿠챠의 수장에서 검은 기류가 떠났을 때다. 회오리치는 검은 기류를 피해 재빨리 몇 걸음 뒤로 물러선 단천엽은 야수감각도로 육감을 극한까지 열고서 쿠챠를 바라봤다. 빈틈을 찾아내 다시 공격할 심산이었다.

그때 쿠챠의 입꼬리가 슬쩍 치켜 올라갔다.

"거, 검을 뽀, 뽑아라!"

"……."

단천엽 역시 그럴 생각을 품고 있었다. 도저히 쿠챠의 검은 기류에 는 정면으로 맞설 수 없다는 생각이 들었기 때문이다.

스팟!

단천엽이 마검 한백을 뽑자 쿠챠의 눈에 흥미의 기색이 떠올랐다. 한백이 뿜어내고 있는 마기가 그의 마기를 강하게 끌어당기고 있음을 눈치챈 것이다.

"대, 대형의 마검! 그걸 어, 어떻게 네 녀석이?"

"대형의 마검?"

"그, 그렇다. 그, 그건 분명 우리 시, 십이마성의 위대한 대형인 천마성 야율목진의 마, 마검이다! 너, 너 같은 꼬맹이가 가, 가질 수 있는 게 아니다!"

"……."

단천엽은 문득 부친 한상월이 굳이 살수행 전에 자신에게 한백마검을 떠넘긴 의도가 의심스러워졌다.

한백마검과 현문의 천왕은 극도로 강한 살기를 뿜어내는 절기라 살수행에는 전혀 쓸모가 없었다. 적을 상대하기 전에 살기충천하기 때문이다.

그러니 신검 남궁성환을 상대하기 위함은 아닌 게 분명했다. 다른 목적이 따로 있을 터였다.

그런데 십이마성의 한 명인 쿠챠의 말을 듣자 확연히 깨닫는 바가 있었다. 여태까지 이해 가지 않던 모든 일들이 실타래처럼 풀리기 시작했다.

'설마 이번 살수행에서 아버지의 진정한 목적은 나로 하여금 십이마성을 상대하게 하기 위함이었던가!'

단천엽은 머리가 서늘해지는 걸 느꼈다. 온몸이 떨려왔다. 아니라 부정하면 할수록 자신의 예상이 옳다는 생각이 확신으로 굳어져 갔다.

그때 단천엽의 손에 들린 한백마검을 무심히 바라보고 있던 쿠챠의 전신이 검게 물들기 시작했다. 더 이상 그는 회색의 마인이 아니게 된 것이다.

칠흑의 마인!

그는 평생 단 한 번도 사용한 바 없는 흑암악귀파멸공(黑暗惡鬼破滅功)을 끌어올리곤 말했다.

"네가 대형의 마검을 지닌 것만으로 용서란 있을 수 없게 됐다!"

'말을 더듬지 않게 됐다?'

"그러니 죽음으로 속죄하라!"

칠흑의 마인으로 변한 쿠챠의 전신으로 검은 폭풍이 넘실거리기 시작했다. 한백마검을 든 채 천왕을 운기하기 시작한 단천엽의 충천하는 살기를 먹어버리기라도 하려는 듯.

제천무맹(帝天武盟)의 탄생 2

'살기에 나 자신을 맡긴다!'

오랫동안 한백마검의 검기를 다루며 천왕을 참오한 끝에 내린 결론이었다. 단천엽은 한백마검의 검봉에 손가락을 댄 채 직선으로 쿠챠를 겨눴다.

천왕지검(天王之劍)!

단 일초 일식으로 이뤄진 살인검에 승부를 건 것이다.

단천엽의 몸 주변으로 거센 살기가 뭉클거리며 일어났다. 일시 칠흑의 마인이 된 쿠챠가 뿜어내는 마기를 뒤덮을 듯 강렬한 살기였다.

그리고 그 살기가 극점에 이르렀을 때다.

강하게 바닥에 진각을 일으키며 튕겨 오른 단천엽이 다시 백색 뇌전이 됐다. 물론 이번에 그의 손에는 한백마검이 들려 있었고, 펼쳐진 건 천왕이었다.

스파앙!

대기가 진저리쳤다. 검이 가는 길을 따라 음파의 벽이 산산조각났
다. 극한을 뛰어넘은 빠름.

천왕은 순식간에 쿠챠가 일으킨 검은색 기류를 꿰뚫었다. 어느새 한
백과 한 몸이 된 단천엽은 분명 짜릿하게 손끝을 통해 파고드는 관통
감을 느낄 수 있었다.

'됐다!'

그러나 일순 상황이 급반전을 이뤘다. 천왕에 꿰뚫려 산산이 흩어지
던 검은색 기류가 다시 하나로 뭉쳐졌다. 그뿐 아니라 쿠챠 역시 모습
을 다시 드러냈다. 그의 입가로 흐릿한 미소가 흘러나왔다.

"흐흐흐, 대형의 마검을 가지고서 고작 그 정도밖엔 못하다니!"

"크으!"

단천엽의 한백이 다시 살기를 일으켰다.

슈팟!

검은색 기류는 다시 흩어졌다. 하지만 그뿐, 다시 검은색 기류가 뭉
쳐졌을 때다.

콰콰콰!

뇌성벽력이 몰아치는 듯한 위세.

재빨리 한백에 무형무극검을 담아 방어하던 단천엽의 신형이 순간
적으로 밀려든 압력을 견디지 못하고 튕겨 날아갔다. 쿠챠의 검은색
기류에 담긴 힘은 상상을 초월했다.

"쿨럭!"

단천엽의 입에서 핏물이 흘러내렸다. 어느새 내상을 입은 것이다.
그러나 쿠챠의 공격은 그것으로 끝난 게 아니었다.

쿠오오!

한차례 출렁거린 검은색 기류가 점차 커지기 시작했다. 마치 설산 위에서 굴려진 눈덩이와 같았다. 마구 커졌다. 도저히 막을 도리가 없을 만큼.

'지금 당장 막아야 한다!'

단천엽은 다시 억지로 야수감각도를 끌어올렸다. 지금 그가 믿고 의지할 수 있는 건 그밖엔 없었기 때문이다.

콰콰콰!

순간적으로 파고든 검은색 기류를 피해 단천엽의 신형이 뛰어올랐다. 그의 신형이 공중에서 몇 차례 초인간적인 회전을 일으켰다. 야수감각도의 힘이었다.

게다가 그는 공중에서 회전하며 배가시킨 힘으로 다시 천왕을 발동시켰다. 처음의 몇 배나 되는 위력으로.

스슥!

일순, 공중에서 멈칫한 단천엽의 몸 전체로 달빛이 비추었다.

월광천인(月光天人)!

단천엽은 쿠챠를 중심으로 회오리치고 있는 검은색 기류의 눈을 노렸다. 거의 바늘 끝과 같은 빈틈. 그러나 야수감각도를 발동한 단천엽의 눈에는 무한내로 기 보였다.

'간다!'

단천엽이 천왕과 하나가 되어 쿠챠의 향해 떨어져 내렸다.

건곤일척이었다.

그렇게 막 하늘에서 떨어진 뇌신의 창과 같은 살기가 쿠챠의 머리를 일직선으로 가르기 직전!

끝없이 증폭될 것 같던 검은색 기류가 순식간에 줄어들고 응축됐다. 쿠챠의 내뻗어진 장심(掌心) 바로 앞에 생긴 작은 원 안으로.

그리고 응축 다음은 폭발이었다.

쩌렁!

쿠챠의 장심을 떠난 암흑구(暗黑球)가 일직선으로 날아올랐다. 단천엽과 혼연일체가 된 천왕에 부딪쳤다. 끔찍한 폭발음과 함께.

"천엽!"

눈앞에서 한백마검을 놓친 채 하늘로 날아오르는 단천엽을 목도한 아난이 앞뒤 가리지 않고 쿠챠를 향해 달려들었다. 근처에 최필과 장염무가 있었으나 그녀를 막을 수 없었다.

스팟!

아난에게서 천랑성 특유의 천연의 살기가 뿜어져 나왔다. 물론 암흑구로 단천엽을 날려 버린 쿠챠가 살기에 반응하지 않을 리 없다.

슥!

아난의 공격을 대수롭지 않게 피해낸 쿠챠의 입꼬리가 치켜 올라갔다.

"천랑성의 기운을 타고났으나 불완전하구나!"

"천엽을 살려내! 천엽을 살려내!"

아난은 눈에 혈기를 띤 채 연신 쿠챠를 공격했다. 그녀가 뿜어내는 살기는 무시무시해 설사 절대고수라 해도 쉽사리 볼 수 없을 정도였다.

하지만 그녀의 앞에 있는 상대는 십이마성 중 한 명인 쿠챠였다. 그는 오히려 아난이 뿜어내는 살기를 즐기듯 들이마시며 흑암악귀파멸공의 암흑투기(暗黑鬪氣)를 일으켰다.

쿠오오!

암흑투기의 절대적인 살기가 아난의 살기를 억눌렀다. 그녀의 안개가 낀 듯 흐릿하던 눈에 일순 총기가 돌아왔다. 엄청난 압력과 공포가 충격파가 되어 머리를 뒤흔든 결과였다.

"내, 내가 어째서 이곳에?"

일순 쿠챠의 입가에 다시 미소가 떠올랐다.

"꼬맹이의 정신이 돌아왔구나!"

"당신 누구?"

"하지만 늦었다!"

아난을 향해 쿠챠가 암흑투기를 쏟아냈다. 세 살 먹은 어린아이라도 피할 수 있을 정도로 천천히.

"으으……."

하지만 마치 거미줄에 걸린 나비처럼 아난은 피할 수 없었다. 꼼짝달싹도 할 수 없었다. 이미 암흑투기의 흡입력에 걸려든 상태였기 때문이다.

"아아악!"

아난이 비명을 질렀다. 온몸이 암흑투기에 갈가리 찢겨 산산조각나는 것 같았다. 영혼이 찢기는 듯한 고통에 저절로 비명이 터져 나왔다.

"이 더러운 녀석!"

"이 개자식아! 아난 소저를 풀어줘!"

보다 못한 최필과 장염무가 쿠챠를 향해 뛰어들었다. 그들은 처음부터 자신들이 가진 최강의 절학을 쏟아냈다. 쿠챠와 자신들의 차이를 알고 있었기 때문이다.

그러나 그들의 생각보다 쿠챠는 훨씬 강했다. 믿어지지 않을 정도로 강했다. 사람의 의지나 절망, 공포조차 뛰어넘을 정도였다.

쾅쾅!

마치 파리를 쫓듯 휘둘러진 쿠챠의 일수에 최필과 장염무가 핏덩이가 되어 날아갔다. 그들의 입에선 비명조차 터져 나오지 않았다. 그럴 기회조차 쿠챠는 주지 않았기 때문이다.

"호호호, 그럼 이 계집밖엔 남지 않은 건가?"

"……."

쿠챠는 암흑투기에 붙들린 채 모든 힘을 잃고 늘어져 있는 아난을 잔혹하게 바라봤다. 다시 장난 칠 시간이 돌아왔다. 그는 이번만큼은 꽤 근사하게 즐겨볼 생각이었다. 갑자기 좋은 생각이 났다.

그런데 막 아난을 향해 손을 뻗으려던 쿠챠의 눈살이 찌푸려졌다. 평생 단 한 번도 느껴보지 못한 기이한 기운을 감지했기 때문이다.

섬뜩한 느낌?

쿠챠와 마주친 가련한 인간들이 보통 느껴야 하는 감각이었다. 쿠챠가 느껴선 안 됐다. 아니, 그런 감각이 있는지조차 쿠챠는 잊고 있었다. 이미 그에게 남은 인간적인 감각은 살인 본능, 그리고 잔혹한 유희로만 느낄 수 있는 즐거움뿐이었다. 그 외의 모든 건 무의미했다.

'한데 이건 도대체?'

쿠챠는 아난을 아무렇게나 바닥에 내동댕이치고 천천히 신형을 돌려세웠다. 그러자 그의 눈앞에 하얀 빛으로 둘러싸인 단천엽이 보였다. 암흑투기의 정화인 암흑뇌정구(暗黑雷霆球)에 얻어맞고도 그는 살아 있었다.

"너… 냐?"

"……."

단천엽은 대답하지 않았다. 대신 그의 헝클어진 머리가 하나 남김 없이 하늘로 솟구쳤다. 마치 스스로 생명을 얻은 것처럼.

흠칫!

쿠챠는 다시 예의 느낌을 받고 어깨를 가늘게 떨었다. 이번에는 좀 더 확실히 느껴졌다. 단천엽이 뿜어내고 있는 알 수 없는 기운 앞에서 그는 섬뜩한 느낌을 넘어 공포를 느꼈다.

까마득한 기억 저편에서 자신이 느낀 감각의 정체를 눈치챈 쿠챠의 전신이 떨렸다. 이번에는 불같은 노기가 불러일으킨 떨림이었다. 그는 이와 같은 일을 경험하고 싶지 않았다. 아니, 그럴 까닭을 전혀 찾을 수 없었다.

"감히!"

쿠챠의 전신으로 암흑투기가 휘몰아쳤다. 대지를 놀라게 하고, 하늘로 하여금 눈을 감게 만드는 살기와 마기가 용틀임했다. 그리고 그 기운이 극점에 이르렀을 때다.

번쩍!

다시 쿠챠의 장심 앞에 모여든 암흑뇌정구를 향해 단천엽이 파고들었다. 전신을 백색으로 물들이고서.

콰쾅!

두 번째의 격돌이었다. 처음과 달라진 점이라곤 단천엽의 손에 더이상 한백마검이 들려 있지 않다는 것. 그리고 판이하게 달라진 결과 뿐이었다.

"컥!"

쿠챠는 자신의 갈라진 가슴에서 터져 나온 핏물을 어이없는 감정을 담아 바라봤다. 평생 무수히 많은 타인의 피를 봐왔고 즐거왔다. 언제나 자신만이 승리자였기 때문이다.

그런데 지금 자신의 몸에서 터져 나온 핏물을 보자니 기이한 감정이 생겼다. 뭔가 잘못됐다는 혼란, 그리고 이대로 끝낼 수 없다는 억울함이었다.

"우아아아!"

다시 암흑투기를 일으키며 단천엽을 향해 신형을 비틀던 쿠차의 몸이 그대로 폭발했다. 그의 깨진 육신이 더 이상 암흑투기를 감당할 수 없었기 때문이다.

후두둑!

쏟아지는 피의 비를 맞으며 단천엽은 아난 앞에 무릎 꿇었다. 그의 머리는 이미 백발로 변해 있었다. 일시지간 야수감각도를 폭발시킨 탓에 잠능 자체가 고갈되어 버린 것이다.

그러나 단천엽의 눈이 텅 빈 건 이미 숨을 거둬 버린 아난 때문이었다. 그의 눈에서 뜨거운 눈물이 흘러내렸다. 마음 깊은 곳에서 터져 나온 흐느낌.

"아난! 아난! 아난! 아난……."

하늘을 바라보며 절규하던 단천엽의 신형이 천천히 옆으로 쓰러져 내렸다. 텅 빈 잠능과 마음의 격동을 그는 더 이상 견딜 수 없었으리라.

잠시 후.

산길을 돌아 달려온 화굉요는 눈앞에 펼쳐진 처참한 광경 앞에 눈길을 돌렸다. 친우 최필과 장염무, 머리가 날아가 버린 단백경, 산산조각난 쿠챠의 모습은 목불인견(目不忍見)이라 함이 옳았다.

　그는 입가에 나직한 탄식을 담고, 빠른 걸음으로 아난을 안은 채 졸도한 단천엽에게 다가갔다. 마음의 격동과 달리 목적을 잊은 건 아니었다.

　"다행히 아직 살아 있다!"

　맥을 짚어보고, 얼굴에 안도의 기색을 띤 화굉요가 재빨리 단천엽을 어깨에 들쳐 멨다. 아직 숨결이 남아 있긴 하나 당장 신의(神醫)를 찾지 않는 한 목숨이 위태롭다는 판단이었다.

　'응?'

　얼른 신형을 날리려던 화굉요가 잠시 멈칫했다. 단천엽의 손이 아난의 손을 단단히 잡고 있었기 때문이다.

　"천엽이 사랑한 아이……."

　화굉요가 아난을 마저 들쳐 업었다. 단천엽과 달리 이미 숨이 끊어진 지 오래인 아난의 시체나마 수습해 줘야겠다고 생각한 것이다.

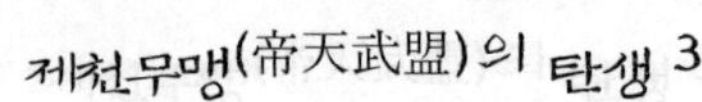

제천무맹(帝天武盟)의 탄생 3

"크아악!"

"으악!"

엄밀한 거미줄처럼 움직이는 진세에 갇혀 이리저리 날뛰던 무사들은 하나둘 피를 쏟으며 쓰러졌다. 오늘 군진에 갇힌 자들 중 약자는 아무도 없었으나 상대가 너무 강했다. 상대가 되지 않았다.

오천군세를 지휘하며 파죽지세(破竹之勢) 천하맹 내성 삼각의 반란자들을 쓸어버리는 서문휘강의 얼굴에 따분한 기색이 떠올랐다. 천하맹을 떠받친다는 세 기둥의 정예치곤 싸움이 너무 일방적이었기 때문이다.

"아무리 문상이 내성 삼각에 심어놓은 간자들로 인해 혼란을 겪었다지만, 너무 싸움이 일방적이군."

"그만큼 문상께서 물밑 작업을 확실히 해놓으셨다는 것이겠죠."

서문휘강에게 말을 건 사람은 옆에 부복한 오천군세 총군사 조홍이었다. 오늘의 기습 작전 전부를 입안해 실행한 게 바로 그였다.

조홍에게 시선을 던진 서문휘강이 눈을 가늘게 떴다.

"물론 문상의 힘도 크겠지만, 내가 보기엔 오늘 기습 작전의 최대 공로자는 조 군사, 자네 같은데?"

"그렇지 않습니다."

"그렇지 않다?"

"예, 오천군세가 그동안 연마한 진세는 하나같이 내성 삼각의 기본 진세를 격파하는 것들입니다. 이미 어떤 싸움을 하든 내성 삼각은 오천군세를 만날 시 질 수밖에 없었던 것입니다. 그러니 어찌 제 작은 공을 내세울 수 있겠습니까?"

"뭐, 문상께서 쩨쩨하게 자네하고 공을 다투진 않을 테니 신경 쓸 것 없잖겠나."

"그야 그렇겠지만……."

"주는 떡은 그냥 받아먹는 게 좋아."

그 말을 끝으로 서문휘강의 시선이 다시 군진으로 향했다. 이미 대부분의 세력이 지리멸렬하여 천천히 도살당하고 있는 내성 삼각의 무사들을 바라보는 그의 안색은 가히 좋지 않았다.

'서문 군주, 딴 생각은 품지 마시오! 그냥 문상의 충실한 개가 되는 것이오! 나도 사람인지라 오랫동안 모셔온 서문 군주의 등에 칼을 꽂고 싶진 않으니까.'

서문휘강을 바라보는 조홍의 눈 깊은 곳에 잠시 어둠이 스쳐 지나갔다. 결코 서문휘강 앞에선 보일 수 없는 종류의 감정과 더불어.

“치마성이 죽었다고?”

잠시의 침묵 끝에 흘러나온 한상월의 목소리에 노안을 가볍게 일그러뜨린 장백신군이 고개를 조아렸다.

“예, 그보다 단 공자께서는…….”

“물론 살아 있겠지.”

“…그렇지만 중상을 당했습니다. 천권 화굉요에게 구원을 받기는 했으나 현재로선 생사를 장담할 수 없는 듯합니다.”

“무조건 살려야 한다.”

“화굉요 역시 최선을 다하겠다 했습니다. 하지만…….”

“다른 말은 필요없다. 무조건 살려야 한다.”

한상월의 목소리는 평소와 달리 단호했다. 여태까지 그의 이런 모습을 본 일이 없는 장백신군의 노안에 기꺼운 기색이 떠올랐다.

'다행이다, 다행이야! 역시 대주에게도 부성은 남아 있었구나!'

장백신군은 친손자처럼 여기는 단천엽을 위해 기뻐했다. 한상월의 심경이 변한 이상 그의 고난도 이젠 끝났다는 생각이 들었다.

하지만 일순 장백신군의 노안이 딱딱하게 굳었다. 뒤이은 한상월의 독백을 들은 것이다.

“아직 천하엔 열한 명이나 되는 마성이 남아 있다. 녀석을 살려놓지 않고선 곤란하단 말이야.”

“대주!”

장백신군의 노안에 뜨뜻한 물기가 어렸다. 평생 충성을 바쳐 왔던 한상월의 독심(毒心)에 가슴이 찢어지는 것 같았기 때문이다.

한상월의 시선이 그를 향했다.

“왜? 그대 역시 내가 지나치게 몰인정하다 생각하는 것인가?”

"대주……."

"내가 사람 같지 않아 보이는가?"

장백신군은 대답하지 않았다. 대신 한상월이 자신의 이마를 손으로 짚고 나직이 키득거렸다.

"그래, 그럴 것이야. 나조차 이런 내 자신이 두려우니까. 무서우니까. 사람 같지 않으니까."

"……."

"하지만 풍백, 내가 이렇게 되지 않고서야 어찌 현문의 원한을 갚을 수 있단 말인가! 어찌 구역질나고 오만한 중원을 내 발 아래 둘 수 있겠는가!"

"소인도 아옵니다! 어찌 대주의 고심을 이해하지 못하겠습니까! 하지만 단 공자는… 단 공자는 대주의 하나밖에 없는 혈육입니다! 그러니 부디… 부디……."

"녀석 역시 내겐 하나의 도구일 뿐이다! 아니, 목적을 위해서라면 나는 나 자신마저 도구로 사용할 것이야! 그러니 풍백, 자네는 그 문제에 관해선 더 이상 재론치 않는 게 좋아! 내가 원하지 않으니까! 이 내가!"

장백신군 풍백은 결국 고개를 다시 바닥으로 떨궜다. 자신에게 주인인 한상월의 마음을 되돌릴 힘이 없음을 자각한 것이다.

문득 자조 어린 표정을 지은 한상월이 화제를 바꿨다.

"통산에서 살아남은 자들에 대해 말해 보게. 적어도 용문을 떠난 아이들 중 몇 명은 살아남았을 듯한데?"

"그렇습니다. 모문환의 딸인 모어언, 천도각주의 독자인 기소천을 비롯한 네 명은 무사하고 한 명이 중상을 입었으나 아직 살아 있습니다."

"흠, 생각보단 많이 살아남았군."

잠시 손가락으로 책상을 몇 차례 두들긴 한상월이 입가에 미소를 만들어냈다.

"후일 쓰일 데가 있는 아이들이다. 호북의 유겸호에게 서신을 보내 잘 챙기라 이르게."

"그러겠습니다."

"그리고 자네는 오늘부터 사천으로 떠나게."

풍백의 시선이 한상월을 향했다.

"화굉요를 감시하는 겁니까?"

"천엽 녀석에게서 결코 눈을 떼지 말아야 해. 녀석은 앞으로 내 천하 포석의 가장 중요한 부분이니까."

"존명."

풍백이 목소리를 가볍게 떨며 고개를 조아렸다.

'살았단 말이지?'

한상월은 잠시 눈을 감은 채 허리를 의자 등받이에 기댔다. 며칠 동안 계속된 총단 내 불순분자 청소 작업으로 피로가 머리끝까지 쌓였지만 그의 입가엔 흐릿한 미소가 떠올라 있었다. 풍백에게서 단천엽의 생존 소식을 들었기 때문이다.

그러다 그의 눈이 평소와 다름없는 무심함을 담고 뜨여졌다. 뒤로 젖혔던 허리를 바로 한 그의 앞에 귀비 유설영이 그림처럼 부복해 있었다.

"갔었던 일은?"

한상월의 단도직입적인 질문에 유설영이 천천히 고개를 들며 대답했다.

"황천의 비천각주 일황자 주진언, 강남의 통천명 제갈현빈, 구산의 현 장문인들 모두가 회담장에 모였습니다."

"모문환은?"

"모문환은 현재 파불에서 폐관 중입니다. 파불의 회심 대사가 이번 삼차 마성혈류하에서 피신시킨 것 같습니다."

"능구렁이 회심이라면 충분히 가능한 일이겠지."

"현재 천밀당주 장지량이 전력을 다해 위치를 찾고 있습니다. 금일 중에 좋은 소식이 있을 것 같습니다."

"그렇군."

미미하게 고개를 끄덕여 보인 한상월이 화제를 바꿨다.

"거산은 아직도 인가?"

유설영의 맑은 눈빛이 가볍게 흐려졌다.

"외상은 이미 말끔히 나았으나 내상이 아직 좀 남은 것 같습니다."

"흥, 생각보다 약해 빠졌지 않은가."

"그렇습니다."

스륵.

한상월이 자리에서 일어섰다. 천하맹 총단에서 얼마 떨어지지 않은 개봉에 마련된 회담장에 가려면 서둘러야 한다는 판단이었다.

유설영이 얼른 부복을 풀고 일어서며 말했다.

"비록 중원의 군웅들이 회담장에 모였다곤 하나 어떤 흉계를 품었을지 추측하긴 힘듭니다."

"나도 안다."

"그러니 호위를 대동하심이 옳을 줄 압니다."

"호위?"

"예, 만약을 대비해서……."

한상월이 웃음 띤 얼굴로 유설영에게 다가가 그녀의 어깨를 한차례 두들겼다.

툭.

"괜한 걱정이 늘었군.. 천하에서 날 무공으로 누를 수 있는 자는 십이마성뿐이란 걸 귀비 자네도 알고 있잖아."

"그렇습니다만……."

"물론 나는 야수감각도를 단 일 각밖엔 사용하지 못해. 하지만 지금이라면 그것만으로 충분하지 않겠는가."

"예."

"하지만 자네는 날 따라와도 좋아. 걱정 때문에 얼굴에 주름이라도 생기면 곤란하니까."

"존명!"

유설영의 얼굴이 대번에 밝아졌다. 그녀에게 있어 한상월은 천하 그 자체보다도 소중했기 때문이다.

그런 유설영에게 다시 한차례 미소를 던져 준 한상월이 집무실 밖으로 천천히 걸어나갔다. 그의 뇌리로 잠시 전 하다만 상념이 자연스레 떠올랐다.

'지옥은 내가 들어가마! 아들아, 너는 살아남거라!'

끼익!

집무실의 문이 열렸다가 천천히 닫혔다.

삼 개월 후.

제삼차 마성혈류하의 광풍에 휩쓸고 지나간 천하무림이 또다시 크게 뒤흔들렸다. 바람을 타고 천하로 퍼져 나간 전대 미문의 소문 때문이다.

남북총연합(南北總聯合) 제천무맹(帝天武盟) 결성.
초대 맹주 흑의천존(黑衣天尊) 한상월.

무림 역사상 초유의 대사건과 더불어 천하는 새로운 역사의 일보를 내디뎠다. 끝없이 이어질 피의 수레바퀴가 잠시 동작을 멈춘 것이다. 한 인간의 불꽃 같은 의지와 수많은 이들의 희생에 의해서.

『천괴』 1부 종결

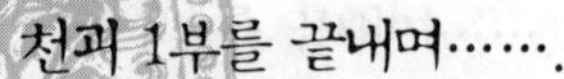

천괴 1부를 끝내며……

『천괴』의 기본 배경은 한국의 역사에서 분명 있었고, 있을 수 있었던 일에 기초했고, 반드시 한 번은 써보고 싶었던 것들입니다.

그래서 천괴는 꽤나 어렵고 힘든 글이었습니다. 처음부터 기본적인 무협관에서 벗어날뿐더러, 역사성과 비역사성을 함께 집어넣으려는 욕심이 앞섰기 때문인 것 같습니다.

덕분에 칭찬도 많이 들었지만, 독자에 대한 배려가 부족하다는 혹평도 받아야만 했습니다. 모두 지나친 욕심으로 독자를 힘들게 만든 필자의 잘못이라 할 것입니다.

하지만 천괴를 쓰는 동안 필자는 자신에게 정직할 수 있었습니다. 자신이 가진 걸 많지도, 적지도 않게 몽땅 내보였다는 뜻입니다.

그래서 부족함도 알았고, 힘겨워서 몇 번이나 글을 포기하고도 싶었습니다만, 이렇게 1부를 끝낼 수 있었습니다. 모두 묵묵히 필자와 천괴를 지지해준 독자 여러분과 좋은 책이 되도록 신경 써주신 청어람 출판사의 서경석 사장님 이하 직원 여러분들의 덕분인 것 같습니다.

정말 감사합니다!

특히 인터넷 사이트 고무판(http://www.gomufan.com/)과 광협카페(http://cafe.daum.net/gocrazyhero)에서 계속 지지해 주셨던 독자 분들과 문혜영 편집 부장님과 김율 차장님(천괴 연재 내내 항상 좋은 조언 해주셔서 감사합니다), 언제나 수많은 자료로 지원해 준 장상수 형 이하 청어람 편집진 여러분들에게 감사드립니다.

정말 고생 많이 하셨습니다. 여러분의 고생 덕분에 필자는 드디어 네 번째 아이를 어렵게 세상에 내보낼 수 있었습니다. 남들에겐 어찌 보일지 모르지만 필자에겐 더없이 예쁜 아이가 태어난 겁니다.

마지막으로 천괴 2부는 현재 고무판에서 연재 중인『태극검해』가 끝난 후『백발검협전』이란 제목으로 집필할 예정입니다. 좀 기다리셔야겠지만, 기다려 주시면 반드시 그만큼의 기쁨으로 보답하리라 봅니다.

그럼 다시 한 번 감사의 인사를 드리며, 천괴 1부 여기서 끝을 맺습니다. 부디 이 글을 보는 모든 분들에게 평안이 함께하시길 빌며…….

—2005년 3월 20일 새벽. 한성수 배상(拜上).

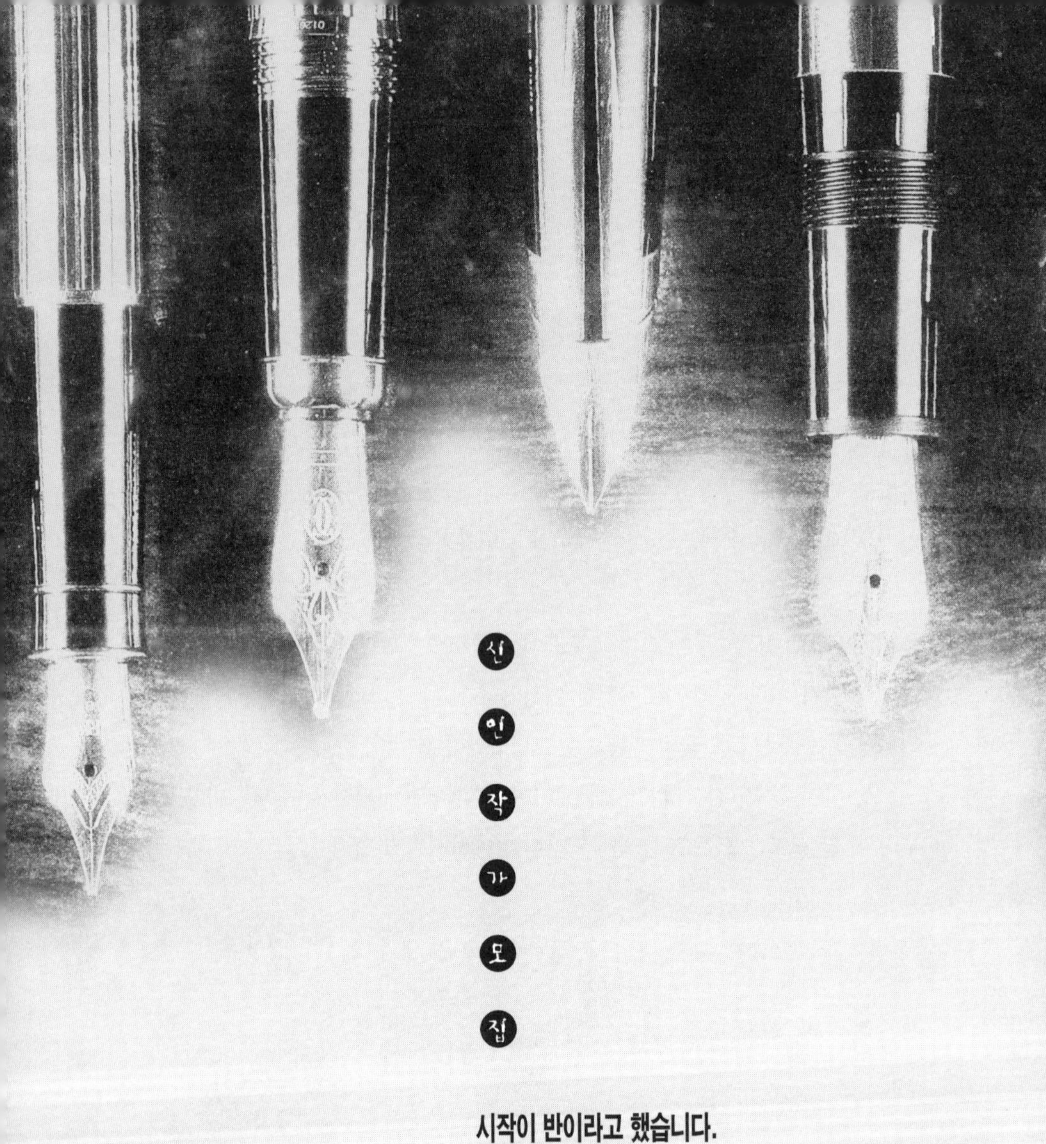

신
인
작
가
모
집